Chris Böhm

Der Harlekin

Kriminalroman

UniScripta Verlag
www.uniscripta.de

Zum Buch

Der siebenjährige Felix Wolf, Sohn von Andreas Wolf und seiner zweiten Ehefrau Inka, verschwindet spurlos vom Spielplatz in der Nähe seines Elternhauses am Frankfurter Lerchesberg. Die Polizei geht von einer Entführung aus. Hauptkommissar Ulrich Becker und sein Team, den Lesern bereits bekannt aus Chris Böhms Kriminalroman „Der letzte Besucher" (2011), nehmen die Ermittlungen auf.

Erste Hinweise führen zu Arno Wolf, dem Sohn von Andreas Wolf aus erster Ehe. Ein Anruf Arnos bei seinem Vater scheint diese Theorie zu bestätigen. Er wird von der Polizei zur Fahndung ausgeschrieben.

Doch Arno Wolf ist verschwunden. Sein Großvater Heinrich van Stetten, ein bekannter Frankfurter Immobilienunternehmer mit zweifelhaftem Ruf und weit reichenden Verbindungen, glaubt an die Unschuld seines Enkels und lässt ihn von seinem Chauffeur Josef Weller in ein sicheres Versteck bringen, damit die Polizei ihn nicht findet.

Niemand weiß, dass Arno und Josef ein dunkles Geheimnis verbindet, das weit zurück in die Vergangenheit reicht.

Die Autorin stammt aus Magdeburg und lebt seit ihrer Jugend im Raum Frankfurt am Main. Nach Abitur und Fachstudium widmete sie sich zunächst einige Jahre ihrer Familie und arbeitete danach in der freien Wirtschaft, bevor sie sich als Fachtrainerin und Personalberaterin selbstständig machte. Mehrere Fachpublikationen. Seit sie sich 2009 schrittweise aus dem aktiven Berufsleben zurückzog, widmet sich Chris Böhm verstärkt ihrem Hobby, dem Schreiben.

Sie hat an der Universität des dritten Lebensalters (U3L) der Frankfurter Goethe-Universität eine Reihe von Seminaren im Bereich *Kreatives Schreiben* abgeschlossen und ist Gründungsmitglied des UniScripta Autorenverlags.

Neben ihrem Debütroman „Der letzte Besucher" schrieb Chris Böhm auch die Erzählung „Vorsicht an der Bahnsteigkante", die 2014 in der UniScripta Anthologie „Main Hauptbahnhof" veröffentlicht wurde.

Chris Böhm

Der Harlekin

Kriminalroman

UniScripta

1. Auflage
Uni**Scripta** Taschenbuch 2017
edition ullrich

Umschlaggestaltung: Thomas Gessner, Art Director
Umschlagfoto: Thomas Gessner
Layout und Satz: Christa Semke-Böhm
Druck und Herstellung: Offset- und Digitaldruck Lindemann, Offenbach/Main
Printed in Germany
ISBN 978-3-942728-22-5
www.uniscripta.de

Schicksalsschläge lassen sich ertragen – sie kommen von außen, sind zufällig.
Aber durch eigene Schuld leiden – das ist der Stachel des Lebens.

Oscar Wilde

Personen

Dr. Andreas Wolf	Rechtsanwalt
Inka Wolf	Ehefrau von Andreas Wolf
Felix Wolf	Sohn von Andreas und Inka Wolf
Britta Wolf	Exfrau von Andreas Wolf
Arno Wolf	Sohn von Andreas und Britta Wolf Student in Frankfurt
Heinrich van Stetten	Britta Wolfs Vater, Immobilienunternehmer
Josef Weller	Heinrich van Stettens Chauffeur
Kirsten Bohl, Tobias Bohl	Inka Wolfs Kinder aus erster Ehe, leben bei ihrem Vater
Thomas Bohl	Inka Wolfs Exmann, Lehrer
Anna Weber	Sekretärin von Andreas Wolf, Freundin von Irene Bauer
Irene Bauer	Sachbearbeiterin beim Pharma- konzern Merck in Darmstadt,
Peter Schwarzberg,	„Blacky" - ein Spieler
Erich Gottwald Regina Gottwald	Inka Wolfs Eltern, Seniorenresidenz im Odenwald
Barbara Hofmann Dietmar Hofmann	Nachbarn von Wolfs, Frankfurt am Main
Oskar Hofmann, Bastian Hofmann	Söhne von Hofmanns, Freunde von Felix Wolf

Personen (Forts.)

Ulrich Becker	ermittelnder Hauptkommissar, Leiter Abteilung K 11, Frankfurt
Ralf Hermann	Beckers Assistent ermittelnder Kommissar K 11
Karsten Schönfeld, Peter Scholz	Oberkommissare, K 11/VUT, SOKO Felix
Stefan Wagner	Kriminaloberkommissar, Polizeidirektion Südhessen, Darmstadt

Prolog

Seit Wochen hatte er das Haus und seine Bewohner beobachtet. So oft er frei hatte, immer wieder, stundenlang. Frühmorgens, mittags oder am Abend. Fast jeden Morgen verließ die blonde Frau im Jogginganzug kurz vor acht mit dem Kind an der Hand das Haus und brachte es in die nahe gelegene Schule. Das Kind lief meist fröhlich neben ihr her, oft lachten sie und alberten herum. In Sichtweite der Schule blieben sie kurz stehen, sie strich ihm liebevoll übers Haar, dann sauste der Junge los und verschwand mit den anderen Kindern im Schulgebäude. Die Frau lief danach meistens hinüber zum Stadtwald und joggte ein paar Runden.

An manchen Tagen begann die Schule eine Stunde später. Dann fuhr der Vater das Auto aus der Garage und ließ seinen Sohn mit seinem bunten Scout-Ranzen hinten einsteigen. Meistens stand seine Frau in der Haustür und winkte ihnen nach, bevor sie wieder im Haus verschwand. Er spürte dann jedes Mal ein Ziehen in der Brust und biss sich auf die Lippen, bis sie schmerzten.

Gegen Mittag wartete er in Sichtweite der Schule hinter einer Ecke, bis die Kinder das Gebäude verließen. Er vertrieb sich die Wartezeit, indem er die Flugzeuge zählte, die über ihn hinwegbrummten und seit einiger Zeit das ganze Viertel in Aufregung versetzten. Seit es die neue erweiterte Start- und Landebahn gab, war es mit der Ruhe in diesem bis dahin ruhigen Wohngebiet im Süden Frankfurts vorbei. Die Anwohner hatten stets aus sicherer Entfernung die Nachbarn im angrenzenden Neu Isenburg bemitleidet, die seit Jahrzehnten unter dem Fluglärm litten. Sie waren froh, dass der Stadtwald zwischen ihnen lag. Damit war es nun vorbei, denn auch hier, wo die feine Gesellschaft Frankfurts zu Hause war, donnerten inzwischen die Flugzeuge über die Häuser.

Für den Rückweg gab es offenbar eine Absprache zwischen den Müttern, die in der Nachbarschaft wohnten. Sie holten die Kinder mittags abwechselnd ab, bei schönem Wetter zu Fuß, oder, wenn es regnete, auch mal mit dem Auto. Bis zur Schule waren es nur ein paar hundert Meter. Das Haus von Felix' Eltern lag am weitesten entfernt, darum kam er meistens als Letzter. Seine Mutter stand stets schon wartend an der Tür und schaute ihm entgegen.

Bei schönem Wetter kam das Kind so gegen halb drei wieder aus dem Haus und ging mit den Nachbarskindern zum Spielen auf den nahe gelegenen Spielplatz bei den Kleingartenanlagen. Dort tobten sie eine Weile, spielten Fußball oder belagerten die Rutschbahn und die Kletterwand, bis ihnen langweilig wurde und sie sich eines nach dem anderen wieder auf den Heimweg machten. Felix war meistens der Letzte, obwohl die Mutter ihm verboten hatte, allein auf dem Spielplatz zu bleiben.

Dienstags und donnerstags war es anders. Er hatte beobachtet, dass Mutter und Sohn an diesen Tagen nachmittags gegen drei Uhr im kleinen Mini Cooper davonfuhren und erst gegen sechs Uhr wieder nach Hause zurückkehrten, manchmal sogar noch später.

Der Vater kam abends häufig sehr spät. Nur an den Wochenenden war er regelmäßig zu Hause bei seiner Familie. Oft hatten sie Besuch. Bei schönem Wetter hörte er aus dem Garten hinter dem Haus Stimmen und Gelächter, und der Duft von gegrilltem Fleisch drang in seine Nase. Er wäre so gern ein Teil von ihnen gewesen, die da feierten und lachten. Aber er war ein Ausgestoßener, ein Niemand, den sie in ihrer Welt nicht duldeten.

Die sorglose Fröhlichkeit der anderen schmerzte ihn, Hass brandete in ihm auf, und er machte dann immer schnell, dass er fortkam. Doch bei der nächsten sich bietenden Gelegenheit war er wieder da. Immer und immer wieder.

Abends, wenn er allein in seiner winzigen spärlich eingerichteten Wohnung saß, machte er sich Notizen und fuhr im Geiste die von Bäumen gesäumten gewundenen Straßen mit den gepflegten Villen hinter sorgfältig gestutzten Hecken entlang, die den Ortsfremden in Windungen immer wieder an die gleiche Stelle zurückführten, die das weiträumige Viertel mit der nahen B3 verbindet. Das Besondere daran war, dass diese Zufahrt nur am Vormittag in Richtung Bundesstraße und nachmittags in umgekehrter Richtung befahren werden durfte.

Eine merkwürdige Verkehrsführung war das, vor der sogar sein Navigationsgerät kapituliert hatte. Man mochte eben keine Fremden in dieser Gegend. Aber er kannte sich inzwischen aus und verfuhr sich nicht mehr.

1

„Guten Morgen. Wie gut, dass bald Ferien sind. Endlich mal wieder ausschlafen. Ohne Stress und ohne Hektik. Raus aus dem Alltagstrott."

Andreas Wolf trat ins Zimmer, in dem seine Frau Inka und Felix bereits am Frühstückstisch saßen und auf ihn warteten. Automatisch fuhr er dem Jungen durch den Haarschopf.

„Ich hab's eilig, hab' heute früh gleich einen Termin, keine Zeit, um groß zu frühstücken. Nur einen schnellen Kaffee bitte."

Er hielt seiner Frau seine Tasse hin. Sie seufzte. Das kannte sie schon. Ihr Mann hatte es morgens immer eilig.

Wolf war Anwalt und hatte sich vor einigen Jahren nach der Scheidung von seiner ersten Frau Britta mit einem Kollegen zusammengetan. Die Kanzlei Dr. Wolf und Partner genoss einen guten Ruf in der Branche und hatte sich auf Arbeits- und Wirtschaftsrecht spezialisiert. In letzter Zeit gingen die Geschäfte allerdings nicht mehr so gut. Andreas hatte sich von seinem Kompagnon getrennt und führte die Kanzlei allein weiter. Und wenig später hatte Andreas' ehemaliger Schwiegervater ihm das Firmenmandat seines Immobilienimperiums entzogen und seinem ehemaligen Kompagnon übertragen. Das hatte sich in der Branche schnell herumgesprochen. Außerdem machte ihm die allgemeine wirtschaftliche Lage ziemlich zu schaffen. Die Mandanten wechselten häufiger und feilschten um die Honorare. Weitere größere Firmenmandate waren weggebrochen, da hatte Heinrich van Stetten ganze Arbeit geleistet. Wolf arbeitete von frühmorgens bis spät in die Nacht, damit sie einigermaßen über die Runden kamen.

Hinzu kam, dass sein Haus mit hohen Hypotheken belastet war und ihn die monatlichen Zinszahlungen drückten. Andreas hatte dieses viel zu große und teure Haus vor vier Jahren gekauft, gewissermaßen als Tribut an sein zweites neues Leben. Das Haus in Kronberg, in dem er vorher gelebt hatte, gehörte seiner geschiedenen Frau Britta, deren Vater es ihnen damals zur Hochzeit geschenkt hatte. Allerdings lautete die Eintragung im Grundbuch nur auf Britta Wolf, geb. van Stetten. Eine reine Formsache, wie sein Schwiegervater damals stets versichert hatte, um „dem Fiskus ein Schnippchen zu schlagen“.

Von alledem ahnte Inka nichts, denn ihr Mann sprach nie mit ihr über seine Sorgen. Er liebte seinen Beruf und arbeitete hart, und wenn er sich einmal in einen Fall verbissen hatte, vergaß er alles andere um sich herum.

„Kannst du bitte Felix mitnehmen? Er hat heute die erste Stunde frei. Felix, hol bitte deinen Schulranzen, Papa hat nicht viel Zeit“, bat Inka, „und denk an dein Mäusespray, falls du wieder husten musst.“

Fünf Minuten später verließen Vater und Sohn

das Haus und Inka blickte ihnen gedankenvoll nach. Sie war im Großen und Ganzen zufrieden mit ihrem Leben, nur manchmal wurde ihr schmerzhaft bewusst, dass es nicht immer so gewesen war. Auch sie hatte eine gescheiterte Ehe hinter sich. Ihr Exmann hatte vor zehn Jahren bei der Scheidung darauf bestanden, dass die beiden gemeinsamen Kinder mit ihm an der Bergstraße blieben und dort weiter die Schule besuchten, an der er als Lehrer unterrichtete.

Inka hatte sich gefügt, weil sie wusste, dass Thomas Bohl sonst niemals in die Scheidung eingewilligt hätte, zumal sie damals schon mit Andreas Wolf zusammen war und Bohl das wusste. Außerdem war sie sicher, dass Kirsten und Tobias, solange sie zur Schule gingen, bei ihrem Vater besser aufgehoben waren als bei ihr. Sie musste Geld verdienen, ihre Arbeitstage waren lang, und als Redakteurin einer jungen Modezeitschrift war sie häufig auf Reisen. Sie vermisste jedoch ihre Kinder sehr und hatte anfangs unendlich unter der Trennung gelitten. Sie sah die beiden nur manchmal an den Wochenenden oder in den Schulferien, wenn sie sich frei nehmen konnte.

Als sie nach zwei Jahren mit Andreas zusammengezogen war und er darauf bestand, dass sie nur halbtags arbeitete, hatte sie gehofft, endlich mehr Zeit für ihre Kinder zu haben. Aber Andreas, der selbst einen Sohn aus seiner Ehe mit Britta hatte, wollte, dass die Kinder bei ihren Expartnern blieben. Er wollte Inka für sich allein haben und mit ihr zusammen ganz von vorne anfangen. Ein neues Leben ohne „Altlasten“, wie er gerne sagte.

Das Wort hatte sie sehr verletzt. Zu den „Altlasten“ gehörte die Tatsache, dass Andreas und ihr Exmann Thomas früher einmal dieselbe Schule besucht hatten. Dieser Umstand hatte Andreas darin bestärkt, so wenig Kontakt wie möglich zu den Kindern seiner neuen Partnerin und damit zwangsläufig auch zu deren Vater zu haben.

Als sie dann plötzlich schwanger wurde, war Andreas zuerst alles andere als erfreut gewesen. Er wollte keine Kinder mehr und gab ihr das deutlich zu verstehen. Aber er heiratete sie, und als Felix da war und ihm von Tag zu Tag ähnlicher wurde, präsentierte er sich als stolzer Vater, dem seine Familie über alles ging. Er verwöhnte den Jungen und nahm sich an den Wochenenden viel Zeit für ihn, besonders seit der Kinderarzt bei Felix eine seltene Form von allergischem Asthma festgestellt hatte, die sich vor allem im Sommer bemerkbar machte. Seither musste Felix täglich Asthmatabletten schlucken und hatte immer sein „Mäusespray“, wie sie es nannten, in der Hosentasche, falls er sich in der Schule oder beim Spielen verschluckte. Inka malte mit Filzstift auf jedes dieser Spraydöschen eine Mickey Maus, was Felix sehr lustig fand. Auch Andreas’ ältester Sohn Arno hatte als Kind unter dieser Krankheit gelitten, die dann später während der Pubertät abgeklungen war.

Knapp acht Jahre waren Andreas und Inka jetzt verheiratet. Vor vier Jahren hatte Andreas das Haus im Süden Frankfurts gekauft und war mit seiner Familie dort eingezogen, nachdem es mit großem Aufwand umgebaut worden war. Die Zimmer im Erdgeschoss waren mit Hilfe von Durchbrüchen zu einem einzigen großen Raum geworden. Ein massiver rechteckiger Esstisch trennte die offene Küche vom übrigen Wohnbereich ab, in dem helle Polstermöbel um einen Kamin aus Natursteinen gruppiert waren. Glastische dazwischen dienten als Abstellflächen. Moderne Kunst an den Wänden und ein großer Flachbildfernseher über einem langgestreckten flachen Sideboard an der Wand gegenüber rundeten das Bild ab. Die Zusammenstellung zeugte von Kunst- und Sachverstand und vor allem von großer Liebe zum Detail. Ein Durchgang umrahmt von raumhohen Bücherregalen gab den Blick auf das angrenzende Arbeitszimmer frei, in dem der rötlich schimmernde Palisanderschreibtisch eines italienischen Designers dominierte.

Das Haus war groß – viel zu groß, fand Inka – und bot Raum genug für alle. Im ersten Stock befanden sich die Schlafräume, Inkas kleines Arbeitszimmer und das Kinderzimmer. Sogar Inkas Kinder bekamen im darüber liegenden Dachgeschoss jedes einen eigenen Raum, der für sie bereitstand, wenn sie zu Besuch kamen.

Seit einiger Zeit stellte Inka fest, dass ihr Mann sich mehr und mehr in seine Arbeit vergrub und sie kaum noch wahrnahm. Dafür kamen Kirsten und Tobias öfter an den Wochenenden zu Besuch, um ihr „Kirschblüten-Kaff“, wie Tobias das Städtchen an der Bergstraße nannte, wenigstens zeitweise gegen ein bisschen großstädtisches Flair zu tauschen. Sie liebten ihren Halbbruder sehr, was ihre Mutter sehr glücklich machte und für manches entschädigte.

Im vergangenen Jahr war Felix eingeschult worden. Inka war jetzt sechsundvierzig und hatte sich eingerichtet in ihrem zweiten Leben, wie sie es nannte. Zwar wünschte sie sich mehr Aufmerksamkeit von ihrem Mann. Außerdem vermisste sie ihre Arbeit als Redakteurin eines großen Zeitschriftenverlages, die sie nach Felix' Geburt aufgegeben hatte. Deshalb hatte sie vor kurzem wieder angefangen, als freie Mitarbeiterin kleinere Beiträge für die „Welt der Mode" zu schreiben. Ihr ehemaliger Chefredakteur hatte ihr den Job angeboten und sie hatte sofort zugesagt, zumal sie meistens von zu Hause aus arbeiten und sich ihre Zeit selbst einteilen konnte. Ein- oder zweimal in der Woche fuhr sie vormittags für ein paar Stunden in die Redaktion, während Felix in der Schule war.

Tobias Bohl war inzwischen neunzehn und hatte seit kurzem den Führerschein. Andreas und Inka hatten ihm zum Geburtstag einen gebrauchten Fiat Panda geschenkt, mit dem er – manchmal zusammen mit seiner Schwester, in letzter Zeit aber häufiger allein – regelmäßig zu ihnen nach Frankfurt kam. Im kommenden Jahr würde er Abitur machen und wollte danach gern für ein Jahr ins Ausland gehen, bevor er eine Ausbildung oder ein Studium begann. Kirsten, ein ehemals schlaksiger pubertierender Teenager, war siebzehn und hatte sich zu einem bildhübschen jungen Mädchen entwickelt, das den jungen Männern in ihrer Umgebung gehörig den Kopf verdrehte.

Andreas' Sohn Arno studierte in Frankfurt Betriebswirtschaft und wohnte in einer Studenten-Wohngemeinschaft. Er machte gerade eine schwierige Phase durch, vernachlässigte sein Studium und zog lieber mit Freunden um die Häuser. Er hatte keine besonders gute Beziehung zu seinem Vater. Wolfs sahen ihn kaum, er meldete sich nur, wenn er wieder einmal abgebrannt war und Geld brauchte. Bei seinen seltenen Besuchen mied er den Kontakt mit Inka. Er hatte es seinem Vater nie verziehen, dass der seine Mutter verlassen hatte. Wolf sprach mit seiner Frau nie über ihn.

Inka gab sich einen Ruck und stand vom Esstisch auf, an den sie wieder zurückgekehrt war, um sich eine zweite Tasse Kaffee einzuschenken. Was war los mit ihr? In letzter Zeit trödelte sie oft und verlor sich in Gedanken. Sie begann Arbeiten, die sie lustlos halb fertig liegen ließ oder saß einfach untätig herum. Manchmal brach sie, scheinbar grundlos, in Tränen aus und erschrak darüber zutiefst. Waren das etwa schon die Vorboten der nahenden Wechseljahre? So etwas gab es, sie hatte davon gehört. Bei manchen Frauen ging das schon los, bevor sie die Fünfzig erreicht hatten. Bei ihrer Mutter war es so gewesen. Inka nahm sich vor, demnächst einen Termin bei ihrer Gynäkologin zu vereinbaren. Der war ohnehin längst wieder fällig.

Nein, sie hatte wirklich allen Grund, mit ihrem Leben zufrieden zu sein. In vier Wochen würden Andreas, Felix, Tobias und sie für drei Wochen an die Nordsee fahren, wo Andreas ein Ferienhaus für die Familie gemietet hatte. Kirsten würde diesmal nicht mitkommen. Andreas und sie hatten ihr einen Feriensprachkurs im englischen Brighton on Sea geschenkt, weil sie ihre Englischkenntnisse verbessern sollte.

Schnell räumte sie das Frühstücksgeschirr ab und stellte es in die Spülmaschine. Sie wollte die Zeit nutzen, bis Felix aus der Schule kam, und den halb fertigen Artikel zu Ende bringen, den sie gestern begonnen hatte. Ein Bericht über eine junge Designerin, die sich kürzlich mit einer Boutique auf der Schweizer Straße selbstständig gemacht hatte.

Bevor sie die Treppe zu ihrem Arbeitszimmer im ersten Stock hochstieg, brachte Inka rasch noch den Mülleimer zum Container vor dem Haus und holte die Zeitung und eine Handvoll Werbung aus dem Briefkasten. Die Straße war fast leer um diese Zeit, nur zwei Frauen standen gegenüber am Gartenzaun und schwatzten miteinander. Ein einsamer Spaziergänger schritt langsam die Straße hinunter und warf einen kurzen Blick zu ihr herüber, bevor er um die Ecke verschwand. Eine der Frauen rief einen Gruß über die Straße und winkte ihr zu. Sie winkte zurück, bevor sie die Haustür wieder hinter sich schloss.

Es war inzwischen schon fast halb elf. In zwei Stunden würde Felix nach Hause kommen. Barbara Hofmann, ihre Nachbarin, hatte heute „Kinderdienst" und würde die Kinder von der Schule abholen. Inka schaltete ihren Laptop ein und machte sich an die Arbeit.

2

Wenn die Klingel mittags das Unterrichtsende verkündete, dauerte es in der Regel nur wenige Minuten, bis sich die große Eingangstür der Schule auf der Sachsenhäuser Landwehr öffnete und ein Schwarm von lärmenden und kreischenden Kindern herausquoll. Sie kamen einzeln oder in Grüppchen. Einige rannten sofort davon, manche trödelten. Wieder andere drängelten sich gegenseitig, rauften miteinander, stoben auseinander und wieder zusammen, tobten und lachten. Die Älteren machten sich allein oder zu mehreren auf den Heimweg, die Jüngeren hielten Ausschau nach ihren Müttern. Ein munterer summender Bienenschwarm, der sich in wenigen Augenblicken in alle Winde zerstreut haben würde.

Ein Grüppchen von Frauen, offensichtlich Mütter von Erst- und Zweitklässlern, stand auf dem Gehweg, manche saßen in ihren geparkten Autos, warteten auf ihre Sprösslinge und winkten ihnen zu, wenn sie sie erspäht hatten. Felix gehörte meistens zu den Ersten, die aus der Tür kamen. Seine Klasse lag im Erdgeschoss direkt neben der Treppe. Er kam fast nie allein, sondern war meistens umgeben von Gleichaltrigen. Man hörte seine

Stimme schon von weitem, bevor er sichtbar wurde. „Ein echter kleiner Leitwolf“, wie Andreas Wolf in Anspielung auf seinen Namen stolz zu sagen pflegte.

Heute waren sie zu viert, Felix, die Nachbarskinder Bastian und Oskar, außerdem Lisa, die eigentlich Elisa hieß. Barbara Hofmann, die Mutter von Bastian und Oskar, holte die Kinder diesmal ab und winkte ihnen aus dem geöffneten Autofenster schon ungeduldig zu. Sie verstaute die Schulranzen im Kofferraum und ließ den Motor an. Sie war sichtlich in Eile und bemerkte nicht, wie Felix und die anderen Kinder sich lachend umdrehten und Felix aus dem Rückfenster begeistert einem bunten Harlekin zuwinkte, der an einer Schnur am Innenspiegel des hinter ihnen fahrenden Autos herabhing.

Zu Hause angekommen kletterte Felix aus dem Auto, winkte den anderen zum Abschied zu und lief schnell zur Haustür, wo Inka ihn bereits erwartete.

„Bin nachher mit Oskar und Bastian verabredet, wir woll’n zum Spielplatz“, mit diesen Worten flitzte er an ihr vorbei und warf seinen Ranzen schwungvoll neben die Kommode in der Diele. „Was gibts’n zu essen?“

„ Mach langsam, geh dir erstmal die Hände waschen. Es gibt dein Lieblingsessen, Schinkennudeln mit Sahnesoße. Was ist denn mit Schularbeiten?“, bremste seine Mutter ihn und ging hinüber zur Küche, aus der es verheißungsvoll duftete.

„Och, wir sollen nur ein Bild malen. Das dauert nicht lange.“

Eine Stunde später saß Felix in seinem Zimmer an seinem Kinderschreibtisch, kramte seine Malsachen heraus und begann zu zeichnen.

„Was wird denn das? Sieht ja aus wie eine Marionette." Inka war leise hereingekommen und schaute ihm über die Schulter.

„Mmh."

„Felix, hast du gehört? Da neben dem Auto, die bunte Figur. Wer soll das sein?"

„Ach so, die meinst du. Ist mein Freund, der Harlekin. Schön, nicht? Gehört so 'nem Mann der manchmal im Auto vor der Schule wartet. Darf ich jetzt auf den Spielplatz?"

Er klappte den Malblock ungeduldig zu und sprang auf. Seine Zeichnung war fertig, er wollte endlich raus. Inka wunderte sich. Wieso Freund? Na, egal. Sie lachte und gab ihm einen Klaps.

„Meinetwegen. Du kannst mir das ja nachher erzählen. Dann lauf und klingele bei den Hofmanns. Es ist wirklich wunderschön draußen heute."

Sie öffnete ihm die Haustür, hielt ihn aber noch zurück und schaute auf ihre Uhr.

„Es ist kurz nach halb drei. Spätestens um fünf kommst du nach Hause, hörst du! Wir müssen nachher Rechnen üben. Gib mir mal deine Gockel-Uhr."

Felix nestelte an seinem Arm und reichte ihr die Uhr, die mitten auf dem Zifferblatt ein bunter Hahn zierte. Andreas hatte sie ihm zu Weihnachten geschenkt. Sie hatte einen eingebauten Wecker, der die eingestellte Zeit mit einem durchdringenden „Kikeriki" meldete. Inka stellte den Alarm auf fünf und befestigte die Uhr wieder an Felix' Handgelenk.

„Hast du dein Mäusespray eingesteckt?"

Er nickte ungeduldig.

„Hab' ich immer bei mir, weißt du doch."

Sie drückte ihm einen schnellen Kuss auf die Wange und schob ihn zur Tür hinaus.

Bastian und Oskar saßen bereits auf der Steinmauer vor dem Haus und warteten auf ihn. Sie hatten ihre Skateboards unter dem Arm. Beide waren älter als Felix. Bastian ging schon in die dritte und Oskar in die zweite Klasse, aber sie mochten Felix und kamen gern zu ihm, weil Inka meistens irgendeine Überraschung für die Kinder hatte. Mal durften sie einen neuen Film mit Felix ansehen, mal spielte sie Spiele mit ihnen, von denen es im Hause Wolf eine Menge gab. Und dazu aßen sie alle zusammen diese wundervollen leckeren Muffins, die Inka selbst backte.

„Wir wollen heute lieber `n bisschen Skateboard fahren. Ewig der blöde Spielplatz, das wird allmählich stinklangweilig", rief Oskar ihm entgegen und Bastian nickte zustimmend.

Felix zögerte. Seine Mutter hatte es nicht so gern, wenn er mit dem Skateboard auf der Straße fuhr, obwohl tagsüber kaum Autos vorbeikamen. Aber die beiden anderen hatten ihre Boards bereits unter den Füßen und rollten im Kreis um ihn herum.

„Nun mach schon", trieb Oskar ihn an.

Aber nur, wenn wir später zur Kletterwand gehen", antwortete Felix, lief aber doch schnell nach Hause zurück und schlich sich leise am geöffneten

Küchenfenster vorbei in die Garage, wo sein Skateboard stand. Ein Glück, dass das Garagentor offen war, sonst hätte er durch den Garten gemusst, und dann hätte ihn seine Mutter bestimmt gesehen.

Wenige Minuten später sausten die Kinder mit ihren Skateboards die Straße entlang. Felix hatte sein Skateboard erst seit kurzem und fuhr noch recht unsicher.

„Achtung, Auto."

Die Kinder rollten an den Straßenrand und ließen den Wagen passieren, der im Schritttempo an ihnen vorbeifuhr. Ein schmutziger grüner Passat älteren Baujahrs, ein ungewohntes Bild in dieser Gegend.

„Da is ja wieder das olle Auto, ist dasselbe wie vorhin, oder?", nuschelte Bastian, der wieder mal an einer Lakritzstange kaute. Er liebte Lakritz und Gummibärchen und hatte meistens eine Tüte davon in der Hosentasche.

„Stimmt, das war nach der Schule, da ist es hinter uns gefahren. Hat immer diese komische bunte Puppe im Fenster hängen."

Felix hatte ein gutes Gedächtnis, und der Harlekin war ihm schon ein paarmal aufgefallen. Oskar grinste.

„Och, so'n blöder Harlekin. Der ist nur was für Babys. Batman ist viel toller. Meine Oma hat mir ein Batman-T-Shirt geschenkt."

„Angeber."

Die Straße war wieder frei. Sie rollten weiter und zogen ihre Schleifen, bis Felix keine Lust mehr hatte und maulte: „Hab' genug. Kommt ihr mit zur

Kletterwand?“

Aber die beiden anderen hatten keine Lust und ließen ihn einfach stehen. Sollte er doch zu seiner Kletterwand gehen, dann würden sie eben ohne ihn weiter skaten. Aber ganz wohl war ihnen nicht in ihrer Haut. Die Mutter hatte ihnen oft genug eingeschärft, dass sie Felix nicht allein lassen sollten.

3

Die Wolf´sche Anwaltskanzlei befand sich mitten im Stadtzentrum im dritten Stock eines denkmalgeschützten Hauses aus der Gründerzeit. Früher hatten dort wohlhabende Frankfurter Bürger ihre Stadtwohnungen gehabt. Das Haus war im Krieg verschont geblieben und in den siebziger Jahren aufwändig restauriert worden. Es diente nicht mehr als Wohnhaus. Außer der Anwaltskanzlei gab es weitere Büros, und das Erdgeschoss nahm ein großes Ladengeschäft ein, in dem sich ein Herrenausstatter eingerichtet hatte.

Die verkehrsgünstige Lage und die moderne Ausstattung hatten die Mieten im Laufe der Zeit in die Höhe getrieben, aber Andreas Wolf und sein Partner hatten damals keine Sekunde gezögert, die Räume zu mieten, als sie auf der Suche nach einer repräsentativen Büroetage gewesen waren.

Heute herrschte Hochbetrieb. Wolf hatte den Großteil des Vormittags im Büro eines Mandanten verbracht und sich verspätet. Seine Sekretärin Anna Weber hatte alle Hände voll zu tun gehabt, die Anrufer auf den Nachmittag zu vertrösten und die seit fast einer Stunde wartende Mandantin mit Kaffee zu versorgen. Als Andreas eintraf und sich wortreich bei ihr entschuldigte, schmolz ihr Unmut schnell dahin. Es fiel ihr sichtlich schwer, sich seinem Charme zu entziehen, den er für weibliche Klienten jederzeit hervorzaubern konnte. Die Sekretärin musste unwillkürlich lächeln. Sie kannte das schon.

Nach einer kurzen Mittagspause war Wolf gerade dabei, die Tagespost durchzusehen, als sein privates Telefon klingelte. Er schaute auf das Display. Kronberg. Die schon wieder. Er hatte ihr dummerweise damals seine Durchwahl gegeben. Missmutig griff er zum Hörer, aus dem ihm sofort ein Wortschwall entgegenschlug: Seine Exfrau Britta, die sich wieder einmal wortreich über ihren gemeinsamen Sohn beschweren wollte.

„Du musst endlich mal mit ihm reden. So geht das nicht. Er kommt überhaupt nicht mehr nach Hause. Ich erreiche ihn seit Wochen nicht, auf seinem Handy läuft die Mailbox, aber er ruft nie zurück. Verdammt, ich bin seine Mutter, aber wenn ich schon mal was brauche …"

So ging es eine ganze Weile weiter, bis Andreas irgendwann ihren Redestrom unterbrach und gereizt sagte:

„Mein Gott, hör auf, der Junge ist kein Kind mehr. Begreif das endlich. Es nervt ihn eben, wenn du ihn jeden Tag anrufst. Er wird sich schon bei dir melden, spätestens wenn ihm das Geld ausgeht. Wie oft habe ich dir schon gesagt, dass du mich nicht wegen jeder Kleinigkeit im Büro anrufen sollst? Du weißt selbst, dass Arno auf mich viel weniger hört als auf dich. Es sind bald Semesterferien, wahrscheinlich hängt er irgendwo in einer

Vorlesung oder bei Freunden herum oder ist unterwegs. Sprich mit deinem Vater, den bewundert er doch so. Vielleicht kann der mal seinen Einfluss geltend machen."

Wolf presste die Lippen aufeinander. Das Thema Arno hörte wohl nie auf. Er hatte weiß Gott alles für diesen Jungen getan. Das teure Internat, jeden Monat reichlich Taschengeld – andere mussten dafür jobben – nach dem Abitur ein Jahr Australien, danach das teure Studium und jeden Monat die horrende Miete für die Studentenbude in Bornheim, dabei stand die Einliegerwohnung im Kronberger Haus seit langem leer. Britta wollte keine fremden Leute im Haus haben und hatte wohl die Hoffnung noch nicht aufgegeben, dass Arno irgendwann wieder dort einziehen würde.

Er wählte Arnos Handynummer und wartete. Nach mehrmaligem Läuten knackte es in der Leitung, und zu seinem Erstaunen meldete sich Arno tatsächlich.

„Hallo, Großer, wo steckst du denn, deine Mutter macht sich Sorgen um dich." Wolf zögerte. Im Hintergrund hörte er Stimmengewirr und Gejohle. Autos hupten. Jemand lachte scheppernd.

„Wo bist du?", fragte Andreas noch einmal.

„Sitze mit ein paar Kumpels in 'ner Kneipe … Wir … wir besprechen … und … unsere Fahrtroute … Fahren mit dem Auto … Spanien." Die Verbindung war schlecht, brach zwischendurch immer wieder ab.

„Ruf wenigstens mal bei deiner Mutter an, oder besser, fahr kurz bei ihr vorbei. Brauchst du Geld für die Reise?"

Pause, dann „Nee, lass man, habe ich schon vom Alten.“

Arnos Stimme klang gepresst.

„Ist wirklich alles in Ordnung bei dir? Du klingst so anders als sonst.“

„Nein, das heißt, ja, es ist alles in Ordnung. Tschüss, ich muss aufhören, die anderen gucken schon.“

Dann war die Verbindung unterbrochen. Britta hatte Recht. Irgendwann musste er mit seinem Sohn ernsthaft reden. Sie hatten sich in den vergangenen Jahren nicht viel zu sagen gehabt. Nach der Scheidung der Eltern hatte der Junge sich zurückgezogen in seine eigene Welt, zu der sein Vater keinen Zugang hatte. Nur seinen Großvater besuchte er regelmäßig, vor allem, wenn er knapp bei Kasse war. Er vergötterte ihn, der in ihm seinen künftigen Nachfolger sah. Das Immobilienunternehmen van Stetten war in der Frankfurter Baubranche ein Begriff und der alte van Stetten galt als cleverer und eiskalter Geschäftsmann.

Wolf wusste wenig, eigentlich gar nichts mehr von Arno. Vielleicht hatte er sich einfach nicht genug Mühe gegeben. Er zählte an seinen Fingern ab: Im fünften Semester musste sein Sohn sein. Dann wäre es gar nicht mehr so lange bis zum Examen. Sollte sich der Alte darum kümmern, schließlich sollte Arno später seine Firma übernehmen.

Er nahm sich fest vor, mit Arno nach seiner Rückkehr ein ernsthaftes Vater-Sohn-Gespräch zu führen. Ihm fiel ein, dass er gar nicht gefragt hatte, wie lange Arno weg sein würde. Wann fingen eigentlich die Semesterferien an? Automatisch griff er erneut zum Telefonhörer, legte ihn aber wieder zurück. Nein, jetzt nicht, lieber morgen oder ein anderes Mal. Nach dem Urlaub. Ja, nach dem Urlaub würde er bestimmt mit ihm reden.

Er schaute auf die Uhr und wandte sich wieder seinem Poststapel zu. Um halb sechs hatte er noch einen Termin mit einem neuen Mandanten, für den er sich Zeit nehmen musste. Es würde sicher wieder spät werden.

Es war schon fast sieben, als Anna Weber endlich mit einem Seufzer ihren Stuhl zurückschob, aufstand und hinüber zu ihrem Chef ging:

„Brauchen Sie mich noch? Ich würde gern Feierabend machen. Ich bin verabredet heute Abend."

„Ja, ja, gehen Sie nur, ich schließe dann ab", murmelte Wolf abwesend. Sie waren fast immer die Letzten auf der Etage. Der andere Mieter, ein Unternehmensberater, dem er nach der Trennung von seinem Partner aus Kostengründen dessen Räume überlassen hatte, hatte schon Feierabend. Die Anwaltsgehilfin hatte bereits vor einer Stunde die Ausgangspost fertiggemacht und sich danach verabschiedet. Nur die Putzfrau hantierte noch in der Teeküche geräuschvoll mit dem schmutzigen Geschirr und stellte es in die Spülmaschine.

Anna Weber wollte gerade den Anrufbeantworter einschalten, als das Telefon klingelte. Sie wunderte sich. Wer rief denn um diese Zeit noch an?

„Legen Sie's auf meinen Apparat, ich mache das schon. Und schließen Sie die Tür bitte", rief Wolf ihr zu und griff nach dem Hörer.

Sie räumte ihre Sachen zusammen und wollte

gerade zur Tür gehen, als ihr Chef hastig an ihr vorbei zum Ausgang rannte.

„Um Himmels willen, was ist denn passiert? Kann ich Ihnen helfen? Wo rennen Sie denn hin?“, rief die Sekretärin erschrocken.

„Ich … nein, … meine Frau hat angerufen … Felix ist … er ist nach dem Spielen nicht nach Hause gekommen … alles abgesucht ….ich muss sofort nach Hause.“

Damit war er zur Tür hinaus und ließ Anna ratlos zurück. Ihr blieb nichts anderes übrig, als Wolfs Rechner auszuschalten, ein paar verstreut umherliegende Papiere zu ordnen und wegzuräumen, seine Bürotür hinter sich zu schließen und ebenfalls das Büro zu verlassen. Sie nahm sich vor, ihn später am Abend anzurufen. Aber jetzt freute sie sich erst einmal auf ein Treffen mit ihrer Freundin Irene, die sie schon seit Wochen nicht mehr gesehen hatte.

Irene Bauer und sie kannten sich seit mehr als zwanzig Jahren. Irene hatte als Teilzeitkraft für eine Zeitarbeitsfirma gejobbt. Sie war ein paar Jahre älter als Anna, die damals gerade ihre Lehre als Bürokauffrau beendet hatte. Auf der Suche nach einer neuen Festanstellung war sie in der Firma gelandet, in der Irene einen befristeten Einsatz hatte.

Die Freundin hatte es im Leben nicht immer leicht gehabt. Sie hatte gegen den Willen ihres Vaters die Schule abgebrochen, als sie schwanger wurde, und war mit dem Baby zunächst bei ihren Eltern im Odenwald geblieben. Zwar hatte sie dann geheiratet, aber die Ehe hielt nicht lange, und die anschließende Scheidung war nur eine Formsache.

Danach hatte sich Irene mit ihren Eltern überworfen und war nach Darmstadt gezogen. Verdiente dort mit Gelegenheitsjobs und später bei der Zeitarbeitsfirma den Lebensunterhalt für sich und ihren Jungen, der bei ihren Eltern aufwuchs. Sie sprach nur ungern über ihre Vergangenheit und blockte die Fragen der Freundin stets hartnäckig ab.

Anna Weber hatte das respektiert und ihr so manches Mal ausgeholfen, wenn Irene Bauer kurz vor Monatsende wieder einmal knapp bei Kasse war. Einmal waren sie zusammen in Urlaub gewesen, aber da Anna am liebsten Aktivurlaube machte und Irene wenigstens in den Ferien mit ihrem Sohn zusammen sein wollte, hatten sie das wieder aufgegeben.

Inzwischen war Pauli, wie ihn seine Mutter früher liebevoll genannt hatte, zwar längst erwachsen, aber es gab scheinbar dauernd irgendwelche Probleme mit ihm. Er hatte die Schule abgebrochen und zwei Lehrstellen geschmissen, bevor er endlich seinen Berufsabschluss als Fernmeldetechniker geschafft hatte. Danach war er in kurzen Abständen arbeitslos, hing meistens mit Freunden in Kneipen oder Discos herum und lag seiner Mutter auf der Tasche. Anna Weber hatte ihn schon seit Jahren nicht mehr gesehen, und die Freundin sprach kaum noch von ihm. Sie arbeitete inzwischen in der Verwaltung eines Darmstädter Pharmakonzerns, hatte sich dort bewährt und verdiente nicht schlecht. In letzter Zeit wirkte sie nicht mehr ganz so angespannt wie früher und hatte neuerdings an den Wochenenden meistens etwas vor. Als Anna eines Tages in Irenes Badezimmer eine fremde Zahnbürste entdeckt und sie darauf angesprochen hatte, war Irene blutrot und sehr verlegen geworden.

Anna fuhr mit dem Fahrstuhl nach unten und lief hinüber zum Parkhaus, in dem die Kanzlei drei Parkplätze angemietet hatte. Normalerweise fuhr sie mit der U-Bahn ins Büro, aber heute hatte sie das Auto genommen, um am Abend möglichst schnell bei der Freundin zu sein.

4

Das Haus lag in einer schäbigen Seitenstraße in der Nähe der Berger Straße. Dort gab es keine liebevoll restaurierten Fassaden, keine gemütlichen Kneipen und Läden wie nur hundert Meter weiter, wo das Szeneviertel begann. Grau und verwittert die Fassade, zwei gesprungene Fensterscheiben im ersten Stock, abgetretenes Linoleum im Treppenhaus. Vier Stockwerke, kein Fahrstuhl. Die Treppenbeleuchtung funktionierte nicht, und nur wenige Wohnungen waren bewohnt. Alte Mieter, die mehr als ihr halbes Leben hier verbracht hatten, starben nach und nach, junge zogen aus, sobald sie sich etwas Besseres leisten konnten. Es hieß, das Haus solle saniert und verkauft werden, deshalb ließ der Besitzer die frei werdenden Wohnungen leer stehen. Er selbst wohnte nicht hier, sondern irgendwo in Bayern und ließ sich nicht oft sehen. Es war genau der richtige Ort, um unerkannt zu bleiben.

Der Mann parkte seinen Wagen direkt neben dem Hauseingang und stieg aus. Er war untersetzt und trug eine ausgebleichte Jeansjacke über einem verschmutzten T-Shirt und eine tiefsitzende Baseball-Kappe, unter der er vorsichtig nach allen Seiten schaute. Er öffnete die hintere Tür des Wagens und ließ das Kind aussteigen. Es schaute sich ängstlich um und wollte protestieren. Ohne sich darum zu kümmern, nahm der Mann den Jungen energisch bei der Hand und schob ihn auf den Hauseingang zu.

Felix hielt in der linken Hand den bunten Harlekin, den der Mann mit dem grünen Auto ihm auf dem Spielplatz geschenkt hatte, und mit der rechten klammerte er sich an der Hand seines Begleiters fest und blickte sich misstrauisch um.

„Wann kommt denn mein Papa? Weiß er überhaupt, wo du wohnst? Das ist aber ein hässliches Haus. Bei uns ist es viel schöner."

„Keine Angst, dein Papa kommt bestimmt bald. Hat er wenigstens gesagt. Wir rufen ihn nachher nochmal an. Lass uns aber erst raufgehen, da bekommst du `ne Cola. Du hast doch sicher Durst, oder?"

Felix zögerte und wäre jetzt lieber zu Hause gewesen oder bei Hofmanns. Eigentlich wusste er genau, dass er nicht mit Fremden mitgehen sollte. Das hatte die Mami ihm immer wieder eingeschärft, und in der Schule hatten sie auch darüber gesprochen. Aber das hier war schließlich etwas anderes. Der Mann hieß Blacky, er war ein Bekannter von Papa und hatte ihm erzählt, dass sein großer Bruder Tobias am Nachmittag einen schlimmen Unfall gehabt hatte und die Eltern sofort zu ihm nach Darmstadt ins Krankenhaus gefahren waren. Deshalb hatten die Eltern Blacky gebeten, so lange auf ihn aufzupassen, bis der Papa kommen und ihn abholen würde.

Im Treppenhaus war es düster und es roch muffig. Der Junge schnüffelte und zog die Nase kraus, aber sein Begleiter schob ihn einfach weiter. Er fingerte an seinem Schlüsselbund, während Felix unruhig von einem Fuß auf den anderen trat. Er musste dringend aufs Klo und hatte auf einmal schrecklichen Durst.

Cola hatte der Mann gesagt. Oh ja, Cola durfte er zu Hause niemals trinken. Tobias hatte ihm heimlich mal eine spendiert, das durfte aber keiner wissen. Überhaupt Tobias, was war mit ihm? Felix liebte Tobias sehr, und wenn der im Krankenhaus lag, war es ganz klar, dass Mami erstmal bei ihm bleiben musste. Hauptsache der Papa kam bald zurück, um mit ihm nach Hause zu fahren. Eigentlich hätte er ja lieber bei den Hofmanns auf die Eltern gewartet, aber er war immer noch sauer auf Bastian und Oskar, weil sie ihn nach dem Skaten einfach stehen gelassen hatten. Da kam ihm Papas Bekannter gerade recht, den die Eltern gebeten hatten, ihm Bescheid zu sagen. Blacky hatte vom Spielplatz aus gleich Papa auf dem Handy angerufen und ihm gesagt, dass er sich Zeit lassen könne, weil er Felix mit zu sich nach Hause nehmen würde. Das hatte er selbst gehört. Es war also alles in Ordnung.

Und wenn ihm Blacky sogar erlaubte, Cola zu trinken, würde er das ganz bestimmt niemandem verraten. Pah, er war doch schon groß. Das hatte der andere Mann am Nachmittag auch gesagt, der mit seinem Auto neben dem Spielplatz angehalten und ihm eine Weile an der Kletterwand zugesehen hatte. Bevor er weiterfuhr, hatte er die Harlekinpuppe aus seinem Auto geholt und sie ihm geschenkt. Felix liebte Geschenke. Und er liebte Abenteuer.

Die Wohnungstür im zweiten Stock war verzogen und klemmte, aber schließlich standen sie in einem engen dunklen Flur, von dem drei Türen abgingen. Der Mann öffnete die mittlere und ging voraus in ein ebenfalls dunkles Zimmer, in dem die Rollläden halb heruntergelassen waren. Als er sie ein Stück hochzog und das Tageslicht hereinfiel, sah Felix ein schäbig möbliertes unaufgeräumtes Wohnzimmer. An der Längswand gegenüber eine verschlissene Couch, davor stand ein brauner verschrammter Holztisch. Neben der Couch lagen Kleidungsstücke auf dem Boden. Auf der Längsseite des Raumes vor dem Fenster ein Plastiktisch, auf dem ein Computer stand, und daneben – Felix' Augen begannen zu glänzen – ein Stapel mit Computerspielen. Auf einem Stuhl in der Ecke lagen eine Spielekonsole und eine schwarz-blaue Schachtel. Felix' Herz begann zu klopfen. Er hatte die schwarz-blaue Verpackung mit den Lego-Figürchen sofort erkannt. Na, da würden Oskar und Bastian aber staunen, wenn er ihnen davon erzählte.

„Hast du auch Kinder?“, fragte er neugierig.

„Nein“, war die kurze Antwort.

„Wo is ‘n das Klo? Ich muss mal.“

Es war wirklich dringend. Felix sauste an der ausgestreckten Hand Blackys vorbei ins Bad. Als er zurückkam, saß Blacky am Tisch und trommelte ungeduldig mit den Fingern auf die Tischplatte.

„Wann wollen wir denn meinen Papa anrufen?“, fragte Felix zaghaft.

„Gleich, aber jetzt sei erstmal still, ich muss

nachdenken."

„Aber die Cola", erinnerte Felix ihn vorsichtig.

Blacky brummte etwas und polterte nach nebenan. Felix hörte eine Kühlschranktür klappen. Dann kam Blacky zurück mit einer Cola-Büchse in der einen und einer Pappschachtel in der anderen Hand.

„Hier. Und in der Schachtel sind Negerküsse für dich, die darfst du essen."

„Mami hat gesagt, die heißen Schaumküsse. Negerküsse darf ich nicht sagen."

„Meinetwegen, dann eben Schaumküsse."

„Hast du Strohhalme?"

„Nun gib schon Ruhe. Ich habe keine Strohhalme und keine Gläser. Musst schon aus der Büchse trinken, das machen alle so."

Er öffnete die Dose, dass es zischte und gab sie Felix.

„Ich muss kurz weg, was erledigen. Meinst du, du kannst eine Viertelstunde allein bleiben? Klar, du bist doch schon ein großer Junge, nicht wahr? Dauert auch nicht lange."

„Kann ich nicht mitkommen?"

Nun bekam er es doch wieder mit der Angst zu tun. Er wollte nicht allein in diesem hässlichen Haus bleiben, in dem es so muffig roch. Der Papa sollte endlich kommen. Er wollte nach Hause.

„Herrgott nochmal, stell dich doch nicht so an. Komm mit zum Fenster. Siehst du, ich gehe nur bis dort drüben zur Ecke in den Laden und kaufe uns was zum Essen. Bin gleich wieder da."

Ehe Felix antworten konnte, war er zur Tür hinaus, und Felix hörte erschrocken, wie der Schlüssel von außen zweimal umgedreht wurde. Warum schloss Blacky die Tür ab? Er überlegte. Sein Papa schloss zu Hause auch abends die Tür ab, bevor die Eltern schlafen gingen, und stellte sogar die Alarmanlage an, wenn es dunkel wurde. Damit keine Einbrecher kamen. Vielleicht hatte Blacky auch Angst vor Einbrechern. Vorsichtig lugte er unter dem halb offenen Rollladen nach unten und sah gerade noch, wie Blacky über die Straße ging und hinter der nächsten Ecke verschwand.

5

Als Felix um fünf nicht zu Hause war, hatte sich Inka zunächst nichts dabei gedacht. Na warte nur, du Strolch, komm du mal nach Hause. Vorlesen ist für heute gestrichen, nahm sie sich vor. Allmählich musste ihr Jüngster lernen, sich an Abmachungen zu halten. Wozu hatte sie ihm die Signal-Uhr geschenkt?

Sie saß an ihrem Computer, konnte sich aber nicht mehr konzentrieren und schaute ständig auf die Uhr. Nach einer Viertelstunde wurde sie unruhig. Sie stand auf und lief vors Haus. Schaute nach rechts und links. Nichts. Allmählich spürte sie, wie Angst in ihr hochkroch. Sie nahm ihren Hausschlüssel vom Schlüsselbrett in der Diele und lief hinaus bis zur nächsten Ecke. Von dort aus konnte sie bis zum Haus der Hofmanns sehen. Die Straße lag menschenleer vor ihr. Ihre Angst verstärkte sich mit jedem Schritt und machte sie atemlos. Wo war Felix?

„Feeee-lix! Feee-lix!"

Sie klingelte bei Hofmanns und zwang sich zur Ruhe. Barbara Hofmann öffnete und Inka hörte im Hintergrund die Stimmen von Oskar und Bastian, die miteinander stritten. Dann war Felix sicher bei ihnen. Sie atmete auf.

„Hallo Barbara. Felix sollte um fünf zu Hause sein. Hat er das nicht gesagt?"

Barbara erschrak.

„Wieso, ist er denn nicht nach Hause gekommen? Bei uns ist er nicht. Warte, ich frage Oskar."

Sie ging hastig zum Zimmer der Jungen. Inka folgte ihr.

„Oskar, Bastian, wart ihr denn nicht mit Felix zusammen auf dem Spielplatz? Seine Mutter sucht ihn."

„Wir wa-wa-waaren heute gar nicht au-au-auf dem Spielplatz. Ba-ba-ba-stian und ich wo-wo-wollten heute lieber bloß Skateboard fahren."

Oskar war feuerrot geworden und stotterte vor Verlegenheit. Hilfesuchend schaute er sich nach seinem Bruder um.

„Und da habt ihr ihn einfach alleine gelassen? Er ist doch erst sieben."

Inka wartete die Erklärung der beiden gar nicht mehr ab. Sie machte kehrt und rannte aus dem Haus in Richtung Spielplatz. Barbara folgte ihr auf dem Fuße, und beide riefen immer wieder Felix' Namen.

„Geh du nach Hause, vielleicht ist er inzwischen dort. Ich bleibe hier und suche weiter."

Barbara versuchte ruhig zu bleiben und nachzudenken, weil sie merkte, dass die Freundin in Panik geriet. Sie suchte den Spielplatz systematisch ab. Keine Spur von Felix. Als sie zurücklief, kam ihr Inka schon wieder entgegen. Sie hatte inzwischen an mehreren Haustüren geklingelt, und ein paar Frauen standen aufgeschreckt auf der Straße zusammen und debattierten. Die meisten kannten einander, viele waren befreundet.

„Du musst die Polizei verständigen."

„Hast du deinen Mann schon angerufen?"

„Wir sollten mit mehreren Autos das ganze Viertel abfahren."

„Feee-lix! Feeeeee-lix!"

Inka wusste kaum, was sie tat, sie schrie seinen Namen in alle Richtungen, bis ihre Stimme den Dienst versagte. Dann begann sie zu weinen, schluchzte stoßweise und konnte nicht mehr aufhören.

„Komm, wir gehen zu euch, du musst Andreas anrufen. Und dann benachrichtigen wir die Polizei."

Barbara nahm Inka am Arm und führte sie behutsam zum Wolf'schen Haus.

Es war kurz nach sieben, als Andreas Wolf fast zeitgleich mit der Polizei zu Hause eintraf. Zwei Kriminalbeamte vom Dezernat K 11 in Frankfurt stellten sich vor als Peter Scholz und Karsten Schönfeld und betraten mit ihm zusammen das Haus. Mehrere Streifenbeamte blieben zunächst vor dem Haus stehen und warteten auf ihren Einsatzbefehl. Barbara Hofmann kam den Männern in der Diele entgegen und führte sie ins Wohnzimmer, wo Inka in sich zusammengesunken auf der Couch saß. Als die Männer den Raum betraten, sprang sie auf und bewegte die Lippen, aber es kam kein Laut.

Wolf war mit einem großen Schritt bei ihr und zog sie an den Schultern hoch.

„Wie konnte das passieren? Warum war Felix denn nicht mit den anderen Kindern zusammen? Und wo warst du überhaupt den ganzen Nachmittag? Warum hast du mich nicht schon viel früher angerufen?“

Und so ging es weiter. Bei jeder Frage, die auf sie niederprasselte, zuckte Inka zusammen. Dabei hatte sie sich selbst schon hundertmal dasselbe gefragt. Die Angst um ihr Kind nahm ihr den Atem. Ihr Mann musste doch merken, dass sie am Ende ihrer Kräfte war. Sie schwieg und fing an zu weinen.

„Bitte, Herr Wolf, das bringt doch nichts. Überlassen Sie das Fragen besser uns.“

Schönfeld wandte sich an Inka:

„Frau Wolf, beruhigen Sie sich bitte. Und jetzt berichten Sie uns mal der Reihe nach. Wann haben Sie Ihren Sohn zuletzt gesehen?“

Inka erzählte mit leiser Stimme und immer wieder von Schluchzen unterbrochen, wie sie Felix nach den Schularbeiten erlaubt hatte, mit den Nachbarskindern zum nahen Spielplatz zu gehen. Sie erzählte, dass er um fünf Uhr wieder zu Hause sein sollte.

„Ich habe ihm extra seine Signaluhr eingestellt, damit er beim Spielen nicht die Zeit vergisst. Die Uhr hat ein Tonsignal, einen krähenden Hahn …“

Der andere Beamte, Peter Scholz, unterbrach sie.

„Frau Wolf, geben Sie mir bitte zunächst eine möglichst genaue Beschreibung Ihres Sohnes. Wie groß ist er, Haarfarbe, besondere Merkmale, was hat er an, welche Kleidungsstücke? Bitte so genau wie möglich. Haben Sie vielleicht ein paar neuere Fotos von Felix, die wir an die Beamten draußen verteilen können? Einige von ihnen werden sofort das ganze Viertel und das Gelände rund um den Spielplatz gründlich absuchen, so lange es draußen noch hell ist. Glauben Sie mir, meine Männer haben Erfahrung mit Ausreißern. Bestimmt werden sie Ihren Sohn bald finden. Vielleicht hat er sich nur irgendwo versteckt und ist übermüdet eingeschlafen."

Wolf hatte bereits seinen Laptop gestartet und fand einen Schnappschuss, den er am vorletzten Wochenende im Garten gemacht und abgespeichert hatte. Er stellte den Drucker an und druckte ein Dutzend Kopien des Fotos aus.

„Sehr schön, danke."

Scholz nahm die Kopien und gab Schönfeld einen Wink, bevor er nach draußen verschwand. Schönfeld folgte ihm auf die Straße. Außer Hörweite wandte er sich an einen der wartenden Beamten und beauftragte ihn, in allen Krankenhäusern der Stadt nachzufragen, ob es Unfälle mit Kindern gegeben hätte. Danach ging er zurück ins Haus.

Barbara Hofmann hatte sich neben Inka auf die Couch gesetzt und den Arm um sie gelegt. Wolf lief unruhig auf und ab und sah in kurzen Abständen auf die Uhr. Als Schönfeld eintrat, hob Inka den Kopf und sah ihm entgegen.

„Sie werden Felix finden, nicht wahr?", flüsterte sie, „Es wird bald dunkel draußen, da fürchtet er sich bestimmt."

Schönfeld überging die Frage und versuchte, die Angst in ihrer Stimme zu ignorieren.

„Spielt Felix öfter auf diesem Spielplatz?"

„Ja, so oft schönes Wetter ist. Er liebt die Kletterwand sehr."

„Ist er früher schon mal weggelaufen?"

„Nein, nie. Wieso fragen Sie das?"

Ohne darauf einzugehen, fragte Schönfeld weiter.

„Wie heißen die Nachbarskinder, mit denen er dort war, und wo wohnen sie? Haben Sie sie schon gefragt, wann sie Felix zuletzt gesehen haben?"

Jetzt mischte sich Barbara ins Gespräch.

„Ich bin Barbara Hofmann, die Nachbarin. Es geht um meine Söhne Bastian und Oskar. Sie sind zehn und neun Jahre alt. Wir wohnen nur ein paar Schritte entfernt in der Nummer 12. Die beiden waren heute nicht auf dem Spielplatz. Sie sind nur eine knappe Stunde mit Felix auf unserer Straße Skateboard gefahren. Als Felix keine Lust mehr zum Skaten hatte, ist er wohl allein auf den Spielplatz gegangen."

„Er wollte sicher zur Kletterwand, oder?", unterbrach sie Inka und weinte schon wieder.

„Wo sind Ihre Söhne im Augenblick, Frau Hofmann?", fragte der Beamte.

„Zu Hause bei meinem Mann. Ich habe ihn angerufen, und er ist sofort nach Hause gekommen, damit ich mich um Inka kümmern kann."

„Gut, wenn Sie nichts dagegen haben, werde ich gleich mit Ihnen nach Hause gehen und dort mit Ihren Kindern sprechen."

Schönfeld nickte Barbara Hofmann zu und wendete sich wieder an das Ehepaar Wolf.

„Die anderen Beamten werden inzwischen in alle Häuser der Umgebung gehen und dort die Leute befragen und Gärten, Keller und Dachböden absuchen. Zwei Männer kommen auch zu Ihnen und schauen sich hier um."

Nach einer Pause fügte er hinzu:

„Wenn ich zurückkomme, möchte ich mir gerne Felix' Zimmer anschauen."

„Aber wozu denn das? Dort finden Sie ihn ganz bestimmt nicht", sagte Wolf und biss sich auf die Lippen. „Oder glauben Sie etwa ...", er brach ab und schluckte.

„Und noch etwas. Für den Fall, dass unsere Leute das Kind nicht bald finden, werden gleich zwei Techniker von uns kommen und Ihr Telefon präparieren."

Inka sprang auf. Sie war kreidebleich geworden.

„Sie glauben, er ist entführt worden? Nicht wahr, das glauben Sie doch?"

„Wir können es zumindest nicht ausschließen", sagte Schönfeld vorsichtig. Dann verließ er mit Barbara Hofmann das Haus, und zwischen den Eheleuten breitete sich Schweigen aus. Inka weinte leise vor sich hin, bis ihr Mann sie anfuhr:

„Hör um Himmels willen endlich auf zu heulen, wir dürfen jetzt nicht die Nerven verlieren."

Inka sah ihn an und spürte plötzlich, wie etwas in ihr zerbrach. Sein barscher Ton ließ sie frösteln. Aber das war jetzt nicht wichtig. Zuerst musste sie ihr Kind wiederhaben, alles andere würde sich finden.

Als es plötzlich an der Haustür klingelte, schrak sie zusammen. Wolf öffnete die Tür und kam mit zwei Männern zurück, die sofort begannen, die mitgebrachten Gerätschaften auszupacken und an der Telefonanlage zu hantieren. Ihr Mann sah ihnen dabei zu und ließ sich erklären, was sie vorhatten.

Inka saß und wartete. Die Zeit schien stillzustehen.

6

Stimmengewirr erfüllte die Luft, die schwer und verbraucht im Raum hing. Der Wirt hinter der Theke, ein fetter Glatzkopf mit Stiernacken und tätowierten Oberarmen, die aus einem schmuddeligen grauen T-Shirt ragten, empfing den neuen Gast mit schmierigem Grinsen:

„Hey, Blacky, das Übliche?“

„Ja, und dazu ‘nen Doppelten für dich und mich“, brummte der Mann und schob seine Baseballkappe in den Nacken. „Haste Wladi heute schon gesehen?“

„Nee, aber ich soll ihn anrufen, wenn du kommst. Er kriegt wohl ‘n Haufen Kohle von dir.“

„Warte mal, nicht anrufen. Sag mir erst, ob Paule und die anderen da sind.“

Er wies mit dem Daumen auf eine unauffällige geschlossene Tür neben dem Spielautomaten im hinteren Teil der Kneipe.

„Noch nich, is noch zu früh. Wieso kommst’n überhaupt schon?“

„Weil ich gleich wieder weg muss. Geschäfte. Mach mir mal ‘n paar Sandwiches fertig zum Mitnehmen. Aber was Leckeres und nicht zu fett. Und ‘n paar Flaschen Cola und Bier. Hast du auch

Schokoriegel oder sowas und ‘n paar Äpfel? Vielleicht auch Bananen?“

„Nanu, willst du ‘n Picknick veranstalten?“

Der Wirt schaute ihn von der Seite an.

„So was Ähnliches“, war die einsilbige Antwort.

„Nu lass dir nicht alles aus der Nase ziehen.“

Aber Blacky war nicht zum Sprechen aufgelegt. Er wartete, bis die Sandwiches aus der Küche gebracht wurden, packte alles zusammen mit den Getränken und dem Obst in eine große Plastiktüte, trank sein Bier aus und bezahlte.

„Ich komme vielleicht später nochmal“, murmelte er und schob sich vom Hocker.

„Soll ich Wladi was ausrichten, wenn er sich meldet?“

„Sag ihm, dass er bald sein Geld kriegt. Ich brauche nur noch drei Tage. Hörst du, drei Tage!“

„Ist ja gut, hau schon ab.“

Draußen atmete er tief durch und machte sich auf den Heimweg. Jedes Mal wenn er die „Endstation“ verließ, schwor er sich aufs Neue, dass damit endlich Schluss sein musste. Auch diesmal gelobte er sich das wieder, obwohl er gar nicht im Hinterzimmer gewesen war. Er war nur gekommen, weil die Läden im Viertel bereits geschlossen hatten und er für sich und den Jungen etwas zum Abendessen brauchte. Daran hätte er eigentlich früher denken müssen.

Er rückte seine Baseballkappe gerade und blickte gewohnheitsmäßig über die Schulter zurück. Als er sah, wie eine schwarze Limousine vor dem Lokal hielt und eine dunkel gekleidete drahtige Gestalt ausstieg und eilig die drei Stufen zur Eingangstür emporstieg, grinste er in sich hinein. Glück gehabt. Aber in ein paar Tagen war der Spuk ja ohnehin vorbei und er seine Schulden los.

Er musste nachdenken. Obwohl er fast am Ziel war, lag das Schwierigste noch vor ihm. Er musste das Vertrauen des Kindes gewinnen und verhindern, dass Felix es mit der Angst bekam, wenn er merkte, dass sein Vater nicht kam, um ihn abzuholen. Das Kind konnte schließlich nichts dafür. Irgendwie mochte er den Jungen sogar.

Schluss damit, er konnte sich keine Sentimentalitäten leisten. Bis jetzt hatte alles geklappt, aber er durfte keinen Fehler machen, sonst geriet die Sache am Ende außer Kontrolle. Und dann bekäme er Ärger mit seinem Kumpel.

7

Draußen war es inzwischen dunkel geworden. Inka saß immer noch zusammengesunken und völlig regungslos auf der Couch im Wohnzimmer, während ihr Mann pausenlos hin- und herlief, sich zwischendurch irgendwo hinsetzte, um gleich darauf wieder aufzuspringen. Inkas unnatürliche Ruhe machte ihn rasend. Er schaute zu ihr hinüber. Sie war totenblass und stand offenbar kurz vor einem Zusammenbruch. Verdammt, hätte sie besser auf Felix aufgepasst, dann wäre das alles nicht passiert. Der Gedanke, dass sie ihn gerade jetzt dringend brauchte, kam ihm nicht.

Schönfeld und einer der Techniker saßen am Esstisch und unterhielten sich leise.

Barbara Hofmann war wieder da. Sie hatte in der Küche für alle ein paar belegte Brote zurechtgemacht und Kaffee gekocht. Als sie gerade das beladene Tablett auf dem Esstisch absetzen wollte, klingelte das Telefon im Arbeitszimmer. Wolf war mit drei Schritten am Schreibtisch, hielt aber inne, als Schönfeld warnend sagte:

„Bleiben Sie ganz ruhig und denken Sie daran, nichts Unüberlegtes zu sagen, egal wer am anderen Ende der Leitung ist."

Er nickte und nahm den Hörer in die Hand. Er

meldete sich, horchte einen Moment und entspannte sich dann etwas. Nach kurzer Zeit sagte er mit gepresster Stimme:

„Nein, noch nicht. Die Polizei ist bei uns, wir müssen abwarten. Ich melde mich auf alle Fälle morgen früh bei Ihnen, Anna. Wenn ich nicht ins Büro komme, sagen Sie bitte alle Termine ab." Und nach einer kurzen Pause: „Danke, ich kann's brauchen."

Er legte den Hörer zurück und wandte sich entschuldigend an die anderen.

„Das war Anna Weber, meine Sekretärin. Sie hat sich Gedanken gemacht, weil ich vorhin so hastig aus dem Büro gestürzt bin. Sie wollte wissen, ob Felix wieder zu Hause ist."

Alle schwiegen.

Kurze Zeit später schrillte das Telefon erneut. Schönfeld legte den Finger warnend auf die Lippen, nahm den Hörer auf und reichte ihn Wolf. Der schluckte und räusperte sich.

„Andreas Wolf."

Er horchte kurz, blickte zu Schönfeld und schüttelte den Kopf.

„Inkas Mutter", flüsterte er leise und sagte dann laut:

„Hallo Mutter, ja, Inka ist da … Aber es ist ganz schlecht im Augenblick… Nein, das kann ich dir jetzt nicht erklären." Und zunehmend ungeduldig: „Ja, wir rufen dich später zurück"… und „ja, ja spätestens morgen früh… Nein, mach dir keine Sorgen … Ich muss Schluss machen, ich erwarte einen Anruf. … Ja, ich grüße Inka."

Erschöpft reichte er das Telefon an Schönfeld

zurück und setzte sich neben Inka auf die Couch:

„Deine Mutter. Nicht auszudenken, was passiert, wenn sie erfährt, dass Felix verschwunden ist.“

Für die Beamten fügte er erklärend hinzu:

„Sie ist herzkrank und verträgt überhaupt keine Aufregung. Hatte vor einem Jahr einen Herzinfarkt. Sie liebt ihren Enkel über alles.“

Inka schluchzte leise und verbarg ihr Gesicht in den Händen.

Wieder schwiegen alle.

Es war schon nach Mitternacht, als Andreas seine Frau endlich dazu bewegen konnte, hinauf zu gehen und sich hinzulegen. Als sie sich von der Couch erhob, auf der sie die ganze Zeit gesessen und vor sich hingestarrt hatte, konnte sie sich kaum auf den Beinen halten. Andreas nahm sie am Arm und führte sie die Treppe zum ersten Stock hinauf ins Schlafzimmer.

„Nimm eine Tablette und versuch ein bisschen zu schlafen. Ich wecke dich, sobald es etwas Neues gibt“, sagte er und wartete, bis sie sich auf das Bett gelegt hatte. Dann ging er wieder nach unten.

„Barbara, ich denke, du gehst am besten erstmal nach Hause. Wir können ohnehin im Augenblick nichts tun als abwarten. Morgen früh melde ich mich bei dir.“ und fügte rasch hinzu: „Wenn sie Felix finden, rufe ich natürlich sofort bei euch an.“

Er begleitete Babara Hofmann zur Tür und küsste sie auf die Wange.

„Ich bin so froh, dass du dich um Inka kümmerst. Sie schafft das sonst nicht.“

Eigentlich müsstest du das tun, dachte die Frau, dich braucht sie jetzt und nicht mich. Aber sie schwieg.

Schönfeld stand über Funk ständig in Kontakt mit Scholz und seinem Suchtrupp, zu dem sich inzwischen ein zweiter gesellt hatte, der mit Suchhunden und Stablampen systematisch den Stadtwald durchkämmte. Bisher gab es keinen einzigen Anhaltspunkt, keine noch so winzige Spur von Felix. Die Nachfrage bei den Krankenhäusern hatte nichts ergeben. Für die Menschen im Haus wollte die Zeit nicht vergehen. Minuten wurden zu Stunden. Sie konnten nur warten und hoffen.

Wolf hielt die Anspannung nicht länger aus. Er sprang auf und ging nervös hinüber zu seinem Schreibtisch, zog Schubladen heraus, kramte darin herum:

„Verdammt, irgendwo muss ich noch ein paar Zigaretten haben."

Mit einer halb vollen Packung Marlboro kam er schließlich zurück und setzte sich zu den Beamten an den Esstisch. Er zündete sich mit zitternden Fingern eine Zigarette an und rauchte in hastigen Zügen.

„Sorry, sonst rauchen wir eigentlich nicht hier im Haus. In erster Linie des Kindes wegen. Aber ich brauche das jetzt."

Und nach einer kurzen Pause aggressiver:

„Kann man denn nicht irgendetwas tun? Wir können nicht nur herumsitzen und warten. Ich muss ständig daran denken, dass Felix irgendwo allein dort draußen in der Dunkelheit ist und sich fürchtet.“

Er zündete sich eine zweite Zigarette an.

„Verdammt, verdammt, verdammt“, murmelte er und massierte mechanisch seine Stirn.

„Wann melden sich Ihre Beamten denn endlich?“, brauste er wenig später auf. „Ein Kind kann doch nicht einfach plötzlich so mir nichts dir nichts spurlos verschwinden.“

Schönfeld hatte schon die ganze Zeit leise in sein Funkgerät gesprochen und meldete sich nun behutsam zu Wort:

„Herr Wolf, Felix‘ Skateboard, wie sieht es aus? Trägt es die Bezeichnung „Skate Runner“?

Andreas hielt abrupt inne und hob den Kopf:

„Was … wo ist Felix … was ist mit dem Skateboard? … Haben Sie … Wo ist mein Sohn?“

Er schrie es fast.

„Meine Männer haben in der Nähe des Spielplatzes neben einer Bank ein Skateboard gefunden. Einer von ihnen wird es gleich hierher bringen.“

Es war Felix’ Skateboard.

Inzwischen war es ein Uhr geworden. Alle waren erschöpft. Karsten Schönfeld ging nach nebenan, um zu telefonieren. Als er zurückkam, wandte er sich an Wolf.

„Mein Kollege Scholz und seine Leute werden die Suche morgen früh fortsetzen, sobald es hell ist. Gibt es hier im Hause einen Raum, in dem sich unsere Techniker abwechselnd hinlegen und etwas ausruhen können? Ich werde ins Präsidium fahren und in der Frühe als Erstes mit meinem Vorgesetzten sprechen. Danach kommen wir zusammen zu

Ihnen. Hauptkommissar Becker ist Leiter der Abteilung K 11 und wird sich persönlich um den Fall kümmern."

„K 11, aber ist das nicht die Mordkommission?", fragte Andreas panisch. Als Anwalt wusste er so etwas natürlich. „Um Himmels willen, was verheimlichen Sie mir?"

„Nein, gar nichts", beruhigte Schönfeld ihn, „die Abteilung VUT, die unter anderem für vermisste Personen zuständig ist, gehört zum K 11. Ulrich Becker ist unser aller Chef."

Er hob die Hand und ging zur Tür:

„Versuchen Sie bitte, Ruhe zu bewahren. Am besten, Sie und Ihre Frau legen sich etwas hin. Sie müssen unbedingt Ihre Kräfte schonen. Alle Polizeistreifen sind in erhöhter Alarmbereitschaft. Wir werden außerdem morgen früh sofort eine Suchmeldung im Radio und im Fernsehen senden lassen mit einem Hinweis, dass Felix Allergiker ist. Benötigt er regelmäßig Medikamente?"

„Ja, meine Frau gibt ihm jeden Morgen eine Tablette. Theophyllin oder so ähnlich heißt die, glaube ich. Er hat auch immer sein Spray dabei."

„Gut, ich notiere mir das. Wir tun, was wir können, das verspreche ich Ihnen. In ein paar Stunden wissen wir vielleicht schon mehr."

Die Tür fiel hinter ihm ins Schloss.

Wolf wendete sich fragend an die beiden Techniker.

„Oben gibt es mehrere Gästezimmer. Wer von Ihnen möchte den Anfang machen? Kommen Sie, ich zeige es Ihnen."

8

Ulrich Becker hatte unruhig geschlafen und erwachte wie zerschlagen. Er war wieder einmal viel zu spät nach Hause gekommen und hatte seine Frau fest schlafend vorgefunden. Das passierte in letzter Zeit öfter. Früher hatte Helen stets auf ihn gewartet, egal wie spät es wurde, und dann hatten sie meistens noch ein Glas Rotwein zusammen getrunken, bevor sie zu Bett gingen. Aber nach und nach hatte sie es aufgegeben, abends ständig auf die Uhr zu schauen, wenn er nicht kam, weil er wieder einmal mitten in einem Fall steckte. Sie hatte sich damit abgefunden, weil sie wusste, wie sehr er seinen Beruf als Kriminalhauptkommissar bei der Frankfurter Kripo liebte.

Nachdem Becker geduscht und sich angekleidet hatte, fühlte er sich etwas besser. Er öffnete seinen „Fliegenkäfig", wie er die oberste Schublade der Kommode im Schlafzimmer nannte, und wählte sorgfältig eine weinrote Fliege aus, die er umband und vor dem Spiegel zurechtzupfte. Er trug immer eine Fliege, wenn er im Dienst war, sommers wie winters, und besaß Dutzende davon in allen Farben. Alle wussten das, aber niemand hätte gewagt, sich darüber lustig zu machen, denn in bestimmten

Dingen verstand Becker keinen Spaß.

Die Beckers hatten keine Kinder, deshalb hatte Helen Becker wieder angefangen, halbtags zu arbeiten, nachdem sie damals nach der Scheidung von ihrem ersten Mann und ihrer Heirat mit Ulrich Becker zuerst nur stundenweise in ihrer alten Werbeagentur ausgeholfen hatte. Inzwischen betreute sie mehrere Werbeetats allein, und ihre Arbeit füllte sie aus.

Sie frühstückten wie immer gemeinsam und ausführlich am Esstisch in der großen Küche – eine Gewohnheit, die der Kommissar bisher erfolgreich gegen alle Störenfriede verteidigt hatte. Im Präsidium wusste inzwischen jeder, dass Becker sehr ungnädig reagieren konnte, wenn ihn jemand in dieser halben Stunde zwischen sieben und halb acht Uhr morgens störte. Es kam zwar vor, dass er spätabends oder sogar mitten in der Nacht zu einem Fall gerufen wurde, das brachte sein Beruf mit sich. Aber niemand hätte es gewagt, ihn ohne einen wirklich triftigen Grund während seines morgendlichen Frühstücks zu stören.

An diesem Morgen war Becker ungewohnt schweigsam und vergrub sich hinter seiner Zeitung, nachdem er Helen den Lokalteil hinübergeschoben hatte. Er trank seinen Kaffee und hoffte, dass ihr seine Wortkargheit nicht auffiel. Aber sie fragte:

„Was ist heute los mit dir? Ist irgendetwas nicht in Ordnung? Du bist so schweigsam."

Das Klingeln des Telefons ersparte ihm die Antwort. Er griff so schnell zum Hörer, dass Helen ihn verwundert anschaute, und hörte minutenlang konzentriert zu. Zwischen seinen Brauen bildete sich eine steile Falte, während er schon aufgestanden war, hastig seinen Kaffee austrank und den Anrufer knapp anwies:

„Ich bin schon unterwegs. Warten Sie auf mich, wir gehen gemeinsam zu den Eltern. Und verständigen Sie Ralf Hermann, er soll sofort ins Büro fahren und dort die Stellung halten. Fordern Sie Hubschrauber mit Wärmebildkameras an. Warum ist das nicht gleich gestern Abend geschehen? Erhöhte Alarmbereitschaft für alle Streifenbeamten durchgeben. Schon geschehen? Gut. Und noch etwas: Hermann soll sofort Kontakt zu ARD und ZDF und auch zu den lokalen Hörfunksendern aufnehmen, damit sie Suchmeldungen senden. Die müssen das Asthma erwähnen und unbedingt den Namen der Tabletten nennen. Außerdem müssen alle Apotheken im Großraum Frankfurt informiert werden, damit sie uns sofort melden, falls ein Kunde diese Tabletten verlangt, ohne ein Rezept vorzulegen."

Er stand auf und sagte entschuldigend zu seiner Frau:

„Ein Kind ist verschwunden, ein kleiner Junge aus Sachsenhausen. Ich muss sofort los. Tut mir leid. Ich melde mich, wenn es spät wird."

Er küsste sie flüchtig und war schon zur Tür hinaus, ehe sie antworten konnte.

Auf der Fahrt durch den morgendlichen Berufsverkehr, der sich von der A 661 über die Babenhäuser Landstraße stadteinwärts quälte, verfluchte Becker wieder einmal seinen Entschluss, damals mit Helen nicht in Frankfurt zu bleiben, sondern lieber nach einem bezahlbaren Häuschen im Grünen Ausschau zu halten, das sie nach längerem Suchen auch in Stadtnähe gefunden hatten. Ihr Kind sollte in der Natur aufwachsen, abseits der Großstadt ohne Abgase und Stadtverkehr. Er erinnerte sich, dass sie beide, als sie das Haus besichtigten, wie auf Kommando sofort in dem Gärtchen hinter dem Haus nach einem geeigneten Platz für einen Sandkasten Ausschau gehalten hatten. Leider hatte sich ihr Kinderwunsch bis jetzt nicht erfüllt.

Es war ein hübsches nicht zu großes Haus, und an seinen seltenen freien Wochenenden luden sie gern Freunde zum Grillen ein. Helen liebte ihren Garten, der im Sommer eine blühende Oase war, und verbrachte in der warmen Jahreszeit jede freie Minute mit Graben, Pflanzen und Jäten. Seit sie wieder berufstätig war, kam dieses Hobby manchmal etwas zu kurz, aber es blieb ihr immer noch genügend Zeit dafür.

Ja, er hatte Helen in letzter Zeit vernachlässigt. Sie mussten unbedingt endlich die schon lange geplante und immer wieder verschobene Reise machen. Wie schon so oft schwor er sich, dass er nach dem nächsten Fall endlich Urlaub einreichen und mit seiner Frau in die Toscana fahren würde. Es gab so vieles, worüber er gern in Ruhe mit ihr reden wollte.

Wenn es um seinen Beruf ging, war Becker ein Mann schneller Entschlüsse, aber Privates schob er gern vor sich her. So war das schon damals gewesen, als er Helen kennengelernt hatte. Sie war Zeugin in einem seiner Mordfälle gewesen, als er sich in sie verliebt hatte und es lange nicht wahrhaben wollte. Später, als sie längst ein Paar waren, hatte es immerhin noch fast zwei Jahre gedauert, bis er ihr endlich einen Heiratsantrag gemacht hatte.

Bremslichter vor ihm holten ihn in die Wirklichkeit zurück. Die Autos auf der zweispurigen Landstraße verlangsamten abrupt ihre Fahrt. Becker grinste. Aha, wieder einmal der unauffällige dunkle Kastenwagen mit Frankfurter Kennzeichen am rechten Straßenrand, aus dessen Rückfenster gerade ein heimtückischer Blitz einen ahnungslosen Verkehrssünder ertappt hatte. Gegen Mittag würde der Wagen dann vermutlich seine Position wechseln und auf dem Seitenstreifen der Gegenfahrbahn Posten beziehen. Die meisten Pendler wussten das und fuhren hier vorschriftsmäßig nicht mehr als fünfzig Stundenkilometer, aber es gab genügend Ortsfremde, die regelmäßig in die Radarfalle tappten.

Wenig später bog der Kommissar in die gepflegte Wohnstraße ein, die zum Haus der Wolfs führte. Er traf ein, als Schönfeld gerade sein Auto geparkt hatte und ausstieg. Die beiden Männer begrüßten sich mit Handschlag und Schönfeld kam sofort zur Sache.

„Morgen, Chef. Ich bin selber gekommen. Peter soll zuerst in der Einsatzzentrale die Polizeieinsätze koordinieren. Ich habe Ralf informiert, er ist schon im Büro und kümmert sich um Rundfunk und Fernsehen. Er wird noch einmal alle Krankenhäuser abtelefonieren, damit die Frühdienste informiert sind."

Schönfeld wiederholte die bisher bekannten Fakten – nein, es gab keine neuen Meldungen, keine Anrufe, keine Spur. Das Kind war wie vom Erdboden verschluckt. Lediglich das Skateboard hatte ein Beamter am Rande des Spielplatzes gefunden, die Untersuchungsergebnisse der kriminaltechnischen Untersuchung lagen noch nicht vor. Suchhubschrauber waren im Einsatz. Heute Vormittag würden sich zwei weitere Suchstaffeln mit Hunden den gesamten Stadtteil und die Gebiete östlich davon vornehmen. Alle Polizeistreifen waren informiert und in erhöhter Alarmbereitschaft.

9

Als Felix erwachte, war es dunkel im Zimmer und nebenan plärrte ein Radio. Er erschrak und setzte sich auf. Tastete nach der Lampe, die die Mutter normalerweise anließ, weil er sich im Dunkeln fürchtete. Aber da war keine Lampe. Als er aus dem Bett klettern wollte, um nach nebenan ins Schlafzimmer der Eltern zu laufen, stieß er mit dem Fuß gegen eine Wand, die da nicht hingehörte. Vor Schreck begann er zu weinen.

„Maami“, und noch einmal lauter „Maaaami.“

Er zitterte vor Angst, verschluckte sich und musste husten. Warum hörte ihn keiner? Er hustete und schrie, und plötzlich erinnerte er sich wieder. Blacky, er war ja bei Blacky. Sein Bruder hatte einen Unfall gehabt und die Eltern waren bei ihm im Krankenhaus. Blacky hatte mit Papa telefoniert und ihm gesagt, dass Felix bei ihm bleiben könne. Er hatte es selbst gehört.

„Herrgott nochmal, was ist denn los? Warum schreist du denn so?“

Blacky stand in der Tür, durch die hell das Tageslicht hereinfiel. Mit drei Schritten war er am Fenster und zog den Rollladen hoch.

„Du hast so fest geschlafen, dass ich dich nicht

wecken wollte. Los, zieh dich an, ich habe Frühstück für dich in der Küche. Aber beeil dich gefälligst."

Felix blinzelte und schluckte. Hustete. Dann kamen ihm wieder die Tränen.

„Wann kommt mein Papa und holt mich endlich ab? Ich muss doch in die Schule", schluchzte er.

Er schniefte und musste schon wieder husten. Hastig griff er nach seinen Jeans und langte in die Hosentasche. Was für ein Glück, da war es, sein Mäusespray. Er hielt es vor den Mund und drückte fest auf den silbernen Knopf.

„Was machst du denn da? Was ist das? Zeig mal her."

Blacky nahm das Döschen und las die Aufschrift. Asthmaspray, verdammt, das hatte ihm gerade noch gefehlt.

„Und meine Tablette … muss ich … noch nehmen, sonst schimpft Mami."

„Ist ja gut, kriegst sie gleich. Wo hast du deine Tabletten?"

„Na … zu Hause …, muss sie jeden Tag … nach dem Frühstück einnehmen", stieß Felix heraus. Wenigstens hustete er jetzt nicht mehr.

Blacky riss die Geduld. Er konnte keine Komplikationen gebrauchen.

„Verdammt, stell dich nicht so an, du bist doch kein Baby mehr. Geh erstmal ins Bad und wasch dir dein Gesicht. Ich telefoniere inzwischen mit deinem Vater und besorge dir deine Tabletten."

Als Felix bald darauf in die Küche kam, saß Blacky bereits am Tisch und trommelte nervös mit den Fingern auf der Tischplatte. Die Sache drohte aus dem Ruder zu laufen. Mit Asthma hatte er nicht gerechnet. Ausgerechnet Asthma. Das hätte ihm sein Kumpel sagen müssen. Fast alle Asthmamittel waren rezeptpflichtig, das wusste er.

Verstohlen schaute er das Kind an. Es war ihm lästig, er wollte es so schnell wie möglich wieder loswerden. War ein helles Kerlchen, da musste er höllisch aufpassen. Es sollte ihm nichts geschehen, das hatte er versprochen. Andererseits blieb ihm keine Wahl, er musste den Jungen ruhig stellen. Zwei oder höchstens drei Tage nur, dass würde reichen, hatten sie gesagt. Er streckte die Hand aus und strich ihm übers Haar.

„Hab' man keine Angst, ich bringe dich später nach Hause. Dein Vater hat gesagt, du brauchst heute nicht in die Schule zu gehen."

„Ich will aber jetzt nach Hause!", schrie Felix plötzlich los, „warum kann ich nicht selbst mit Mami oder Papa telefonieren?" Sein kleines Gesicht war krebsrot vor Zorn.

„Na, hör' mal, denkst du denn gar nicht an deinen Bruder? Der ist krank und nicht du. Und deine Eltern haben im Augenblick andere Sorgen. Ich habe dir gesagt, dass ich dich nachher nach Hause bringe, aber zuerst wird gefrühstückt."

„Aaaber …", schluchzte Felix. Blacky unterbrach ihn grob.

„Sei endlich still und trink deine Milch. Ich habe sie extra für dich besorgt. Er zog ein Plastiktütchen aus der Tasche und ließ unauffällig erst eine und nach kurzem Zögern eine zweite Tablette in den Becher fallen und rührte mit einem Plastiklöffel darin herum.

„Wa-a-arme Milch, igittigitt. Die m-a-a-ag ich nicht".

„Trink, sonst setzt's was."

Blackys Nerven lagen blank. Er baute sich drohend vor Felix auf, riss sich dann aber zusammen und meinte mit einem Achselzucken:

„Ich dachte, du wolltest nachher am Computer spielen, bevor wir losfahren. Aber wenn du deine Milch nicht trinkst, gibt es kein Computerspiel. Los mach hin."

Das wirkte. Felix zögerte zwar immer noch und kämpfte mit den Tränen, griff dann aber doch kleinlaut nach der Milchtasse. Nahm das daneben liegende pappige Brötchen und würgte ein paar Bissen hinunter. Hustete, trank wieder, stockte kurz und trank dann tapfer weiter, bis die Tasse endlich leer war. Biss noch einmal in das Brötchen, schluckte und kaute, wurde immer langsamer und langsamer. Endlich schob er schwerfällig seinen Stuhl zurück und stand auf. Er taumelte und hielt sich am Tisch fest.

„Darf ich jetzt …"

Weiter kam er nicht, dann rutschten ihm die Beine weg. Blacky fing ihn auf und trug ihn vorsichtig zurück ins Bett. Er beobachtete ein paar Sekunden aufmerksam die gleichmäßigen Atemzüge des Kindes und ließ dann die Rollläden wieder herunter. In der Küche spülte er die Tasse, aus der Felix getrunken hatte, sorgfältig aus.

Als er wenig später die Wohnung verließ, schloss er die Tür sorgfältig hinter sich ab. Das wäre geschafft. Er hatte Zeit gewonnen und konnte sich in Ruhe den nächsten Schritt überlegen. Kommt Zeit, kommt Rat, dachte er und machte sich auf den Weg.

10

Irene Bauer hatte schlecht geschlafen. Es war sehr spät geworden gestern Abend. Nachdem die Freundin endlich gegangen war, hatte sie lange wach gelegen und gegrübelt. Anna war sehr aufgeregt gewesen wegen des verschwundenen Kindes. Sonst hatten sie sich immer so viel zu erzählen, wenn sie sich sahen, aber diesmal hatte es kaum ein anderes Thema gegeben als die Familie Wolf. Nach dem ersten Schock hatte Irene sehr aufpassen müssen, dass sie nicht zu viel Interesse zeigte. Obwohl ihr tausend Fragen durch den Kopf schossen, musste sie die für sich behalten, damit Anna nicht hellhörig wurde.

Anna Weber hatte spät am Abend noch einmal ihren Chef angerufen, aber das Kind war immer noch nicht zu Hause. Die Polizei suchte überall nach ihm. Schrecklich. Dass Felix sich einfach nur verlaufen und nicht mehr nach Hause gefunden hatte, hielt man für unwahrscheinlich, denn der Spielplatz lag in unmittelbarer Nähe des Elternhauses. Viele Leute im Viertel kannten Felix, und der Junge war mit der Gegend bestens vertraut.

Im nahen Stadtwald gingen bei diesem herrlichen Sommerwetter nachmittags viele Mütter oder

Väter mit ihren Kindern und Hunden spazieren oder fuhren mit den Rädern zum Oberwaldhaus, um dort einzukehren. Ihnen wäre ein allein herumirrendes Kind bestimmt aufgefallen. Hatte Felix vielleicht einen Unfall gehabt und war in ein Krankenhaus eingeliefert worden? Oder war er tatsächlich entführt worden?
Irene nahm sich vor, gleich nachher vom Büro aus bei der Freundin anrufen, um sich zu erkundigen, ob es etwas Neues gab.

Nachdem sie mit der einen Hand die Kaffeemaschine eingeschaltet und mit der anderen das Transistorradio im Küchenregal angedreht hatte, ging sie nachdenklich ins Bad und drehte die Dusche auf, erst heiß, danach eiskalt. Das tat gut. Als sie gerade dabei war sich abzutrocknen, horchte sie auf. Eine Stimme aus dem Küchenradio drang bruchstückhaft an ihr Ohr:

…chtung, Achtung, … Polizei bittet … Mithilfe. Seit gestern Nachmittag … der siebenjährige Felix Wolf … verschwunden …

Mit einem Sprung war sie in der Küche und stellte das Radio lauter.

Es folgte eine Personenbeschreibung und dann:

„Achtung: Das Kind leidet unter allergischem Asthma und trägt immer sein Asthma-Spray bei sich. Außerdem muss er regelmäßig einmal am Tag das Medikament Theophyllin einnehmen. Ich wiederhole: Einmal täglich eine Theophyllintablette. Sachdienliche Hinweise nimmt jede Frankfurter Polizeidienststelle entgegen."

Irene fröstelte, obwohl das Thermometer bereits zu dieser frühen Stunde zwanzig Grad anzeigte. Also war das Kind immer noch verschwunden. Der arme Junge. Dass er unter Asthma litt, hatte Anna ihr nicht gesagt. Sie musste an Paul denken.

Ihre Gedanken wanderten zurück in die Vergangenheit. Paul war ungefähr so alt gewesen wie das entführte Kind, als sie ihn in der Obhut der Großeltern in dem kleinen Ort an der Bergstraße zurückgelassen hatte, um im nahen Darmstadt einen Job anzunehmen und sich nach ihrer Scheidung und den Jahren der Abhängigkeit endlich auf eigene Füße zu stellen. Fortan gab es nur die Wochenenden, an denen sie mit dem Kind zusammen sein konnte. Und ihren Urlaub, den sie möglichst während der Schulferien nahm, um mit ihm Ausflüge zu machen oder bei schönem Wetter ins Schwimmbad zu gehen.

Ihr Sohn kränkelte oft, schnupfte und nieste, besonders im Frühjahr zur Zeit der Apfel- und Kirschbaumblüte. Schlimm war das, besonders wenn man an der Bergstraße lebt, wo sich die großen Obstbaumplantagen an den Hängen jedes Jahr im Frühling in ein üppiges weiß- und rosafarbenes Blütenmeer verwandeln. Im Sommer wurde es dann aber wieder besser.

Geld für kostspielige Urlaubsreisen hatte sie damals nicht gehabt, einmal hatten ihre Eltern sie und Paul mit nach Italien genommen, aber auf dieser Reise gab es ständig Streit. Irene hätte ihren Sohn lieber für sich allein gehabt und war eifersüchtig und wütend auf ihre Mutter gewesen, die den Enkel maßlos verwöhnte und ständig die zaghaften Erziehungsversuche ihrer Tochter kritisierte. Ihr blieb jedoch nichts anderes übrig, sie musste die Zähne zusammenbeißen, denn sie war zu dieser Zeit auf ihre Eltern angewiesen, da sie sich tagsüber nicht selbst um ihr Kind kümmern konnte und auch abends häufig Überstunden machen musste. Die Bauers liebten ihren Enkel über alles, waren aber mit der Erziehung des lebhaften, aufgeweckten Jungen restlos überfordert, der schon früh anfing, eigene Wege zu gehen.

Ja, so war das gewesen. Später hatte Irene sich oft gefragt, ob sie nicht damals doch besser nachgegeben hätte. Vielleicht wäre alles anders gekommen, wenn sie nicht vor langer Zeit in vielen schlaflosen Nächten und nach heftigen inneren Kämpfen diesen unseligen einsamen Entschluss gefasst hätte.

Pauls Vater, den sie über alles geliebt hatte und der so wütend und hilflos reagiert hatte, als sie ihm ihre Schwangerschaft gebeichtet hatte. Dem nichts anderes eingefallen war, als ihr einen Umschlag mit Geldscheinen und die Adresse eines Mediziners von zweifelhaftem Ruf in die Hand zu drücken und danach zu verschwinden. Sie hatte ihn nie mehr wiedergesehen.

Ach was, vorbei und vergessen. Das war alles so lange her. Er hatte die Karriere gemacht, von der er seit der Schulzeit geträumt hatte, und sie war stolz darauf, ihr Leben allein gemeistert zu haben. Bis jetzt jedenfalls. Dabei sollte es bleiben.

Paul war inzwischen neunundzwanzig Jahre alt, und sie hatte ihren Sohn seit fast einem Jahr nicht mehr gesehen. Aber daran wollte sie jetzt nicht denken, das war eine Geschichte für sich.

Irene blickte auf die Uhr. Schon so spät. Schnell trank sie ihren Kaffee aus und räumte das Geschirr in die Spülmaschine. Sie ging ins Bad, kämmte und schminkte sich flüchtig und verließ wenig später das Haus, um zur Arbeit zu gehen. Sie hatte es nicht weit, nur knappe fünfzehn Fußminuten lagen zwischen ihrer Wohnung am Fuße der Mathildenhöhe und dem großen Werksgelände an der Frankfurter Straße. Sie atmete tief durch und beschleunigte ihren Schritt. Die frische Luft und die Bewegung taten ihr gut. Sie liebte diesen kurzen morgendlichen Gang vor der Arbeit vorbei an den alten Häusern und Vorgärten mit schmiedeeisernen Gittern hinunter bis zum Rhönring, auf dem sich der morgendliche Berufsverkehr staute. An der Einmündung zur Frankfurter Straße überquerte sie die Ampelkreuzung und erreichte wenig später das große Werkstor.

Heute Abend würde sie Thomas anrufen. Sie musste unbedingt mit ihm über Paul sprechen. Thomas Bohl wusste bisher nicht, dass Irene einen Sohn hatte. Sie hatte die ganze Zeit gezögert, aber irgendwann musste sie es ihm sagen. Sie hatte ein bisschen Angst davor, besonders vor den Fragen, die er dann unweigerlich stellen würde.

Seit es Thomas in ihrem Leben gab, empfand sie nach Jahren des Alleinseins endlich wieder so etwas wie Lebensfreude. Sie war regelrecht aufgeblüht und verlor sich nicht mehr in der Vergangenheit, die sie so viele Jahre gefangen gehalten hatte. Ihr Blick war freier, ihr Schritt aufrechter geworden, und zeitweise vergaß sie sogar den bis heute schwelenden Konflikt mit ihren Eltern und die Sorge um Paul.

Thomas Bohl und sie hatten sich letzten Sommer bei einem Ehemaligentreffen an der Bergstraße wiedergetroffen, wo beide früher eine Zeit lang die gleiche Schule besucht hatten. Sie hatte damals die Schule vorzeitig verlassen müssen, als sie schwanger wurde. Um diese Zeit stand Thomas kurz vor dem Abitur.

Nach dem Schultreffen waren sie ein paar Mal miteinander ausgegangen und allmählich war mehr daraus geworden. Bisher hatte sie aber nicht gewagt, ihren Eltern davon zu erzählen, die ihr bis heute nicht verziehen hatten, dass sie die Schule nicht beendet und dadurch ihr Leben „verpfuscht“ hatte, wie ihr Vater das nannte und bei jeder sich bietenden Gelegenheit wiederholte.

Irenes Vater, ein erzkonservativer pensionierter Beamter im mittleren Dienst hatte es nie verwunden, dass seine Tochter mit knapp siebzehn Jahren wegen ihrer Schwangerschaft die Schule verlassen musste. Heilfroh waren die Eltern gewesen, als Irene im Jahr nach der Geburt des Kindes einwilligte, den Nachbarssohn zu heiraten, der Paul adoptierte. Dass diese Ehe nach kurzer Zeit scheiterte, hatten sie ihr nie verziehen.

Trotz der inständigen Bitten und sogar Drohungen der Eltern hatte sie sich bis heute strikt geweigert, den Namen des Kindsvaters zu nennen. Sie war auch nicht bereit gewesen, das Abitur später nachzuholen, obwohl beide Eltern sie dazu gedrängt hatten und bereit waren, sie finanziell zu unterstützen. Sie hatten nie verstanden, warum die Tochter sich nach ihrer missglückten Ehe so schnell wie möglich von ihnen lösen und selber für sich und ihr Kind sorgen wollte.

11

Die Nacht hatte kein Ende nehmen wollen. Andreas war rastlos auf und ab gewandert und hatte eine Zigarette nach der anderen geraucht. Das Telefon war stumm geblieben. Ab und zu horchte er nach oben, dort war alles ruhig. Inka schien noch zu schlafen, das Schlafmittel hatte wohl seine Wirkung getan. Die beiden Beamten hatten sich abgewechselt, und gegen sieben Uhr war die Ablösung gekommen.

Kurz darauf hörte Wolf oben im Bad die Dusche laufen. Er ging hinüber zur Küche, füllte den Kaffeeautomaten neu und schaltete den Wasserkocher ein. Ein Tee würde ihm gut tun. Sein Magen revoltierte, zu viel Kaffee, zu viele Zigaretten während der Nacht. Sie mussten unbedingt etwas essen. Er sah auf die Uhr. Erst kurz vor acht, die Zeit wollte nicht vergehen. Gestern um diese Zeit hatten sie gefrühstückt, und danach hatte er Felix zur Schule gefahren. Das war gerade einmal vierundzwanzig Stunden her.

Als Inka die Treppe herunterkam, drehte er sich zu ihr herum. Sie war blass und ungeschminkt, tiefe Schatten lagen unter ihren Augen. Sie hatte die nassen Haare nachlässig mit einem Gummiband am

Hinterkopf zusammengebunden und trug die gleichen Sachen wie am Vortag. Jeans und ein zerknittertes T-Shirt. Ihr Gesicht wirkte maskenhaft, die weit geöffneten Augen blickten starr und emotionslos.

„Das Bad ist frei, du kannst jetzt duschen, wenn du willst."

Mechanisch nahm sie sich eine leere Tasse und hielt sie unter den Kaffeeautomaten.

„Hat mein Mann Ihnen schon Kaffee angeboten?"

Ihre Stimme klang monoton. Nach der Panik des gestrigen Abends wirkte sie unnatürlich ruhig. Der Ältere der Beamten zog genussvoll den frischen Kaffeeduft ein.

„Nein, aber Kaffee wäre wundervoll. Vielen Dank."

Inka nahm ein Tablett, füllte zwei Tassen mit Kaffee, stellte Milch und Zucker dazu und trug das Tablett zum Tisch.

„Toast?"

Andreas sah seine Frau erstaunt an. Er hatte nicht erwartet, dass sie so ruhig sein würde. Bestimmt hatte sie wieder Beruhigungsmittel eingenommen. Er wusste, dass sie das gelegentlich tat. Inka zeigte keinerlei Emotionen und bewegte sich schwerfällig und langsam wie ein Roboter. Ihr Blick schien durch ihn hindurch zu gehen. Irritiert schaute er zu den beiden Polizisten hinüber und zuckte mit den Achseln. Egal. Hauptsache sie reagierte nicht wieder so hysterisch.

„Gut, ich gehe schnell duschen. Kommissar Schönfeld wird sicher bald kommen."

Er stieg die Treppe hinauf und verschwand im Bad. Als er kurze Zeit später wieder herunterkam, hatte er sich umgezogen, trug helle Jeans und ein kurzärmeliges blaues Jeanshemd und wirkte ein wenig frischer. Das Radio lief, ein hessischer Regionalsender, der Nachrichtensprecher verlas gerade die Nachrichten.

In Syrien hatte es wieder einen Bombenanschlag gegeben. Auf der internationalen Sicherheitskonferenz in München kündigte der deutsche Verteidigungsminister Unterstützung bei der Ausbildung der malischen Streitkräfte durch deutsche Soldaten an.

Der Wahlkampf hatte bereits begonnen, im kommenden Jahr würde ein neuer Bundestag gewählt werden.

Ganz zum Schluss kam es dann.

„Achtung, es folgt eine wichtige Durchsage. Die Polizei bittet um Ihre Mithilfe. Seit gestern Nachmittag, 17 Uhr wird der siebenjährige Felix Wolf vermisst. Felix ist zirka 1,30 m groß, hat blonde kurze Haare und blaue Augen …"

Es folgten weitere Details, die Beschreibung der Kleidung und die Angabe, wo das Kind zuletzt gesehen worden war. Dann der Hinweis

„Felix Wolf leidet unter allergischem Asthma und trägt aus diesem Grund sein Asthma-Spray bei sich. Außerdem muss er täglich morgens eine Tablette Theophyllin einnehmen. Ich wiederhole: Einmal täglich eine Theophyllintablette.

Wer Felix gesehen hat oder weiß, wo er sich möglicher-

weise aufhält, soll sich bitte umgehend an das Dezernat VUT des Frankfurter Polizeipräsidiums unter der Telefonnummer … oder an die nächste Polizeidienststelle wenden.“

Inka, die gerade ihre leere Kaffeetasse in die Spüle stellen wollte, erstarrte mitten in der Bewegung. Es klirrte laut, als Porzellan auf Metall traf und die Tasse zerbrach. Verwundert schaute sie auf den kaputten Henkel. Von ihrer Hand tropfte Blut. Sorgfältig tupfte sie mit Küchenpapier ihren Zeigefinger ab und sammelte wortlos die Scherben zusammen. Die Szene hatte etwas Unwirkliches. Als Wolf, der ihr Tun wie hypnotisiert beobachtet hatte, zu ihr trat, öffnete sie den Mund, aber es kam kein Laut. Sie begann zu zittern, ihre Hände flatterten, und plötzlich begann sie zu schreien. Laut und durchdringend. Ihre Stimme schraubte sich höher und höher, bis sie genauso unvermittelt, wie sie begonnen hatte, wieder abbrach und in leises Wimmern überging. Ihr Mann hörte, wie sie vor sich hin murmelte „Er lebt, er lebt, natürlich lebt er. Nein, er ist nicht tot.“

Er fasste sie an den Schultern und schüttelte sie, aber sie riss sich los und wich zurück.

„Lass mich, du tust mir weh.“

Seine Augen verengten sich und seine Stimme klang barsch, als er sie anfuhr:

„Inka, reiß dich jetzt gefälligst zusammen. Die Polizei tut alles, um Felix zu finden. Wir müssen ihr dabei helfen, und dazu brauchen wir einen klaren Kopf.“

Er sah sie eindringlich an und redete dann weiter:

„Gleich werden die Männer von der Kripo wieder hier sein. Denk noch einmal ganz genau nach. Hat Felix vielleicht doch irgendetwas Ungewöhnliches gesagt oder getan, bevor er mit den Hofmann-Kindern zum Spielen gegangen ist? Irgendeinen Hinweis, auch wenn er dir noch so unbedeutend erscheint. Man wird dich sicher danach fragen."

Inka sah ihn verzweifelt an. Sie dachte angestrengt nach und schüttelte dann den Kopf. Aber bevor sie etwas sagen konnte, läutete es an der Haustür, und gleichzeitig begann eines der beiden Telefone auf dem Tisch zu klingeln.

Der jüngere der beiden Techniker, ein untersetzter dunkelhaariger Typ mit Brille, setzte sofort mit der einen Hand die Kopfhörer auf und winkte Wolf mit der anderen an den Schreibtisch, wo die Telefone standen. Sein Kollege bedeutete Inka, ruhig zu bleiben und ging durch die Diele zur Eingangstür. Er öffnete sie und legte warnend den Finger auf den Mund, als Ulrich Becker und Karsten Schönfeld eintraten. Beide blieben stehen, bis der Kollege die Tür leise hinter ihnen geschlossen hatte.

Sie blickten zu Wolf, der das Telefon ans Ohr presste und eine Hand abwehrend ausgestreckt hatte.

„Verdammt, woher wissen Sie … nein … Was ist mit meinem Sohn? … Wo ist er? …"

Mit einem Schritt war Schönfeld bei ihm und gab ihm ein Zeichen weiterzureden.

„Hören Sie … Wer sind Sie?"

Klick.

„Hallo? Bitte nicht auflegen."

Wolf schrie es fast. Dann schüttelte er hilflos den Kopf und reichte dem Techniker den Telefonhörer zurück.

„Aufgelegt."

„Hast du ihn, Andi?", fragte Schönfeld den Techniker.

Der Kopfhörermann schüttelte den Kopf.

„Zu kurz."

Schönfeld sah Wolf an.

„Wer war das? Konnten Sie die Stimme erkennen? Was hat er gesagt?"

Andreas schüttelte den Kopf und setzte zum Sprechen an, aber es kam nur ein heiseres Krächzen.

Jetzt schaltete sich Becker ein.

„Langsam. Der Reihe nach. Die Aufzeichnung des Gesprächs muss sofort ins Präsidium zur Stimmenanalyse. Kümmere dich darum, Karsten."

Dann sah er Wolf an und sagte ruhig:

„Herr Wolf, nehme ich an. Guten Morgen erst einmal. Ich bin Hauptkommissar Ulrich Becker und leite die Ermittlungen." Und zu Inka, die hinter ihrem Mann herangekommen war: „Guten Morgen, Frau Wolf."

Der Kommissar strahlte eine natürliche Autorität aus, der sich niemand entziehen konnte. Wolf sah ihn aufmerksam an, und seine Frau stand ganz still neben ihm und hatte aufgehört zu zittern.

Becker gab ihnen die Hand und musterte beide dabei unauffällig. Er erfasste mit einem Blick die Situation. Die Frau stand offensichtlich kurz vor einem Nervenzusammenbruch. Er musste sie irgendwie ablenken und die Situation entschärfen. Er rückte mit der linken Hand seine Fliege zurecht. Dies tat er immer, wenn er angestrengt nachdachte, eine unbewusste Geste, die unter seinen Kollegen im Präsidium schon oft für Heiterkeit gesorgt hatte.

„Am besten setzen wir uns erst einmal. Vielleicht dort an den Esstisch?“

Beckers Stimme übte sofort eine beruhigende Wirkung aus.

„Frau Wolf, hier duftet es wundervoll nach Kaffee. Haben Sie vielleicht eine Tasse für uns?“

Er lag richtig mit seiner Vermutung. Inka erhob sich sofort und eilte geschäftig in die Küche.

Der Kommissar sah zu Wolf:

„Wer war das gerade am Telefon?“

„Ich … ich weiß nicht … ein Mann. Er hat keinen Namen genannt. Aber die Stimme … ich habe sie nicht erkannt, aber irgendwie …“, er stockte und schüttelte heftig den Kopf, dann fuhr er hastig fort:

„Keine Polizei, hat er gesagt, und dass Felix lebt und er sich wieder meldet.“

Becker, der ihn aufmerksam beobachtet hatte, gab sich noch nicht zufrieden.

„Und die Stimme, kam sie Ihnen bekannt vor? Denken Sie genau nach.“

„Ja … nein … das ist ja das Seltsame. Woher wusste der Anrufer diese Telefonnummer? Wir haben zwei Anschlüsse, einen offiziellen und einen privaten nur für Familie und Freunde. Der Anruf eben kam auf unserem privaten Apparat. Die Nummer ist nirgendwo verzeichnet.“

Dann brach es aus ihm heraus:

„Wie geht es denn jetzt weiter? Was werden Sie

als nächstes tun? Wir können doch nicht tatenlos hier herumsitzen und warten."

Becker blieb geduldig.

„Machen Sie mir bitte zuerst einmal eine Liste von allen Personen, die die Rufnummer Ihres Privatapparates kennen. Wir müssen sie überprüfen. Und was Ihre Frage betrifft, mein Kollege Schönfeld steht über Funk permanent mit Oberkommissar Schulz in Verbindung, bei ihm melden sich viertelstündlich die Beamten, die heute Vormittag hier im Viertel alle Nachbarn befragen und Keller und Dachböden der umliegenden Häuser durchsuchen. Er informiert Sie, sobald es etwas Neues gibt."

Dann sah Becker hinüber zu Inka. Sie hatte aufmerksam zugehört und wirkte jetzt ruhiger.

„Frau Wolf, ich würde mich gerne mit Ihnen unterhalten. Allein bitte. Können wir nach nebenan gehen?"

Sie blickte unsicher zu Wolf, der ihr aufmunternd zunickte.

„Ja, natürlich."

Inka erhob sich, und Becker folgte ihr. Er nahm sein Notizbuch und einen Stift aus der Tasche.

„Frau Wolf, bitte versuchen Sie, sich genau zu erinnern. Hat Felix gestern bevor er zum Spielen ging irgendetwas Ungewöhnliches gesagt oder getan? Bitte denken Sie ganz genau nach. War er anders als sonst?"

Inka setzte sich und versuchte ihre Hände ruhig zu halten, die unaufhörlich über den Tisch wischten, als wollten sie die ohnehin saubere Tischplatte noch sauberer machen.

„Andreas, also mein Mann hat mich vorhin auch danach gefragt. Ich habe die ganze Zeit überlegt. Mir fällt einfach nichts ein. Felix kam aus der Schule wie jeden Tag. Wir haben zu Mittag gegessen, dann ist er rauf in sein Zimmer und hat gezeichnet.“ Ihre Stimme wurde immer leiser. „Die Kinder sollten für heute ein Bild malen.“

Sie schwieg einen Augenblick und starrte stumpf vor sich hin.

„Ein Auto und einen bunten Harlekin hat er gemalt, wenigstens nannte er die Figur so. Ein kleines Männchen mit einer Zipfelmütze und einem bunten Anzug. Die hat er wohl mal in einem Auto hängen sehen, das ein paarmal vor der Schule gewartet hat. Scheint ihm gefallen zu haben. Möchten Sie das Bild sehen? Der Zeichenblock liegt oben in Felix’ Zimmer.“

Die Türklingel unterbrach ihr Gespräch. Draußen stand Wolfram Steiner, der Leiter der Hundestaffel, und bat um ein getragenes Kleidungsstück von Felix. Becker folgte Inka, als sie nach oben ins Kinderzimmer ging. Er betrat hinter ihr den Raum und schaute sich aufmerksam um. Es war ein typisches Jungenzimmer, angefüllt mit allem, was ein Siebenjähriger liebt und sammelt. Jede Menge elektronisches Spielzeug, eine Kiste mit Legosteinen, Spielzeugautos und ein paar Kinderbücher.

Auf dem Bett halb unter der Bettdecke ein schmuddeliges Steiff-Lämmchen, das Becker sich kaum im Arm eines lebhaften aufgeweckten Siebenjährigen vorstellen konnte. Das Lämmchen passte nicht so recht zu den übrigen Spielsachen im Raum. Man sah ihm aber an, dass Felix es wahrscheinlich als Kleinkind heiß und innig geliebt und vermutlich dauernd mit sich herumgeschleppt hatte. Die ursprünglich weiße Farbe hatte sich in ein schmutziges Grau verwandelt, ein Auge fehlte und durch eine dünne Stelle an der Seite glitzerten die durchsichtigen Plastikkristalle der Füllung. Becker musste unwillkürlich lächeln. Inka war seinem Blick gefolgt, ihr schossen sofort Tränen in die Augen.

„Meine Mutter hat es ihm geschenkt, als er ein Baby war. Er kann nicht einschlafen ohne dieses Spieltier. Das darf aber niemand wissen, weil er Angst hat, dass ihn die Großen auslachen. Deshalb versteckt er es tagsüber unter der Bettdecke."

Becker hatte sich inzwischen Felix' Schreibtisch unter dem Fenster zugewandt. Ein offenes Federmäppchen, bunte Stifte, der Malblock, ein Stapel Kinderzeichnungen und zuoberst die Zeichnung mit dem bunten Männlein. Es schaute vorne aus einem viereckigen grünen Auto heraus und winkte. Er beugte sich vor und betrachtete die kindliche Zeichnung aufmerksam.

„Darf ich dieses Bild mitnehmen? Sie bekommen es natürlich wieder zurück."

Inka nickte abwesend. Sie hatte zwei Kinderstrümpfe, die halb unter dem Bett auf dem Boden lagen, automatisch aufgehoben und zusammengerollt. Der Kommissar faltete die Zeichnung vorsichtig zusammen und verstaute sie in seinem Notizbuch. Dann warf er noch einen prüfenden Blick durch den Raum und nickte. Er hatte genug gesehen.

„Das genügt mir fürs Erste, wir können wieder nach unten gehen."

Im Wohnzimmer war Schönfeld inzwischen mit Wolf noch einmal dessen gestrigen Tagesablauf Punkt für Punkt durchgegangen und hatte sich Notizen gemacht, die er später im Büro mit seinem Fallprotokoll von gestern vergleichen wollte. Aber er machte sich keine großen Hoffnungen auf neue Erkenntnisse, sie hatten nichts übersehen.

Der Vormittag verging. Das Telefon hatte ein paarmal geklingelt, belanglose Anrufe, aber jedes Mal waren alle zusammengezuckt. Nichts. Andreas hatte die Putzfrau, die gegen halb elf gekommen war, nach Hause geschickt, nachdem Schönfeld die zu Tode erschrockene Frau kurz befragt und sich ihre Adresse und Telefonnummer notiert hatte. Die beiden Techniker waren abgelöst worden und hatten sich verabschiedet. Becker war ebenfalls gegangen, nachdem er sich die Adressen und Telefonnummern der Expartner der beiden Wolfs notiert und Andreas Wolf gebeten hatte, ihm schnellstens eine Liste aller Freunde und Bekannten zusammenzustellen.

Danach hatte Inka es nicht länger hinausschieben können. Sie musste ihre Eltern informieren, bevor diese die Suchmeldung im Radio hörten. Die Eltern lebten seit einiger Zeit in einer Seniorenresidenz im vorderen Odenwald, wohin sie sich nach der Pensionierung von Inkas Vater zurückgezogen hatten. Inka hatte dort angerufen und mit ihrer Mutter gesprochen. Sie hatte versucht, sich zusammenzunehmen und die Tränen zurückzuhalten, aber als sie die vertraute Stimme der Mutter hörte, war es um ihre Fassung geschehen und sie fing an zu weinen. Sie erzählte stockend und immer wieder von Schluchzen unterbrochen von Felix' Verschwinden und konnte sich nicht beruhigen. Regina Gottwald verstand sie zuerst kaum und musste immer wieder nachfragen. Als sie endlich begriffen hatte, was ihre Tochter ihr da gerade zu sagen versuchte, war sie nur schwer davon abzuhalten, sich sofort ins Auto zu setzen und nach Frankfurt zu kommen.

Irgendwann war Barbara Hofmann aufgetaucht, hilfsbereit und unaufdringlich bot sie an, ein paar Lebensmittel im Supermarkt zu besorgen und beim nahegelegenen Italiener Pizza oder Pasta für alle zu bestellen. Inka wehrte ab. Sie würde bestimmt keinen Bissen herunterbekommen. Beim bloßen Gedanken daran wurde ihr übel. Wolf hatte ebenfalls keinen Hunger. Aber Barbara hatte darauf bestanden, dass alle etwas in den Magen bekamen und sich kurzerhand auf den Weg gemacht.

Etwas später hatte Andreas mit Inkas Exmann Thomas Bohl telefoniert. Hatte ihn in betont nüchternen Worten informiert und ihn gebeten, nach der Schule mit Inkas beiden Kindern Kirsten und Tobias zu reden. Er deutete vorsichtig an, dass die Polizei vermutlich später auch bei ihnen in Seeheim auftauchen würde, um sie zu befragen.

Wolf fühlte sich aufs Äußerste angespannt, und seine Nerven lagen bloß. Aber er zwang sich zur Sachlichkeit und versuchte, sich zu beschäftigen, damit er nicht verrückt wurde. Telefonierte oder blätterte in Papieren, die er auf seinem Schreibtisch nervös hin- und herschob. Rief bei seiner Exfrau Britta an, um sie darauf vorzubereiten, dass die Polizei sie und auch Arno vernehmen würde, sobald man ihn gefunden haben würde. Sprach mit Anna Weber und bat sie, alle Termine der laufenden Woche abzusagen, tagsüber im Büro die Stellung zu halten und ihm abends die Post nach Hause zu bringen. Er nahm an, dass die Polizei Brittas Vater Heinrich van Stetten ebenfalls befragen würde, verzichtete aber nach kurzem Zögern darauf, den Alten selbst anzurufen. Das würde Britta vermutlich besorgen.

Nachdem Barbara gegen Mittag das Essen gebracht und für alle den Tisch gedeckt hatte, saßen sie schweigend zusammen. Inka starrte auf ihren Teller und stocherte in den Nudeln herum. Auch ihr Mann legte seine Gabel nach kurzer Zeit beiseite. Nur die beiden Beamten, die kurz zuvor die Wache übernommen hatten, aßen mit gutem Appetit und unterhielten sich leise.

Dann gab es nichts mehr zu tun als zu warten. Sekunden wurden zu Minuten, Minuten zu Stunden…

12

Im K11 herrschte derweil Hochbetrieb. Die SOKO Felix unter der Leitung von Oberkommissar Karsten Schönfeld hatte ihre Arbeit aufgenommen und begann im gesamten Umfeld der Familie Wolf zu recherchieren.

Man fand schnell heraus, dass es in der heilen Welt der Wolfs unter der glatten gutbürgerlichen Fassade ein paar hässliche Risse gab.

Andreas' erste Ehe war unter ziemlich dramatischen Umständen gescheitert. Britta Wolf war die Tochter eines bekannten Frankfurter Immobilienunternehmers, die als junge Frau alles liebte, was ihren im Hinblick auf seine Tochter strikt konservativen Vater provozierte.

Da die Familie durch ihren Bekanntheitsgrad ständig im Blickpunkt der Öffentlichkeit stand, waren Britta und ihre Affären ein willkommenes Ziel für die Frankfurter Regenbogenpresse. Ihr Vater, der große Heinrich van Stetten, den alle Welt nur H.S. nannte, war deshalb heilfroh, als der junge überaus ehrgeizige Anwalt Andreas Wolf aus der Provinz auftauchte und sich für seine zwar bildhübsche, aber aus seiner Sicht ziemlich missratene

Tochter interessierte. Er ebnete dem jungen Paar alle Wege und protegierte seinen Schwiegersohn, dem dadurch bald alle Türen der feinen Frankfurter Gesellschaft offenstanden. Dass Wolf ein paar Jahre jünger war als seine Tochter, störte ihn nicht.

Andreas wähnte sich damals am Ziel seiner ehrgeizigen Wünsche, bis er eines Tages feststellen musste, dass die außerehelichen Affären seiner Frau inzwischen Stadtgespräch waren. Die darauf folgende sich endlos hinziehende spektakuläre Scheidung war das, was man allgemein als *Schlammschlacht* bezeichnet. Der einzige Sohn aus dieser Verbindung, Arno, war damals sieben Jahre alt. Er blieb bei seiner Mutter.

Wolf hatte danach nur wenig Kontakt zu seinem Sohn, der schon früh anfing, eigene Wege zu gehen und dabei seiner Mutter in nichts nachstand. Sein Ex-Schwiegervater, den er jahrelang anwaltlich vertreten hatte, sagte sich von ihm los, was ihn fast an den Rand des Ruins gebracht hatte, denn andere Firmenbosse, die sich dem alten van Stetten verpflichtet fühlten, zogen nach und kündigten ebenfalls ihre Mandate.

Arno Wolf war vor einiger Zeit bei einer Razzia im Frankfurter Bahnhofsviertel wegen Verstoßes gegen das Betäubungsmittelgesetz erkennungsdienstlich behandelt worden. Die Polizei war sicher, dass er im Drogen- und Spielermilieu verkehrte, hatte ihm aber bis jetzt nichts nachweisen können. Nur dem Einfluss seines Großvaters war es zu verdanken, dass er bisher glimpflich davongekommen war. Da er an der Frankfurter Universität eingeschrieben war und dort scheinbar sogar hin und wieder Vorlesungen besuchte, hatte man ihn wieder laufenlassen.

Wie es schien hatte Inka Wolf ebenfalls eine alles andere als gütliche Scheidung hinter sich, in deren Folge sie die beiden gemeinsamen Kinder bei ihrem Exmann an der Bergstraße zurückließ, wo sie seither lebten. Ein Umstand, der den Mann Ulrich Becker, als er davon erfuhr, sentimental werden ließ. Er fragte sich, wie eine Mutter es schaffte, freiwillig auf ihre Kinder zu verzichten, um in ein neues Leben aufzubrechen? Wenn er da an sich und seine Frau Helen dachte, was gäben sie dafür, endlich ein eigenes Kind zu haben und eine richtige Familie zu sein. Obwohl sie dieses Thema seit langem vermieden, wusste Becker, wie sehr seine Frau darunter litt, dass sie keine Kinder hatten. Das war einfach ungerecht und machte ihn wütend.

Energisch wischte er diesen Gedanken beiseite. Er musste sich auf seinen Fall konzentrieren und das weitere Vorgehen mit dem Leiter der SOKO abstimmen.

Oberkommissar Peter Scholz und drei weitere Beamte erhielten den Auftrag, noch einmal alle Nachbarn der Wolfs einzeln zu befragen und sich dabei besonders auf die Familie Hofmann zu konzentrieren. Alle Aussagen sollten bei Beckers engstem Mitarbeiter Ralf Hermann zusammenlaufen, der die Aufgabe hatte, die Spreu vom Weizen zu trennen und alle wesentlichen Informationen für seinen Chef herauszufiltern.

Der Kollege Schönfeld fuhr zusammen mit einem weiteren Beamten nach Kronberg zu Britta

Wolf, der Exfrau von Andreas Wolf, nachdem er sich telefonisch vergewissert hatte, dass sie zu Hause war.

Der Hauptkommissar machte sich gegen Mittag zusammen mit Ralf Hermann auf den Weg an die Bergstraße, um Thomas Bohl, den geschiedenen Mann von Inka Wolf, aufzusuchen. Da zunächst alle Menschen im näheren und weiteren Umfeld des Ehepaars Wolf als verdächtig galten, gehörten er und sogar seine beiden Kinder auch zu diesem Kreis.

Becker verzichtete darauf, sich anzumelden, denn er setzte gern auf den Überraschungseffekt. Thomas Bohl war Lehrer am Seeheimer Gymnasium und alleinerziehender Vater, und Becker vertraute darauf, dass er als solcher einen geregelten Tagesablauf hatte. Seine siebzehn und neunzehn Jahre alten Kinder Kirsten und Tobias besuchten beide die Oberstufe des Gymnasiums. Normalerweise würde Becker sie also alle drei in der Mittagszeit zu Hause antreffen.

Die Bohls wohnten nur wenige Fußminuten von der Schule entfernt in einem kleinen Reihenhaus der Wohnsiedlung, die sich direkt an die Sportanlagen der Schule anschließt. Die beiden Beamten parkten ihr Auto gegenüber und überquerten die Straße. Na, das nenne ich mal Glück, dachte Becker, als Hermann und er aus dem Auto stiegen und einen Mann sahen, der in diesem Augenblick mit drei Pizzakartons beladen die Haustür erreichte und seinen Schlüssel aus der Tasche zog.

13

Der Schulcampus liegt zwischen Wald und Feldern idyllisch eingebettet am Rande der Gemeinde Seeheim-Jugenheim zu Füßen des Melibokus, des höchsten Berges im Odenwald. In den fünfziger Jahres des vorigen Jahrhunderts unter der Schirmherrschaft der Amerikaner gebaut und bis in die siebziger Jahre hinein als Vorzeigeobjekt moderner Koedukation gepriesen – vom Kindergarten bis zum Gymnasium alles unter einem Dach – zeigt er mittlerweile an vielen Bauten der ersten Generation deutliche Spuren von Verfall, die oft nur notdürftig übertüncht und halbherzig saniert wurden.

Die einzelnen Gebäude – der Verwaltungstrakt, eine große Aula, die Grundschule, eine Realschule, das Gymnasium mit seinen separaten Fachunterrichtsräumen und den im Laufe der Jahre hinzugekommenen Erweiterungsbauten und seit einigen Jahren auch eine Internationale Schule – sind durch überdachte Wandelgänge miteinander verbunden, so dass man bei Regenwetter trockenen Fußes über das weitläufige Gelände von einem zum anderen Gebäude gelangen kann.

Am nördlichen Ende des Geländes befindet sich eine Kita, und dahinter liegt die Turnhalle mit den angrenzenden Sportplätzen.

Früher gab es auch ein gemischtes Internat, in dem die Internatsschüler mit ihren Erziehern lebten. Es waren Kinder und Jugendliche, die aus dem gesamten Bundesgebiet kamen. Ende der siebziger Jahre wurde das Internat geschlossen. Die Gebäude werden heute von der Gemeinde zu Verwaltungszwecken genutzt.

Vormittags während des Lehrbetriebs geht es auf dem Gelände recht lebhaft zu, aber gegen Mittag wird es ruhiger.

In der Grundschule war der Vormittagsunterricht bereits zu Ende und in der Kita herrschte Mittagsruhe. Aus einem der Fachgebäude drang Musik. Einige Schüler hockten hinter einer Ecke in den Büschen und rauchten heimlich.

Thomas Bohl hatte es eilig. Der Anruf von Andreas Wolf am Vormittag hatte ihn in große Unruhe versetzt. Während er mit langen Schritten das Schulgelände verließ und den Sportplatz überquerte, um den Weg nach Hause abzukürzen, versuchte er, seinen Sohn Tobias auf dem Handy zu erreichen. Fehlanzeige. Mailbox.

„Tobias, bitte melde dich und komm so schnell wie möglich nach Hause. Es ist dringend."

Wo war der Bengel nur wieder? Er gab Kirstens Nummer ein.

„Kirsten, ein Glück, dass ich dich wenigstens erreiche. Bist du zu Hause?"

„Ja, was ist denn los? Wann kommst du denn?"

Kirstens Stimme klang mürrisch. Sie hatte die letzten beiden Stunden frei gehabt und brütete wahrscheinlich über den Schulaufgaben.

„Weißt du, wo Tobias ist? Ich muss mit euch reden. Bitte geh auf keinen Fall weg, ich bin gleich da."

„Ist ja gut, ich bin hier, und Tobi kommt bestimmt bald. Ich weiß nicht, wo er ist, er war nicht in der Schule. Sein Handy ist ausgeschaltet. Er hat wohl wieder mal Stress mit seinen Kumpels. Was gibt's denn zum Essen?"

Essen, ach du lieber Himmel, daran hatte er in der Aufregung gar nicht gedacht.

„Ich gehe schnell beim Italiener vorbei und bringe Pizza mit."

„Okay, beeil dich, ich habe Hunger."

Thomas überlegte angestrengt. Er hatte keine Lust auf neue Probleme. Die hatte er damals reichlich gehabt. Inzwischen verlief sein Leben ruhig und in geordneten Bahnen. Sein Beruf als Lehrer füllte ihn aus, seine Kinder waren fast erwachsen und würden bald aus dem Haus sein. Die Beziehung mit seiner Freundin, die genau wie er ihre Unabhängigkeit liebte, lief gut, und er hatte überhaupt keine Lust, in irgendein Drama um seine Exfrau hineingezogen zu werden. Die Zeit mit ihr lag lange zurück, und schließlich war sie die Treppe sozusagen hinaufgefallen, hatte einen neuen Ehemann, der ihr jeden Wunsch erfüllen konnte im Gegensetz zu ihm damals mit seinem kleinen Beamtengehalt.

Natürlich war es entsetzlich, was da passiert war. Er hoffte sehr, dass Felix bald gesund und munter wieder auftauchte, schon deshalb, weil seine Halbgeschwister ihn sehr liebten und todunglücklich wären, wenn ihm ernstlich etwas zugestoßen wäre.

Aber er wollte nicht, dass sein Leben dadurch wieder aus dem Lot geriet. Was die Polizei ausgerechnet bei ihm wollte, konnte er sich beim besten Willen nicht vorstellen.

Mit seinen Pizzakartons im Arm fischte er gerade mit einer Hand nach seinem Hausschlüssel, als ein Auto am Straßenrand hielt, aus dem zwei Männer stiegen und direkt auf ihn zukamen.

„Herr Bohl?“ Er nickte. „Ich bin Hauptkommissar Ulrich Becker, Dezernat K 11, aus Frankfurt. Das hier ist mein Kollege, Kommissar Ralf Hermann. Dürfen wir kurz hereinkommen?“

Er warf einen Blick auf die ihm entgegengehaltenen Polizeiausweise.

„Guten Tag. Ja natürlich. Ich weiß schon Bescheid. Andreas Wolf hat mich am Vormittag angerufen und mir gesagt, dass Sie wahrscheinlich auch zu mir kommen werden.“

Thomas hatte inzwischen aufgeschlossen und machte eine Handbewegung.

„Hier entlang bitte.“

Er wies mit der freien Hand auf eine offenstehende Tür am Ende des Flurs und blickte etwas hilflos auf die Kartons in seinem Arm.

„Einen Augenblick, ich bin gleich zurück … “, und dann erleichtert mit einem Blick zur Treppe rechts neben ihm, auf der gerade ein junges Mädchen mit blondem Pferdeschwanz und zerlöcherten Jeans auftauchte, „…hallo, Kirsten, kannst du mir mal eben das Essen abnehmen?“

Den erstaunten Blick seiner Tochter ignorierend lief er dann hinter den beiden Polizisten in einen Raum, der offensichtlich sein Arbeitszimmer war, schloss die Tür hinter sich und bot den Beamten Platz an.

Becker sah sich um. Vor dem Fenster ein Schreibtisch, der von Zetteln, Heften, Schnellheftern und Büchern überquoll, mittendrin ein Block, Stifte, eine Rolle Tesafilm, alles durcheinander, und daneben ein zugeklappter Laptop. Auf dem Stuhl dahinter verschmutzte Jeans und ein T-Shirt. Links an der Wand stand ein hellgraues Sofa, das schon bessere Zeiten gesehen hatte, mit einem Couchtisch davor und gegenüber eine Wand voller Bücher. Einige geschmackvolle Kunstdrucke an den Wänden.

Sie setzten sich. Einen Moment herrschte angespanntes Schweigen.

„War das eben Ihre Tochter?", eröffnete Kommissar Becker das Gespräch.

„Ja, aber bitte, sie weiß noch nichts vom Verschwinden ihres Halbbruders. Ich nehme an, deswegen sind Sie da, oder? Ich würde es meinen Kindern gern selbst sagen, sie hängen sehr an ihm. Andreas Wolf hat mich heute Vormittag angerufen, aber ich hatte bisher keine Gelegenheit, mit Kirsten und Tobias darüber zu sprechen."

„Gut, wir wollen Sie nicht lange aufhalten. Sagen Sie uns einfach, wo Sie gestern zwischen vierzehn und achtzehn Uhr waren."

„Papa, was ist eigentlich los? Was ist mit Felix?" Kirsten hatte offensichtlich an der Tür gelauscht und stand mit weit aufgerissenen Augen im Zimmer. Bohl öffnete den Mund, schloss ihn wieder und blickte hilfesuchend auf die beiden Polizisten.

Becker sah das junge Mädchen an, sah die Angst in ihren Augen und suchte nach den richtigen Worten. Er wollte sie nicht mehr beunruhigen als nötig, durfte aber die Situation auch nicht beschönigen. Solche Momente gab es immer wieder. Momente, in denen er seinen Beruf verfluchte, den er im Grunde doch so liebte. Ralf Hermann, der das wusste, kam ihm zu Hilfe.

„Du bist sicher Kirsten Bohl, die Halbschwester von Felix?“, fragte er betont sachlich.

„Ja, wer sonst, sagen Sie endlich, was los ist“, kam es patzig zurück.

„Ja also, dein Halbbruder ist seit gestern Nachmittag verschwunden. Er ist nach dem Spielen nicht nach Hause gekommen, und seine Eltern machen sich große Sorgen.“

„Was, gestern Nachmittag schon? Das ist ja fast einen ganzen Tag her.“ Kirsten war fassungslos, Tränen schossen ihr in die Augen.

„Verdammt, Papa, seit wann weißt du das? Warum hast du uns das nicht sofort gesagt?“, schrie sie plötzlich ihren Vater an und drehte sich abrupt zur Seite, als er sie in den Arm nehmen wollte.

„Was ist mit Mama? Wo ist sie? Kann ich zu ihr?“

Kirsten begann zu weinen. Becker registrierte die in der Luft liegende Spannung, ließ sich aber nichts anmerken und fragte:

„Wo waren Sie beide gestern zwischen vierzehn und achtzehn Uhr?“

Bohl zögerte und sah zu seiner Tochter, die den Kopf gesenkt hielt.

„Ich, also ich war bis kurz nach zwölf in der Schule, hatte Unterricht in der Jahrgangsstufe 12, und bin danach direkt nach Hause gegangen. Es sind ja nur wenige Minuten zu Fuß. Habe hier den ganzen Nachmittag Englischarbeiten korrigiert. Und nein, es gibt dafür keine Zeugen. Tobias war, glaube ich, bei einer Freundin, und Kirsten …"

„Ich bin nach der Schule direkt nach Darmstadt gefahren zum Shoppen und erst am Abend zurückgekommen", fiel ihm Kirsten ins Wort und schaute Becker trotzig an. „Und jetzt werden Sie mich sicher gleich fragen, ob das jemand bestätigen kann."

„Kann das jemand bestätigen?"

„Sicher. Der Straßenbahnfahrer auf der Hin- und Rückfahrt, ein paar Verkäuferinnen im Kaufhof und bei Henschel & Ropertz oder H&M, der Eisverkäufer im Eiscafé im Luisencenter vielleicht, aber Bekannte habe ich leider nicht getroffen".

Becker seufzte. So kam er nicht weiter. Er nestelte an seiner Fliege.

„Und Sie, Herr Bohl, hatten Sie Besuch, hat jemand angerufen, oder haben Sie jemanden angerufen?", und als Bohl den Kopf schüttelte, „Sie haben den ganzen Nachmittag zu Hause gesessen und haben nicht ein einziges Mal telefoniert?"

Bohl nickte stumm. Als käme ihm in diesem Augenblick erst zum Bewusstsein, dass die Polizei gerade ihre Alibis für die mögliche Tatzeit einer Entführung überprüfen wollte, saß er plötzlich kerzengerade.

„Das ist ja wohl das Allerletzte. Sie nehmen also an, dass Felix entführt worden ist, und da kommen Sie ausgerechnet zu uns und verdächtigen uns, statt sich mal den anderen Sohn des Herrn Dr. Wolf vorzunehmen, der seinen Vater und dessen neue Familie hasst und ständig knapp bei Kasse ist. Ich weiß das von meiner Exfrau. Sie hat schon oft darüber gesprochen. Ich und meine Kinder haben Felix bestimmt nichts getan, das können Sie uns glauben", sagte er aufgebracht.

„Gut, Herr Bohl, das war's fürs Erste. Wir tun nur das, was wir müssen, und dazu gehört nun mal, dass wir alle befragen, die Felix und seine Familie kennen."

Becker reichte ihm seine Visitenkarte.

„Bitten Sie Ihren Sohn, mich so bald wie möglich anzurufen, ich würde mich gern mit ihm unterhalten."

Er stand auf und gab Ralf Hermann einen Wink, der sich ebenfalls erhob.

„Ach, fast hätte ich es vergessen, wie lange unterrichten Sie eigentlich schon hier am Gymnasium?"

„Knapp zehn Jahre. Ich war früher schon als Internatsschüler auf der Schule und habe hier auch Abitur gemacht."

„Und danach?"

„Nach dem Studium bekam ich in Frankfurt meine erste Lehrerstelle. Inka und ich haben dort geheiratet. Nach unserer Scheidung habe ich einen Antrag auf Versetzung gestellt und bin mit den Kindern hierhergezogen."

„Und wenn nichts dazwischenkommt, werde ich bis zu meiner Pensionierung auch hier bleiben", fügte er aggressiv hinzu. Aber Becker ließ sich nicht aus der Ruhe bringen.

„Und Ihre geschiedene Frau? Wie lange waren Sie mit ihr verheiratet?"

„Wir kannten uns schon während der Schulzeit,

sind uns dann während meines Studiums wieder begegnet und näher gekommen und haben vor zwanzig Jahren geheiratet. Alles war gut, bis irgendwann Andreas, der große Frauenversteher, wieder auftauchte."

„Sie meinen Dr. Wolf? *Wieder* auftauchte? Kannten Sie ihn schon vorher?"

„Ja klar, wir waren alle auf derselben Schule, allerdings in unterschiedlichen Jahrgängen. Aber was soll das alles? Das ist Schnee von gestern und hat bestimmt nichts mit Felix' Verschwinden zu tun. Ich muss mich beeilen, wir haben heute Nachmittag Lehrerkonferenz, und vorher möchte ich mit meiner Tochter in Ruhe zu Mittag essen."

Becker nickte. Die beiden Beamten verabschiedeten sich. An der Haustür drehte sich Becker noch einmal um.

„Haben Sie und Ihre Kinder vor, in den Schulferien zu verreisen? Es wäre schön, wenn Sie uns für alle Fälle Ihre Urlaubsadresse mitteilen würden, damit wir Sie notfalls jederzeit erreichen können."

Im Weggehen hörten sie, wie im Obergeschoss des Hauses eine Tür heftig zugeschlagen wurde. Auf der Rückfahrt war der Kommissar ungewöhnlich schweigsam.

14

Der Nachmittag zog sich endlos hin, sie konnten nichts tun als warten. Ein paar Anrufe, Thomas Bohl hatte nach dem Gespräch mit dem Hauptkommissar angerufen. Kirsten wollte unbedingt zu ihrer Mutter, und er würde sie und ihren Bruder morgen nach der Schule nach Frankfurt bringen. Inka hatte mit Kirsten gesprochen, hatte versucht tapfer zu sein, um die Tochter nicht noch mehr zu ängstigen. Vergeblich, am Ende hatten beide geweint. Tobias war immer noch nicht zu Hause.

Inkas Mutter hatte keine Ruhe gegeben und teilte mit, dass sie sich gleich ins Auto setzen würde und in einer guten Stunde da wäre.

Die Kanzlei Wolf hatte sich ein paarmal gemeldet, und Barbara Hofmann rief an, um zu fragen, ob sie etwas tun könne. Später ein Anruf von Kommissar Schönfeld und die Mitteilung, dass im Hörfunk seit zehn Uhr morgens in Abständen die Suchmeldung nach dem verschwundenen Kind gesendet wurde und rund um die Uhr im Anschluss an die Nachrichten wiederholt würde mit dem Hinweis auf Felix' Allergie.

Seither lief das Radio im Hause Wolf ununterbrochen, und sobald der Nachrichtensprecher die

Suchmeldung wiederholte, stand Inka vor dem Gerät und starrte es wie hypnotisiert an. Sonst gab es im Augenblick nichts zu tun, rein gar nichts.

Nach dem Mittagessen hatte sie wieder Beruhigungsmittel geschluckt und, als sie keine Wirkung zeigten, eine Zeitlang versucht, sich irgendwie zu beschäftigen. Wie unter Zwang hatte sie mit ihrem Lappen dauernd in der ohnehin makellos sauberen Küche herumgewischt, obwohl es gar nichts zu wischen gab. Setzte sich hin, stand im nächsten Augenblick wieder auf und rannte von einem Zimmer ins andere, rückte hier einen Stuhl, zupfte dort ein Kissen zurecht und konnte die Hände nicht still halten.

„Hör endlich auf herumzurennen, du machst uns alle ganz verrückt“, fuhr ihr Mann sie schließlich an, der ihr einige Zeit zugesehen hatte. Seine Nerven waren aufs Äußerste gespannt.

Danach setzte sie sich zwar kurz hin, hielt das aber nicht lange aus. Als sie die leeren Kaffeetassen der Techniker sah, stürzte sie sich darauf, trug sie sofort in die Küche und begann, mit zitternden Fingern den Espressoautomaten in Gang zu setzen und Wasser und Kaffeebohnen aufzufüllen. Wischte mit hektischen Bewegungen verschüttetes Wasser auf und vergaß darüber, den übervollen Behälter mit den Kaffeebohnen zu schließen, so dass rechts und links die Bohnen herausrollten.

Als sie irgendwann nach oben ins Schlafzimmer verschwand, um sich umzuziehen, sahen die Polizisten sich an. Es war ihnen klar, dass die Frau nicht mehr lange durchhalten würde. Warum merkte ihr Mann das nicht? Statt seine Frau zu beruhigen, blaffte er sie an. Hatte sich jetzt einfach in sein Arbeitszimmer zurückgezogen und starrte stumm zum Fenster hinaus. Da musste man doch etwas tun. Hoffentlich kam die Mutter bald.

Inka war gerade zurückgekommen und hatte sich in dem kleinen Sessel neben dem Radio niedergelassen, als es an der Haustür klingelte. Sofort sprang sie auf und lief an den Polizisten vorbei zur Tür, weil sie annahm, es sei ihre Mutter.

„Was ist mit Ihrem Sohn?"

„Stimmt es, dass Felix entführt worden ist?"

„Hat die Polizei schon etwas herausgefunden?"

„Seit wann ist das Kind verschwunden?"

„Wieso haben Sie den Jungen allein auf den Spielplatz geschickt?"

Aufgerissene Augen und Münder, Blitzlichter zuckten, Stimmen riefen durcheinander. Etwas abseits von der Menge, im Hintergrund, eine schwarze Baseballkappe.

Inka erschrak. Sie hob die Hände schützend vor ihr Gesicht und wandte sich hilfesuchend an ihren Mann, der hastig herbeigeeilt war und den hereindrängenden Journalisten die Tür vor der Nase zuschlug. Er schob seine Frau energisch zurück und legte die Sicherungskette vor. Sein Gesicht war wachsbleich, und er presste die Lippen aufeinander.

„Verdammt, du sollst nicht allein an die Tür gehen, wie konntest du nur?"

„Ich d-achte d-och nur, es ist Mutter."

Inka zitterte. Ihre Zähne schlugen aufeinander. Sie konnte sich kaum mehr auf den Beinen halten.

Als es wenige Minuten später wieder Sturm läutete, stand sie zwar auf, wartete aber, bis einer der

Polizisten ihrer Mutter die Tür geöffnet und sie hereingelassen hatte, nachdem Wolf ihm bestätigend zugenickt hatte.

Die beiden Frauen fielen sich in die Arme. Einen Augenblick lang war nicht ganz klar, wer wen stützen musste. Dann aber zeigte sich, dass Regina Gottwald durchaus nicht so schwach und hinfällig war, wie ihr Schwiegersohn angenommen hatte. Soweit dies in der herrschenden Situation überhaupt möglich war, verbreitete sie so etwas wie Zuversicht und Hoffnung um sich herum. Sie verfrachtete ihre Tochter auf das Sofa und schob ihr ein Kissen in den Nacken, ihren Schwiegersohn schickte sie nach nebenan in sein Arbeitszimmer, um seiner Frau einen Kognak zu holen und ihr gleich einen mit. Und als alle sich etwas beruhigt hatten, ging sie in die Küche, brachte für sich und die beiden Beamten frischen Kaffee und setzte sich dann zu ihrer Tochter auf das Sofa. Sie nahm ihre Hand und streichelte sie leise, während sie beruhigende Worte murmelte.

Das Schrillen des privaten Telefons unterbrach ihre Unterhaltung, und es folgte das gleiche Ritual wie am Vormittag. Auf den Wink des Polizisten griff der Hausherr zum Hörer und meldete sich, während der Techniker das Aufnahmegerät betätigte. Es war kurz vor vier Uhr nachmittags.

Es rauschte und knackte in der Leitung, dann hörte er eine undeutliche Stimme.

„Hallo, ich bin's!"

„Hallo, wer spricht denn bitte? Arno, bist du das? Wo in aller Welt steckst du, Junge?"

„Es ist was passiert, Papa, du musst mir helfen.

Ich brauche …"

„Arno, das ist gerade ein sehr ungünstiger Moment. Hast du mit deiner Mutter gesprochen? Hat sie dir nicht gesagt, was hier passiert ist?"

Schweigen, dann wieder die Stimme seines Sohnes, diesmal panisch.

„Ich glaube, ich habe großen Mist gebaut, es ist alles meine Schuld, aber Felix geht es gut – glaube ich."

„Um Himmels willen …" Wolfs Stimme stockte, aber er riss sich zusammen.

„Was ist passiert? … Ist Felix etwa bei dir? … Warum hast du dich nicht früher gemeldet? … Wieso? …"

Seine Fragen kamen abgehackt, bis ihm die Stimme versagte. Tausend Gedanken schossen ihm durch den Kopf.

Der Techniker gab ihm Zeichen, nicht aufzuhören, die Technik arbeitete bereits auf Hochtouren, um den Anrufer zu orten.

„Was ist mit Felix? Geht es ihm gut? Wo seid ihr?" Wolfs Stimme versagte. Inka und ihre Mutter waren inzwischen herangekommen und standen neben ihm.

„Papa, er will Geld, viel Geld… Mir geht es nicht gut. Ich… ich… brauche …"

Arnos Stimme klang verwaschen.

„Wer ist ER? Wer will Geld? Von wo rufst du an, Arno? "

„Ich melde mich wieder, wenn …"

Es klickte. Das Gespräch war unterbrochen.

Wolf hielt den Telefonhörer einen Augenblick vorsichtig in der Hand und reichte ihn dann dem

Polizisten, der ihn zu seinem Kollegen brachte, der bereits wie wild in seinen Computer tippte und gleichzeitig in sein Handy sprach.

Es war genau sechzehn Uhr. Das Gespräch hatte exakt eine Minute und neunundzwanzig Sekunden gedauert.

Der junge Mann am anderen Ende der Stadt atmete tief durch und sah unsicher seinen Begleiter an, der ihm zunickte und sagte:

„Na also, war doch gar nicht so schwer, oder? Passt doch. Und jetzt geh endlich und besorg das verdammte Allergiemittel. Dann kriegst du auch deinen Stoff."

Der Anruf erreichte die Kommissare Schönfeld und Scholz, als sie gerade auf der Heimfahrt von Kronberg waren, wo sie Britta Wolf in ihrem Haus befragt hatten. Die Frau hatte ziemlich hysterisch reagiert und eine Schimpfkanonade auf ihren geschiedenen Mann losgelassen. Das Ergebnis der Befragung war gleich Null gewesen.

Ralf Hermann rief im Auftrag Beckers an und beorderte alle zurück ins Präsidium zum Faktenabgleich. Die Durchsuchungen des Wohnviertels am Lerchesberg wurde vorerst abgebrochen, die Hundestaffel aus dem Stadtwald abgezogen. Die Radiodurchsagen ließ man weiterlaufen.

Die Lage hatte sich von Grund auf verändert. Man konnte jetzt ohne Zweifel von einer Entführung ausgehen, in die - freiwillig oder unfreiwillig – Wolfs erwachsener Sohn Arno verwickelt war. Aber wie es schien, war Felix am Leben. Nach

Rücksprache mit dem zuständigen Staatsanwalt ließ Becker Arno Wolf zur Fahndung ausschreiben. Dass inzwischen Semesterferien waren und Arnos Kommilitonen in alle Winde verstreut waren und nicht befragt werden konnten, erschwerte die Sache. Aber wenigstens gab es endlich konkrete Hinweise, denen die Polizei nachgehen konnte.

Der Anruf von Arno Wolf war aus Frankfurt gekommen, so viel ließ sich feststellen. Eine genauere Ortung war nicht möglich, da das Gespräch zu kurz gewesen war und der Anrufer anscheinend ein Prepaid-Handy benutzt hatte, das danach sofort ausgeschaltet wurde. Jedenfalls hatte Arno seine Spanienreise noch nicht angetreten, falls er sie überhaupt jemals geplant hatte.

Dass es wirklich sein Sohn Arno gewesen war, mit dem er telefoniert hatte, daran hatte Wolf nicht den geringsten Zweifel. Seine Stimme hatte zwar seltsam fremd und angespannt geklungen, er hatte den Klang nach Stunden noch im Ohr und grübelte darüber nach, aber es war zweifellos Arnos Stimme gewesen. Offenbar stand sein Sohn unter einem enormen Druck.

15

Nach seiner Rückkehr von der Bergstraße hatte Becker zunächst alle ermittelnden Beamten in seinem Büro zusammengerufen und sie über die Ergebnisse des Tages berichten lassen.

Nachdem die erneute Suche rund um den Stadtwald am Vormittag ergebnislos abgebrochen worden war und die erweiterte Befragung der Nachbarn im gesamten Viertel keine neuen Erkenntnisse gebracht hatte, waren die Kommissare Schönfeld und Scholz gegen Mittag noch einmal zu den Hofmanns gefahren, um vielleicht von den Söhnen der Familie doch irgendeinen brauchbaren Hinweis zu erhalten. Immerhin waren die beiden Jungen die Letzten, die Felix gesehen hatten, bevor der Junge spurlos verschwunden war.

Sie hatten sich nach Kräften bemüht, irgendeine verwertbare Aussage zu erhalten. Aber bis auf den Umstand, dass Oskar und Bastian sich ganz sicher waren, dass ihr Freund Felix nie im Leben freiwillig mit einem Fremden mitgegangen wäre, hatten sie nichts Neues erfahren. Felix hatte das jedenfalls wiederholt mit fester Stimme und durchaus glaubwürdig behauptet, wenn die Kinder im Unterricht über das Thema Kindesmissbrauch sprachen und die Lehrerin sie dazu befragte. Während Bastian, der Jüngere von beiden, das erzählte, hatte er mehrmals bekräftigend mit dem Kopf genickt.

Schließlich hatte Barbara Hofmann sie jedoch unmissverständlich aufgefordert, das Gespräch mit den Kindern zu beenden, weil sie durch die Ereignisse sichtlich mitgenommen und verstört waren.

Schönfeld hatte vorgeschlagen, die Polizeipsychologin, die selbst Mutter war und sich mit Kindern bestens auskannte, zu den Hofmanns zu schicken. Nach anfänglichem Zögern hatte Barbara Hofmann eingewilligt. Die Beamtin würde die Familie morgen aufsuchen, sobald die Kinder aus der Schule zurück waren.

Am Nachmittag waren die beiden Ermittler in Kronberg bei Britta Wolf gewesen und hatten darum gebeten, Arnos Zimmer sehen zu dürfen. Es gab bisher keinen offiziellen Durchsuchungsbeschluss, so dass die ganze Aktion auf sehr wackeligen Füßen stand. Aber Britta hatte ihnen gestattet, sich im Haus umzusehen.

Während seine Mitarbeiter berichteten, hatte Becker ununterbrochen mit den Fingern auf die Tischplatte getrommelt. Jetzt hielt er es nicht länger aus.

„Hat sich inzwischen jemand um die Apotheken gekümmert? Ich will, dass die Angestellten dort ab sofort alle Personen, die in und um Frankfurt herum Asthmamittel kaufen, notieren, und wenn ich sage alle, meine ich das auch so. Ich weiß, dass wir damit die Nadel im Heuhaufen suchen, aber irgendwo müssen wir schließlich anfangen. Theophyllin ist wie die meisten Asthmamittel rezeptpflichtig, das erleichtert die Sache etwas. Der Entführer wird natürlich versuchen, ohne Rezept daran zu kommen oder nach einer rezeptfreien Alternative fragen."

Und zu seinem Assistenten sagte er:

„Ralf, kannst du das bitte gleich organisieren? Konzentriere dich auf die Apotheken, die heute, morgen und übers Wochenende Nachtdienst haben, ich habe so eine Ahnung, dass der oder die Entführer sich bei Dunkelheit sicherer fühlen. Ich fahre erstmal nach Hause. Muss mich ein paar Stunden aufs Ohr hauen. Halte du bitte die Stellung im Büro und informiere mich, wenn es was Neues gibt, egal wie spät es ist. Jemand soll dich später ablösen. Das Büro muss rund um die Uhr besetzt sein."

Dann wendete er sich an die beiden Oberkommissare.

„Könnt ihr euch ab sofort bitte abwechseln. Einer von euch muss ständig im Hause Wolf erreichbar sein. Notfalls das ganze Wochenende über. Ich verlasse mich auf euch. Macht´s gut."

Mit diesen Worten erhob er sich und verließ das Büro.

Auf der Fahrt nach Hause drehte er das Radio an und versuchte, sich zu entspannen. Er war todmüde und hellwach zugleich. Eigentlich hatte er sich fest vorgenommen, am Wochenende auszuschlafen und anschließend mit Helen im Baumarkt die neuen Fliesen auszusuchen. Aber dieser Vorsatz rückte in weite Ferne, denn wenn nicht ein Wunder geschah, würde es für ihn wieder einmal kein

Wochenende geben.

So sehr er sich innerlich dagegen sträubte, er sah ununterbrochen das Foto des Kindes mit den lachenden Augen vor sich, das Andreas Wolf ihm mitgegeben hatte. Das Kind, das jetzt in der Gewalt seines Entführers war und ganz sicher große Angst hatte. Das Herz tat ihm weh bei dem Gedanken, dass alle Bemühungen vielleicht vergeblich waren und der Junge nicht mehr lebte.

Als er zu Hause die Tür aufschloss, telefonierte Helen gerade. Sie winkte ihren Mann heran.

„Das ist Ralf. Hast du dein Handy nicht eingeschaltet? Es geht um den entführten Jungen. Das ist wohl das Kind, von dem sie heute im Radio dauernd gesprochen haben?"

Becker war sofort bei ihr und nahm ihr den Hörer aus der Hand. Ralfs Stimme klang aufgeregt.

„Chef, in der Zentrale ist gerade der Anruf einer Apotheke in der Leipziger Straße eingegangen. Ein Mann hat dort nach Theophyllin gefragt. Er hatte kein Rezept, weil sein Arzt angeblich in Urlaub ist. Die Apothekerin hat ihm das Mittel verkauft und anschließend sofort die Polizei verständigt. Der Mann hat bar bezahlt."

„Haben wir eine Personenbeschreibung?"

„Ja, es könnte sich um Arno Wolf handeln."

Der Oberkommissar sah auf die Uhr. Kurz vor sieben.

„Gut, Ralf, ruf bitte gleich in der Apotheke an, die Frau soll auf alle Fälle dort bleiben und auf mich warten. Ich fahre gleich los und werde ihr ein Foto von Wolf Junior zeigen. Vielleicht haben wir Glück, und sie erkennt ihn wieder."

Er beendete das Gespräch und sagte über die Schulter zu seiner Frau:

„Liebes, tut mir leid, aber du hast ja selbst gehört. Es geht nicht anders, ich muss wieder los. Jede Minute zählt."

Er spürte ihren Blick im Rücken und fühlte sich unbehaglich.

„Wenn der Fall abgeschlossen ist, nehme ich auf alle Fälle ein paar Tage frei, und wir fahren endlich in Urlaub, versprochen."

Helen versuchte ein Lächeln, das ihr aber misslang, und schob ihn zur Tür.

„Ja, ist schon gut. Geh nur, ich hebe dir was zum Essen auf. Hoffentlich wird es nicht zu spät."

Sie seufzte. Wieder ein Abend, den sie allein vor dem Fernseher verbringen würde. Aber morgen, dachte sie, allerspätestens am Wochenende muss er sich endlich Zeit für mich nehmen. So geht das nicht weiter. Selbst Kriminalkommissare haben ein Anrecht auf Freizeit und Privatleben.

Aber als erfahrene Polizistenfrau wusste sie natürlich, dass Verbrecher sich keinen Deut um die gesetzlich vorgeschriebenen Ruhezeiten von Kriminalbeamten scheren. Im Gegenteil, statistisch gesehen fanden an den Wochenenden sogar mehr Morde, Raubüberfälle und andere Kapitalverbrechen statt als an den übrigen Tagen. Nur gewöhnliche Diebe, die sich auf Wohnungseinbrüche spezialisiert hatten, gönnten sich samstags oder sonntags gerne mal eine Auszeit, hatte sie irgendwo gelesen.

Egal, sie musste jedenfalls unbedingt bald in Ruhe mit ihrem Mann sprechen. Irgendetwas lief schief bei ihnen, und dagegen musste sie etwas tun, ehe es zu spät war.

Sie schaltete den Fernseher ein, zappte sich lustlos durch die Programme und griff schließlich nach einem Buch mit italienischen Reisebeschreibungen, das sie sich kürzlich gekauft hatte. Ein spärlicher Ersatz für die lange versprochene Urlaubsreise, dachte sie bitter.

16

Der nächste Tag war Freitag, und Felix war seit zwei Tagen verschwunden. Die Fahndung nach Arno Wolf lief auf Hochtouren, aber bisher gab es kaum verwertbare Ergebnisse. Er war wie vom Erdboden verschluckt.

Die morgendliche Dienstbesprechung hatte sich länger hingezogen als erwartet. Becker hatte mehrmals das Band abgespielt, das er gestern Abend während der Befragung der Apothekerin hatte mitlaufen lassen. Aber außer dass die Personenbeschreibung tatsächlich auf Arno Wolf passte, gab es keine brauchbaren Hinweise auf seinen Aufenthaltsort. Becker bat Ralf, das Band abtippen zu lassen. Die Apothekerin würde in der Mittagspause vorbeikommen, um die Abschrift zu unterschreiben.

Nachdem seine Mitarbeiter das Büro verlassen hatten, lehnte sich Becker aufatmend zurück. Die SOKO arbeitete mit Hochdruck, Schönfeld und Scholz waren vor Ort, alle hatten ihre Anweisungen und würden ihn sofort informieren, falls Arno Wolf irgendwo aufgegriffen würde, es eine Spur von Felix gäbe oder ein Erpresseranruf bei den

Wolfs einging. Später würde er zusammen mit Ralf Hermann dem Immobilienunternehmer Heinrich van Stetten einen Besuch abstatten.

Jetzt brauchte er aber erst einmal dringend einen Kaffee. Er wollte sich in Ruhe alle Berichte und Notizen vornehmen, die sich seit Mittwoch auf seinem Schreibtisch angesammelt hatten. Er musste sich vergewissern, dass er nichts versäumt, nichts vergessen oder übersehen hatte, bevor er später zum Polizeipräsidenten musste, der einen persönlichen Bericht von ihm erwartete.

Auf seinem Schreibtisch sah es aus, als hätte ein Tornado gewütet, und er machte sich seufzend daran, alles gründlich zu lesen, zu sortieren und aufzuräumen.

Erst am Nachmittag – der Termin beim Polizeipräsidenten hatte länger gedauert als sonst, denn der Chef hatte eine Menge unbequemer Fragen gestellt – machten sich der Hauptkommissar und sein Assistent auf den Weg zum Maintower in der Neuen Mainzer Straße, in dem Heinrich van Stetten auf zehn Etagen im oberen Teil des Gebäudes residierte. Ralf Hermann hatte vorher dort angerufen und erfahren, dass H.S. im Hause war. Becker hatte seinen Besuch nicht angekündigt, er setzte auf den Überraschungseffekt.

Die Dame am Empfang verfiel in hektische Betriebsamkeit, als die Beamten ihre Dienstausweise zückten und verlangten, ihren Chef zu sprechen. Sie blätterte aufgeregt in ihrem Terminkalender und stotterte etwas von einer Besprechung und einem anschließenden dringenden Auswärtstermin. Als sie zum Telefonhörer greifen wollte, langte Becker kurzentschlossen über den Schreibtisch, hielt ihre Hand fest und sagte warnend:

„Machen Sie keinen Ärger. Sagen Sie uns einfach, wo wir ihn finden, sonst …“ Er ließ das „sonst…“ einen Ton höher in der Luft stehen.

Das genügte. Die Rezeptionistin murmelte eingeschüchtert:

„Ich wollte nur Frau Bertram, der Sekretärin, Bescheid sagen, damit sie Sie abholt. Das ist bei uns so üblich.“

„Nicht nötig, wir finden den Weg allein. Auf welchem Stockwerk befindet sich der Sitzungsraum?“

„Im obersten. Sie können unseren Privataufzug nehmen. Oben rechts den Gang entlang, am Ende an der Stirnseite.“

Es dauerte einige Zeit, bis der Aufzug kam, dann fuhren die beiden Polizisten nach oben. Als die Fahrstuhltür sich geräuschlos öffnete, erwartete sie eine junge Frau, die sich als Cornelia Bertram vorstellte und sie bat, ihr zu folgen.

„Also doch, na warte“, sagte Becker halblaut und nickte Ralf Hermann zu.

„Herr van Stetten bittet Sie, in seinem Büro Platz zu nehmen. Er will nur seine Besucher verabschieden. Es dauert nicht lange.“

Mit diesen Worten öffnete die Sekretärin die Tür neben dem Besprechungszimmer und führte sie durch ein Vorzimmer, offensichtlich ihr eigenes Büro, ins Allerheiligste.

„Darf ich Ihnen etwas zu trinken anbieten? Kaffee, Tee oder Wasser?“

„Nein, danke."

Becker und Hermann setzten sich in die bequemen Besuchersessel und warteten, bis Cornelia Bertram den Raum verlassen hatte. Becker grinste, als er sah, dass sie die Tür einen Spalt offengelassen hatte. Er sah sich um und nahm die gediegene Atmosphäre des Büros in sich auf. Genauso hatte er sich den Arbeitsplatz eines Immobilienfürsten vorgestellt. Dunkelbraunes Parkett, ein riesiger massiver Edelholzschreibtisch, auf den das Licht durch die bodentiefen Fensterelemente fiel, die den Blick bis hinunter auf den pulsierenden Verkehr freigaben. Hinter dem Schreibtisch ein eleganter Drehsessel mit blauen Lederpolstern. Auf dem Tisch ein zugeklappter Laptop mit dem bekannten Apfel-Logo, zwei Telefone, ein leerer Ablagekorb aus Acryl und eine Unterschriftenmappe. Sonst nichts.

In der Ecke gegenüber dem Fenster stand eine moderne Plastik aus Metall und daneben eine wandfüllende Regalwand mit Aktenordnern, Büchern und stapelweise Materialproben. Kunst an den Wänden, die von Geld und Geschmack zeugte.

Die Besuchersessel, in denen sie saßen, waren ebenfalls mit blauem Leder bezogen, auf dem runden Glastisch vor ihnen lagen Golf- und einige Architekturzeitschriften, und ein Prospektständer enthielt Hausprospekte mit einer Firmenchronik des Hauses van Stetten.

Der Vater Heinrich van Stettens hatte in den dreißiger Jahren als einfacher Bauunternehmer in Berlin angefangen und sich bald einen Namen gemacht. Als „reinrassiger Arier" – er betonte dies oft und gern – nahm er an öffentlichen Ausschreibungen für staatliche Gebäude teil und erhielt mit Hilfe kleiner und größerer Gefälligkeiten oft den Zuschlag. Im Laufe der Zeit knüpfte er Kontakte zu namhaften Architekten, die ihm Aufträge zum Bau neuer Prunkvillen für hochrangige Nazigrößen rund um den Wannsee vermittelten. Da das „Reich" auf seine Arbeit nicht verzichten wollte, brauchte er keinen Kriegsdienst zu leisten.

Nach dem Krieg fand er in der jungen Bundesrepublik schnell wieder ein reiches Betätigungsfeld, denn das halbe Land musste neu aufgebaut werden. Er knüpfte neue Kontakte, und nach kurzer Zeit befand er, dass ein Ortswechsel angebracht sei, denn im geteilten Berlin waren seine Möglichkeiten begrenzt. So kam er nach Frankfurt, wo er schnell Fuß fasste. Die Baubranche boomte, Frankfurt entwickelte sich zur Bankenmetropole, in der es für Leute wie ihn genug Arbeit gab. Doch bevor er es in der Stadt zu Ruhm und Ansehen bringen konnte, starb Wilhelm van Stetten im Alter von nur 58 Jahren an akutem Herzversagen.

Aber es gab ja Heinrich, seinen einzigen Sohn, der ganz aus Vaters Holz geschnitzt war. Er hatte inzwischen in Frankfurt sein Studium der Betriebswirtschaft mit Erfolg abgeschlossen, gerade rechtzeitig, um dort weiterzumachen, wo der Vater aufgehört hatte.

Binnen weniger Jahre gelang es Heinrich van Stetten, aus der inhabergeführten mittelständischen van Stettenschen Baufirma ein international tätiges Unternehmen, die *van Stetten Immobilien und Anlagen GmbH* zu machen, die ihren Hauptsitz zwar in der

Schweiz hatte, aber hauptsächlich von Frankfurt am Main aus agierte. Zunächst in einem kurz nach dem Krieg erbauten Bürohaus in der Nähe der Messe ansässig, zog das Unternehmen später mit rund 300 festen und genau so vielen freien Mitarbeitern um in den neuen Maintower. Der Junior konzentrierte sich auf die Marktsegmente Anlageimmobilien, Büroflächen, Industrieflächen und beriet Anleger rund um den Kauf oder Verkauf, die Vermietung und Bewertung der Objekte.

Becker war so in die Lektüre der van Stettenschen Firmenchronik vertieft, dass er den Chef des Hauses erst bemerkte, als dieser direkt vor ihm stand.

„Ich sehe, Sie haben die Zeit genutzt. Tut mir leid, dass Sie warten mussten. Aber Sie wissen ja, wie das ist…"

Heinrich van Stetten verzog die schmalen Lippen zu einem entschuldigenden Lächeln.

„Bitte behalten Sie Platz. Was kann ich für Sie tun? Aber machen Sie's kurz, ich hab nicht viel Zeit."

Becker musterte ihn. Er hatte ihn sich anders vorgestellt, gedrungener und bodenständiger. Van Stetten war ein drahtiger Siebziger, groß gewachsen und schlank. Maßanzug, Budapester Schuhe. Man sah ihm an, dass er auf seine Figur achtete und sicher früher viel Sport getrieben hatte. Heute spielte er immer noch regelmäßig Golf im noblen Kronberger Golfclub, wie Ralf Hermann bei seiner Recherche herausgefunden hatte. Das Markanteste an dem Unternehmer waren seine stechenden Augen, mit denen er sein Gegenüber gnadenlos taxierte.

Was du kannst, kann ich auch, dachte Becker, stand auf, fixierte van Stetten und reichte ihm die Hand, die dieser verdutzt ergriff.

„Ich bin Hauptkommissar Ulrich Becker, Leiter der Abteilung K 11", und mit einer Handbewegung zu Ralf, der ebenfalls aufgestanden war, „und das ist mein Assistent, Kommissar Ralf Hermann. Sie können sich denken, warum wir hier sind?"

Die Frage war eigentlich keine, und van Stetten fiel nicht darauf herein.

„Ich habe mir schon gedacht, dass Sie bei mir auftauchen würden. Meine Tochter hat mich gestern angerufen. Der Sohn ihres Ex-Mannes ist wohl entführt worden, und Sie verdächtigen meinen Enkel Arno. Absoluter Blödsinn. Arno hat Semesterferien und ist mit Freunden gerade unterwegs nach Spanien. Ich weiß das, weil ich ihm vor ein paar Tagen den versprochenen Reisezuschuss gegeben habe."

„Ihr Enkel ist nicht in Spanien, er wurde gestern Abend in Frankfurt erkannt, als er ein Medikament gekauft hat, das sein Bruder dringend benötigt. Felix Wolf ist Allergiker und muss regelmäßig Tabletten einnehmen."

Van Stetten schüttelte heftig den Kopf.

„Das muss eine Verwechslung sein. Arno hat damit nichts zu tun. Er ist kein Krimineller", sagte er sichtlich ungehalten.

„Sie wissen also nicht, wo sich Ihr Enkel im Augenblick aufhält?"

Becker schaute van Stetten scharf an, der einen Augenblick zögerte und die Luft scharf einzog.

„Nein, aber ich werde mich umhören und es herausfinden, darauf können Sie sich verlassen. Ich habe gute Verbindungen, das sollten Sie nicht unterschätzen."

Nanu, dachte Becker, das klingt ja fast wie eine Drohung.

„Sie haben sicher keine Ahnung, wo sich Felix Wolf befindet? Wer hinter der Entführung stecken könnte?"

Van Stetten stand auf.

„Zum Teufel, nein. Die neue Familie meines Ex-Schwiegersohnes interessiert mich nicht. Natürlich ist es schlimm, wenn ein Kind entführt wird. Aber ich wüsste nicht, wie ausgerechnet ich Ihnen weiterhelfen könnte. Und jetzt entschuldigen Sie mich bitte, ich habe einen Termin."

Becker erhob sich und gab Ralf ein Zeichen, der ebenfalls aufstand. Er streckte van Stetten die Hand hin, der sie demonstrativ übersah und die Arme hinter dem Rücken verschränkte.

„Wir kommen wieder, verlassen Sie sich darauf. Auf Wiedersehen."

Die beiden Kommissare verließen das Büro und gingen schnellen Schrittes an der Sekretärin vorbei zur Tür hinaus.

Nachdem sie gegangen waren, saß Heinrich van Stetten einige Minuten regungslos hinter seinem Schreibtisch und trommelte mit den Fingern auf die Tischplatte. Dann griff er zum Telefonhörer und führte mehrere Gespräche. Anschließend rief er seine Sekretärin und wies sie an, alle weiteren Termine für diesen Tag abzusagen.

„Und sagen Sie Josef Bescheid. Er soll sofort

den Wagen vorfahren. Sie können heute ausnahmsweise früher Schluss machen, ich komme erst morgen wieder ins Büro."

Mit diesen Worten stand er auf und ging grußlos an Cornelia Bertram vorbei, die ihm verdutzt nachsah. Er verließ den Raum und warf die Tür krachend hinter sich ins Schloss.

17

In der Kanzlei Dr. Wolf hatte den ganzen Tag das Telefon nicht still gestanden. Besorgte Mandanten, Freunde, Bekannte, Journalisten hatten angerufen, besonders Hartnäckige hatten sich nicht abschrecken lassen und waren persönlich vorbeigekommen. Alle hatten die Radiodurchsagen gehört und wollten Genaueres erfahren, ihre Hilfe anbieten oder einfach nur ihr Mitgefühl äußern.

Anna Weber hatte ihr Bestes getan. Sie hatte das Wichtigste notiert, Anrufer und Besucher vertröstet, um Verständnis gebeten und versprochen, dass sie alles an ihren Chef weitergeben werde, sobald sie die Gelegenheit dazu haben würde. Natürlich hatte sie zwischendurch auch mit ihrem Chef telefoniert, sich dabei aber auf das Wesentliche beschränkt, denn ihr war klar, dass er im Augenblick andere Sorgen hatte.

Jetzt kurz vor Feierabend war es etwas ruhiger geworden. Anna hatte den Anrufbeantworter eingeschaltet und vorsorglich gleich die Nachrichtenfunktion deaktiviert. Sie konnte sich gut vorstellen, dass sonst am Montagmorgen das Band voll mit Nachrichten sein würde, die sie ohnehin nicht beantworten konnte. Sie wollte eben ihre Sachen zusammenräumen und den Rechner herunterfahren, als es auf Wolfs privater Leitung klingelte. Sie zögerte kurz, ging dann aber ins Nebenzimmer und nahm den Hörer ab. Es rauschte, und sie nahm undeutliches Stimmengewirr wahr. Dann die weinerliche Stimme von Britta Wolf.

„Isser d..d..da? Ich muss mit ihm sprechen. Die Polizei war schon wieder hier. Haben wieder nach Arno gefragt und gesagt, ich soll sofort anrufen, wenn er auftaucht. Die spinnen ja, ich würde meinen Sohn nie verraten. Unten an der Ecke steht die ganze Zeit ein Polizeiauto. Die beobachten die Straße vorm Haus. Was is'n bloß los? Dabei hat Arno ganz bestimmt nix mit Felix' Verschwinden zu tun. Wie komm' die nur drauf? Mein Junge tut keiner Fliege waas zuleiiide…." Ein Schluckauf unterbrach den Redestrom.

Anna Weber nahm sich zusammen. Vermutlich war Andreas' Ex wieder mal sturzbetrunken. Besser, sie rief hier im Büro an als bei den Wolfs zu Hause. Als Wolfs Sekretärin war sie es gewöhnt, mit schwierigen Zeitgenossen zu telefonieren und rettete sich in einen professionellen Tonfall.

„Hallo Frau Wolf, es tut mir leid, ich weiß leider nicht mehr als Sie. Ich kann verstehen, dass Sie sich Sorgen um Ihren Sohn machen, aber vielleicht klärt sich ja alles bald auf. Am besten Sie warten, bis Dr. Wolf sich bei Ihnen meldet. Das tut er sicher, sobald die Polizei etwas herausgefunden hat. Wir hoffen alle, dass Felix bald gesund und munter wieder zu Hause ist und dass Ihr Sohn nichts damit zu tun hat."

„Die haben sein Appartement unten im Keller

durchsucht. Da isser schon lange nicht mehr. Dürfen sie das überhaupt? Nach was suchen die denn bloß?" Wieder unterbrach ein Schluckauf Brittas Rede.

Stimmt, das wusste Anna Weber. Arno Wolf wohnte zwar inzwischen in einer Studentenwohngemeinschaft in Bockenheim, für die sein Vater jeden Monat die Miete überwies. Aber er hatte noch eine Menge Sachen in seinem Appartement in Kronberg. Darüber war ihr Chef ziemlich sauer. Er hatte seiner Ex schon mehrfach vorgeschlagen, die Einliegerwohnung zu vermieten, um ihn finanziell zu entlasten, aber sie hatte sich bisher strikt geweigert und darauf bestanden, dass diese Wohnung Arno während der Semesterferien zur Verfügung stehen müsste.

Und siehe da, plötzlich bestätigte Britta Wolf, dass ihr Sohn schon lange nicht mehr bei ihr wohnte. Anna gegenüber hatte Wolf das nie so direkt ausgesprochen, aber aus seinen diversen Telefonaten und Andeutungen hatte sie deutlich herausgehört, dass seine finanzielle Situation angespannt war und eine Mieteinnahme für die Einliegerwohnung ihm sehr gelegen kommen würde, weil er dann weniger Unterhalt zahlen müsste.

Mit ein paar lapidaren Sätzen und dem Versprechen, dass sie Andreas Wolf bitten würde, in Kronberg anzurufen, beendete Anna das Telefongespräch und stand auf. Sie sah auf die Uhr. Gleich Feierabend. Sie streckte sich und seufzte. Mit ihrem geplanten Ausflug übers Wochenende würde es wohl nichts werden. Sie wollte auf alle Fälle für die Wolfs erreichbar bleiben, falls sie sie brauchten.

Nun aber erstmal nichts wie weg, bevor das Telefon wieder anfing zu klingeln.

Sie wollte eben ihren Schreibtisch abschließen und ihre Handtasche holen, da läutete es wieder. Diesmal an der Tür. Wer kam denn um diese Zeit noch? Sie ging zur Tür, drückte auf den Summer und wartete.

Ein junger Mann mit dem gelb-schwarzen Logo der Frankfurter Hexenkuriere auf der Jacke stapfte die Treppe herauf. Er hielt einen braunen Briefumschlag in der Hand.

„Ein Brief für Andreas Wolf. Ist er da?"

„Nein, geben Sie her, ich bin seine Assistentin."

„Gut. Dann bitte hier unterschreiben."

Er hielt ihr ein Lesegerät und einen Stift entgegen, mit dem sie hastig ihren Namen auf das Schreibfeld kritzelte, bevor er ihr den Brief in die Hand drückte, sich umdrehte und wieder verschwand. Er trug einen gelb-schwarzen Motorradhelm, so dass sie sein Gesicht nicht erkennen konnte.

Unschlüssig wendete sie den Brief hin und her. ANDREAS WOLF, PERSÖNLICH stand darauf in Großbuchstaben, mit der Hand geschrieben. Eigentlich wollte sie heute möglichst schnell nach Hause und vorher ein paar Lebensmittel für das Wochenende einkaufen. Der Supermarkt bei ihr um die Ecke hatte bis zwanzig Uhr geöffnet. Aber das könnte sie notfalls auch morgen Vormittag erledigen.

Bei der Tagespost war nichts Wichtiges gewesen, was die Fahrt zu Wolfs gelohnt hätte. Aber sollte sie diesen Brief einfach auf Wolfs Schreibtisch legen? Besser nicht. Ihn anrufen? Irgendetwas in ihr schlug Alarm, und sie beschloss, auf dem Heimweg bei den Wolfs vorbeizufahren und den Brief zusammen mit der übrigen Post persönlich abzugeben. Sie hatte plötzlich das Gefühl, sich beeilen zu müssen. Außerdem bot ihr das einen guten Grund, ihren Chef persönlich zu fragen, ob sie für ihn oder für seine Frau etwas tun könnte.

Sie zögerte nicht länger, schloss das Büro hinter sich ab, fuhr mit dem Fahrstuhl nach unten und lief zum Parkhaus. Glücklicherweise hatte sie heute früh wieder das Auto genommen. Sie beschloss, dies auch weiterhin zu tun und erst dann wieder mit der U-Bahn zu fahren, wenn man Felix gefunden hatte. So war sie beweglicher und stand jederzeit zur Verfügung, falls ihr Chef sie brauchte. Obwohl es draußen sehr warm war, fror sie plötzlich bei dem Gedanken, dass das Kind vielleicht nicht mehr am Leben war.

18

Als Becker und sein Assistent gegen Abend ins Präsidium zurückkamen, herrschte dort große Aufregung. Die diensthabenden Beamten im Hause Wolf hatten sich gemeldet. Andreas Wolf hatte einen Erpresserbrief erhalten. Er war in seinem Büro abgegeben worden. Der oder die Entführer wollten eine halbe Million Euro.

Becker stutzte. Hier stimmte etwas nicht. Er musste sofort nach Sachsenhausen. Er besprach sich kurz mit Ralf und machte sich auf den Weg.

Es war schon dunkel draußen, die Straßenlaternen warfen runde Lichtkreise auf die Gehsteige, als der Kommissar etwa hundert Meter vor dem Wolf'schen Grundstück direkt hinter dem Polizeifahrzeug der Techniker einparkte. Das Haus war ringsum hell erleuchtet, als wollte man damit die Dämonen bannen, die das Haus und seine Bewohner in ihrem Griff hatten.

Regina Gottwald kam ihm entgegen und führte ihn ins Wohnzimmer. Sie wirkte ruhig und konzentriert. Becker spürte sofort, dass sich die Stimmung im Haus verändert hatte. Das verzweifelte ziellose Warten war einer gespannten Aufmerksamkeit gewichen.

Am großen Esstisch vor dem Durchgang zur Küche saßen Inka Wolf und Anna Weber und hatten jede einen frischen Kaffee – der wievielte war es wohl heute schon? – vor sich stehen, während Andreas Wolf hinter der geöffneten Schiebetür zum Arbeitszimmer heftig auf Schönfeld einredete. Einer der Techniker saß im Hintergrund und machte sich an seinen Apparaten zu schaffen.

Anna Weber stand auf, als Becker den Raum betrat, zog sich aber sofort wieder zurück, als ihr Chef, der ihn ebenfalls gesehen hatte, auf ihn zustürmte und ihm zurief:

„Ich werde das Geld irgendwie auftreiben. Vielleicht wird Arnos Großvater uns helfen. Oder die Bank. Wir werden auf alle Fälle bezahlen, hören Sie! Egal, was Sie dazu sagen werden. Und ich möchte, dass Sie Ihre Beamten abziehen. Das ist eine Familienangelegenheit, glauben Sie mir. Wir werden das alleine schaffen. Felix lebt, und sie werden ihm nichts tun."

„Herr Dr. Wolf, langsam. Beruhigen Sie sich bitte und geben mir zuerst einmal den Erpresserbrief. Es handelt sich doch um eine Erpressung, nicht wahr? In die vermutlich Ihr Sohn Arno verwickelt ist."

Dankbar nahm Becker die dampfende Kaffeetasse, die Inkas Mutter ihm unauffällig gereicht hatte. Ihm war elend, und er fühlte plötzlich eine bleierne Schwere in den Gliedern.

„Oh ja, danke. Die brauche ich wirklich dringend. Darf ich mich zu Ihnen setzen, ich bin seit vierzehn Stunden auf den Beinen."

Er riss sich zusammen und versuchte sich zu

konzentrieren. Die anderen waren sicher genau so müde und erschöpft wie er. Er setzte sich zu den Frauen an den Tisch und rückte energisch seine Fliege zurecht.

„Frau Weber – das sind Sie doch, oder?“, wendete er sich an die Sekretärin. „Kam der Brief mit der Post, mit einem Boten, oder lag er im Briefkasten? Wann war das? Bitte erzählen Sie mir möglichst genau, was Sie haben. Jede Kleinigkeit ist wichtig.“

Mit einer Handbewegung stoppte er Andreas, der das Gespräch unterbrechen wollte.

„Und Sie, Herr Dr. Wolf, hören mir jetzt bitte genau zu. Kindesentführung ist ein Kapitalverbrechen und keine Familienangelegenheit. Der oder die Entführer wissen aufgrund der Radiodurchsagen sowieso, dass die Polizei eingeschaltet ist. Wir können Sie nicht daran hindern, den Forderungen nachzugeben. Aber bis es soweit ist, lassen Sie uns einfach unsere Arbeit tun. Geben Sie mir bitte den Brief.“

Und zu Anna Weber, die ihn erschrocken angeschaut hatte:

„Also, Frau Weber?“

„Ja, der Umschlag ist von einem Boten der Hexenkuriere abgegeben worden, jedenfalls trug er einen gelb-schwarzen Motorradhelm und einen Overall mit dem gelb-schwarzen Logo des Kurierdienstes. Ich musste eine Quittung unterschreiben. Das war kurz vor achtzehn Uhr. Ich weiß das so genau, weil ich gerade Feierabend machen wollte.“

„Können Sie den Kurier beschreiben?“

„Nicht genau, sein Gesicht konnte ich nicht sehen, weil er das Visier seines Helms heruntergeklappt hatte. Seine Figur? Mittelgroß und schlank würde ich sagen, mehr weiß ich nicht."

Der Techniker hatte seinen Platz neben der Telefonanlage verlassen und war an den Tisch getreten.

„Ich habe schon in der Zentrale der Hexenkuriere angerufen, Chef. Sie prüfen jetzt, wer den Auftrag erteilt hat."

„Gut, dann können wir im Augenblick nichts tun als warten."

Becker betrachtete das Blatt, das Wolf ihm endlich gereicht hatte. Darauf stand in Druckbuchstaben geschrieben.

FELIX GEHT ES GUT. IHM PASSIERT NICHTS, WENN SIE UNS 500.000 EURO ZAHLEN. WIR MELDEN UNS MORGEN UM 15:00 UHR. POLIZEI ZWECKLOS

„Herr Wolf, ich brauche Schriftproben von Ihrem Sohn Arno. Haben Sie Briefe oder Notizen von ihm?"

„Das hat Arno nicht geschrieben, glauben Sie mir."

Andreas Stimme war schrill geworden.

„Mein Sohn ist da in irgendetwas hineingeraten. Ich weiß nicht in was, aber er ist ganz bestimmt kein Entführer. Außerdem macht der Brief überhaupt keinen Sinn, nachdem Arno gestern Nachmittag bei uns angerufen hat. Jemand setzt ihn unter Druck, darum sollten Sie sich kümmern, statt einem Phantom nachzujagen."

Becker überlegte. Plötzlich wusste er, was ihn irritiert hatte. Wolf hatte Recht. Da es zweifelsfrei Arno gewesen war, der gestern Nachmittag angerufen hatte, um die Geldforderung anzukündigen, hätte er sich genauso gut ein zweites Mal melden und die Bedingungen nennen können. Warum also der Brief? Wer oder was steckte hinter all dem? Gab es einen Trittbrettfahrer? Er erhob sich und sagte einlenkend:

„Wir können heute ohnehin nicht mehr viel unternehmen. Bis morgen Vormittag haben wir die Auswertung der Spurensicherung und die Auskunft des Kurierdienstes. Bis dahin werden die Techniker das Telefongespräch mit Ihrem Sohn ausgewertet haben. Vielleicht finden wir so die Schnittstelle und wissen dann mehr. Ich melde mich morgen früh und komme auf alle Fälle spätestens gegen Mittag vorbei. Bis dahin unternehmen Sie bitte nichts."

Zu den anwesenden Technikern sagte er dann:

„Wann werdet ihr abgelöst? Falls etwas Unerwartetes geschieht – Telefon, Mikro, Internet, Mails, auffällige Passanten in der Umgebung des Hauses und so weiter. Ihr wisst, jede Einzelheit zählt. Peter Scholz ist heute Nacht euer Ansprechpartner, bis morgen früh seine Ablösung kommt. Ich fahre erstmal nach Hause, bin aber jederzeit erreichbar. Hört ihr, jederzeit."

Inka, die die ganze Zeit stumm am Tisch gesessen und vor sich hingestarrt hatte, stand plötzlich vor ihm und nahm seine Hände in ihre, die eiskalt waren.

„Nicht wahr, Herr Kommissar, Sie bringen mir mein Kind zurück? Versprechen Sie es mir, bitte.

Das ist bestimmt alles nur ein großes Missverständnis, oder?“

Ihre angstvollen Augen verfolgten Becker noch, als er längst wieder in seinem Auto und auf dem Weg nach Hause war. Nur nicht sentimental werden. Schließlich war er es, der seinen Mitarbeitern ständig predigte, dass Gefühle nichts in ihrem Job zu suchen hatten. Wer sich darauf einließ, ging früher oder später daran kaputt. Für die Seelen der Menschen waren nicht die Polizisten, sondern Psychologen zuständig, dachte er trotzig.

Aber hier ging es nicht um irgendein Verbrechen, sondern es ging um ein Kind, um einen fröhlichen Jungen, der auch sein Sohn hätte sein können. Jetzt brauchte er aber dringend erst einmal ein paar Stunden Schlaf.

19

Endlich Freitag, das Wochenende stand vor der Tür. Irene Bauer war den ganzen Tag über nervös und unkonzentriert gewesen. Ihr Kopf schmerzte vom vielen Grübeln. Mehrmals hatte sie ihr Transistorradio ein- und wieder ausgeschaltet, das sie abends stets in ihrem Schreibtisch einschloss, bevor sie Feierabend machte. Zweimal wurde die Suchmeldung der Polizei wiederholt und die Bevölkerung um Mithilfe gebeten.

Im Radio oder im Fernsehen gab es häufiger Suchmeldungen. Meistens handelte es sich um ältere, orientierungslose Personen, die sich irgendwohin auf den Weg gemacht hatten und nicht mehr zurückfanden. Oder jemand war nach einem Streit zu Hause weggelaufen und kam nicht zurück. Solche Meldungen hörte sie zwar, vergaß sie aber meistens gleich wieder.

Diesmal war es anders. Irene versuchte sich vorzustellen, wie sich Andreas Wolf und seine Frau gerade fühlen mochten. Wie die Angst um ihr Kind seiner Mutter den Schlaf raubte. Und der Vater? Wie ging er damit um? War er auch krank vor Sorge um den Sohn?

Sie fühlte sich elend. Ihre Gedanken drehten

sich im Kreis. Gleich nach dem Heimkommen würde sie ihre Freundin Anna anrufen, um zu hören, ob es Neuigkeiten gab.

Danach wollte sie unbedingt mit Thomas sprechen und ihn bitten, übers Wochenende zu ihr zu kommen. Sie hatten sich bisher meistens bei ihr in Darmstadt getroffen, weil Thomas' Kinder noch nichts von der neuen Freundin des Vaters wussten. Zwar kannten sie Irene von einer zufälligen Begegnung im Brandhof, einem bekannten Gasthof im Stettbacher Tal, das sie gelegentlich mit Anna am Wochenende aufsuchte. Thomas Bohl war mit Kirsten und Tobias auch dort gewesen. Das war kurz nach ihrem Wiedersehen beim letzten Schultreffen. Bohl hatte sie damals ganz unbefangen begrüßt und ihr seine Kinder vorgestellt. Der Brandhof war wegen seiner guten Küche bekannt, und an schönen Tagen traf man dort oft Bekannte, die an der Bergstraße wanderten.

Bei ihrem letzten Treffen hatte Thomas angedeutet, dass er bei nächster Gelegenheit mit seinen Kindern sprechen und ihnen von ihr erzählen würde. Dann brauchten sie ihre Treffen endlich nicht mehr geheim zu halten. Ihr war klar, dass sie mit ihm deshalb so schnell wie möglich über ihren Sohn sprechen musste. Sie konnte es nicht länger hinausschieben.

Wie würde Thomas Bohl reagieren, wenn er erfuhr, dass sie schon seit einem Jahr nichts mehr von Paul gehört hatte, seit diesem unsäglichen Streit mit ihm, als er wutentbrannt aus dem Haus gestürzt war. Danach hätte sie sich die Zunge abbeißen können. Aber sie war so zornig gewesen, dass es ihr einfach herausgerutscht war. Einfach unverzeihlich. Jetzt kannte er es, ihr jahrelang sorgfältig gehütetes Geheimnis.

Viele Wochen hatte sie gewartet, dass er sich meldete, hatte Nächte lang wach gelegen und sich gesorgt. Hatte sich selbst verflucht wegen ihrer unbedachten Äußerung und vergeblich gehofft, dass er zurückkäme. Erst nach und nach war sie etwas zur Ruhe gekommen. Sie versuchte zu glauben, was ihre Eltern ihr schon seit Jahr und Tag predigten, dass es für sie alle am besten wäre, wenn Paul nie wieder auftauchte.

Aber sie musste es Thomas sagen, es durfte nichts zwischen ihnen stehen, wenn sie zusammenbleiben wollten. Sie nahm sich vor, es an diesem Wochenende endlich zu tun. Nachdem sie den Entschluss gefasst hatte, ging es ihr besser.

Irene Bauer beeilte sich. Sie ging über das Werksgelände, nickte dem Pförtner am Tor kurz zu und überquerte die Straße an der nächsten Ampel. Schnell noch in den Supermarkt und ein paar Kleinigkeiten einkaufen, sie brauchte unbedingt frische Lebensmittel. Butter, Joghurt, Milch und Obst.

Als sie wenig später zu Hause ankam, blinkte der Anrufbeantworter. Es war ihre Mutter, die ihr schluchzend mitteilte, dass der Vater nach einem Schlaganfall ins Bensheimer Kreiskrankenhaus gebracht worden war. Die Mutter hatte ihn im Garten gefunden, als sie vom Einkaufen zurückkam und sofort den Notarzt verständigt. Er war bei Bewusstsein, konnte aber nicht sprechen und schlug wild mit den Armen um sich. Im Krankenhaus hatten die Ärzte festgestellt, dass zum Glück keine Lähmung vorlag. Allerdings war das Sprachzentrum betroffen und vermutlich auch das Kurzzeitgedächtnis, denn er hatte keinerlei Erinnerung daran, was passiert war. Er lag jetzt auf der Intensivstation, es bestand aber keine akute Lebensgefahr mehr.

Irene Bauer rief sofort zurück, aber es meldete sich niemand. Da ihre Mutter kein Handy besaß, konnte sie nur vermuten, dass sie bei ihrem Mann im Krankenhaus war. Die Anrufe bei ihrer Freundin Anna und bei Thomas Bohl verschob sie erst einmal. Sie musste sofort losfahren, am besten direkt ins Krankenhaus, um nach dem Vater zu sehen und entweder mit der Mutter zusammen dort zu bleiben oder mit ihr nach Hause zu fahren. Wie gut, dass morgen Wochenende war.

Nachdem sie hastig eine Tasche mit dem Nötigsten – Kosmetikbeutel, Nachthemd und Wäsche zum Wechseln – gepackt hatte, nahm sie den Autoschlüssel vom Schlüsselbrett, vergewisserte sich, dass sie auch den Haustürschlüssel, ihr Portemonnaie, Handy und ihre Papiere eingesteckt hatte und verließ die Wohnung.

Sie lief in aller Eile aus dem Haus zu ihrem in der Nähe geparkten Auto und achtete nicht auf ihre Umgebung. Deshalb übersah sie die beiden Männer, die auf der anderen Straßenseite gerade aus einem alten Kombi stiegen und kurz darauf die Straße überquerten.

Wenig später saß sie in ihrem kleinen Renault und machte sich auf den Weg nach Bensheim.

20

Als Becker nach Hause kam, fand er seine Frau schlafend auf der Couch im Wohnzimmer. Das Licht der Stehlampe erleuchtete den Raum, und im Fernsehen lief eine Talkshow. Nachdem er den Fernseher ausgeschaltet hatte, ging er leise in die Küche, holte eine Flasche gut gekühlten Chardonnay aus dem Kühlschrank und goss sich ein Glas Wein ein. Ein zweites Glas stellte er vorsorglich bereit. Er band seine Fliege ab und öffnete den obersten Hemdknopf. Dann ließ er sich aufatmend im Sessel neben der schlafenden Helen nieder. Er war todmüde, wusste aber, dass es wieder Stunden dauern würde, bis er endlich einschlafen konnte. Es war immer dasselbe. Er hatte es schon mit autogenem Training versucht und mit Meditation. Einmal war er sogar mitten in der Nacht aufgestanden und hatte gejoggt. Auch Schäfchen zählen nützte nichts. Er konnte einfach nicht abschalten.

Helens Gesicht war entspannt, sie lächelte im Schlaf. Ihr Anblick rührte ihn, sie wirkte so zart und verletzlich. Becker betrachtete seine Frau nachdenklich und voller Zärtlichkeit. Er fühlte sich schuldig und wusste, dass sie wie schon so oft den ganzen Abend auf ihn gewartet hatte, während er rund um die Uhr mit der Lösung seines Falls beschäftigt war. Wie lange würde sie dieses Leben mit ihm aushalten, das ihnen so wenig Zeit für Gemeinsames ließ?

Er seufzte, denn er wusste, wie unglücklich Helen in ihrer ersten Ehe mit diesem Psychopathen gewesen war. Immer wieder hatten sie darüber gesprochen. Er selbst war es damals gewesen, der ihren Mann, den Mörder ihrer besten Freundin, der auch sie töten wollte, überführt hatte. Später hatten sie sich dann ineinander verliebt und nach zwei Jahren geheiratet. Er hatte sich damals geschworen, sie glücklich zu machen.

Helen hatte von Anfang an gewusst, dass ihr Mann einen Beruf hatte, hinter dem sie zurückstehen musste. Ein Kriminalhauptkommissar lebt ständig auf Abruf und kennt keine geregelte Arbeitszeit. Sie beklagte sich aber nie, denn zwischen seinen Fällen gab es immer wieder Zeiten – sie nannten sie *ihre Inseln* – in denen sie Versäumtes nachholen konnten.

Leider waren diese *Inseln* inzwischen deutlich weniger geworden. Das musste sich wieder ändern. Sobald er seinen aktuellen Entführungsfall gelöst haben würde, schwor Becker sich, wollte er endlich den schon dreimal verschobenen Urlaub nehmen, und nichts sollte ihn davon abhalten. Die Personalabteilung musste ihm endlich den dringend benötigten neuen Assistenten bewilligen und Ralf Hermann zum Oberkommissar und damit zu seinem offiziellen Stellvertreter befördern.

Er leerte sein Glas, erhob sich und strich Helen sanft über das Haar. Sie seufzte und schlug die Augen auf.

„Oh, wie lange bist du denn schon da? Warum hast du mich nicht geweckt?".

Becker grinste. Er hatte schon immer ihre Eigenschaft bewundert, aus tiefem Schlaf aufzuwachen und sofort voll da zu sein, ohne Übergang, von null auf hundert Prozent. Eigentlich eine unverzichtbare Polizisteneigenschaft, fand er, die ihm leider fehlte. Wenn er morgens aufwachte, musste er sich immer erst einmal sammeln, bevor er ansprechbar war.

Er nahm das zweite Glas und griff zur Weinflasche. Es war eine liebe Gewohnheit zwischen ihnen. Wenn er am Abend nach Hause kam, egal wie spät es war, tranken sie meistens noch ein Glas Wein miteinander, bevor sie schlafen gingen. Als er ihr gerade eingießen wollte, hielt er plötzlich inne.

„Wieso hast du eigentlich schon geschlafen? Was ist los? Das hast du doch früher nicht gemacht, da hast du immer auf mich gewartet."

Helen atmete tief durch und schaute zu ihm hoch. Sie setzte gerade zu einer Antwort an, als das Telefon zu klingeln begann.

„Verdammt, fast Mitternacht. Das muss etwas Wichtiges sein, sonst würden sie um diese Zeit nicht anrufen. Vergiss nicht, was du gerade sagen wolltest."

Es war Peter Scholz.

„Guten Abend, Chef. Entschuldigen Sie, ich weiß, es ist schon spät. Aber Sie haben gesagt, wenn es was Neues gibt, soll ich Sie sofort informieren."

Er zögerte kurz, nahm aber dann Beckers Knurren als Zustimmung und fuhr fort:

„Ja, also, ich habe gerade eben den Bericht von unserer Psychotante ausgedruckt. Die war heute Nachmittag nochmal bei den Nachbarn der Wolfs, um mit den beiden Kindern zu sprechen. Ich hatte ihr eine Kopie von Felix' Zeichnung mitgegeben. Die mit dem bunten Harlekin und dem Auto. Sie hat sie den Jungen gezeigt, und da hat sich der Ältere, Oskar, plötzlich daran erinnert, dass sie am Mittwoch eine ähnliche Stoffpuppe gesehen hatten, sogar zweimal. Sie hing an einer Schnur am Innenspiegel eines Autos. Beim ersten Mal fuhr das Auto direkt hinter ihnen, als Barbara Hofmann die Kinder mit dem Auto von der Schule abholte. Später haben sie den gleichen Wagen wieder gesehen, als sie am Nachmittag mit Felix auf der Straße geskatet haben. Ein dunkelgrünes Auto sei es gewesen, ein Kombi, aber ein ‚ganz oller verbeulter', wie Oskars Bruder Bastian gemeint hatte."

Der Kommissar war wie elektrisiert.

„Und Frau Hofmann, hat die das Auto auch bemerkt und vielleicht sogar den Fahrer gesehen?"

„Nein, sie kann sich nicht daran erinnern. Meinte, sie hätte sich nur aufs Fahren konzentriert."

„Okay, Peter, nimm dir morgen früh sofort ein paar Leute und fragt bei allen Anwohnern im ganzen Viertel nach. Vielleicht erinnert sich jemand an das Auto, womöglich sogar an die Marke oder das Kennzeichen. Ein ‚oller verbeulter Kombi' muss doch auffallen in dieser feinen Gegend."

„In Ordnung."

„Und, Peter, halte mich bitte auf dem Laufenden", fügte er überflüssigerweise hinzu.

„Ist doch klar.“

Sie wechselten noch ein paar kurze Sätze, dann beendete Becker das Gespräch. Aber mit seiner Nachtruhe war es vorbei. Als er sich wieder Helen zuwenden wollte, war die Couch leer. Sie war zu Bett gegangen.

Er nahm sein Glas und trank es in einem Zug aus. Danach ging er in sein Arbeitszimmer, fuhr den Rechner hoch, loggte sich ein und begann sein Fallprotokoll zum x-ten Mal systematisch von Anfang bis Ende durchzugehen. Hatte er etwas übersehen?

21

Arno schlief noch tief und fest, als sich die Tür des Zimmers leise öffnete. Sein Mund stand offen, und er schnarchte leise. Sie hatten am Abend zusammen einen Joint geraucht, danach hatte Josef noch einmal weggemusst. Später hatte er den letzten Rest seiner kostbaren weißen Kristalle tief in sich eingesogen und gewartet, bis die Träume endlich kamen. Es hatte diesmal sehr lange gedauert, seine Gedanken verwischten sich, Farben explodierten in seinem Kopf. Erst gegen zwei Uhr morgens war er in einen unruhigen Schlaf gefallen, aus dem er immer wieder hochgeschreckt war.

Die Aufregungen der letzten Tage, die endlosen Diskussionen mit Josef und vor allem das Telefonat mit seinem Vater und hatten ihm mehr zugesetzt, als er wahrhaben wollte. Zum ersten Mal waren ihm Zweifel gekommen, ob ihr Plan wirklich so gut war. Obwohl er sich bisher nie besonders für seinen Halbbruder interessiert hatte, wollte er nicht, dass dem Kind ernsthaft etwas zustieß. Ob er Josefs Worten Glauben schenken konnte? Aber ihm blieb keine Wahl, vor allem durfte er es sich mit ihm nicht verderben, denn er war abhängig von ihm und seinen regelmäßigen Stofflieferungen.

Kein Zweifel, die Sache war ihm über den Kopf gewachsen und am Ende hatte er keinen anderen Ausweg gewusst, als sich seinem Großvater anzuvertrauen und ihn um Hilfe zu bitten. Nur von den Drogen hatte er ihm nichts erzählt. Der Alte hatte ihm zuerst große Vorwürfe gemacht, ihm aber dann versprochen, nicht zur Polizei zu gehen, sondern zuerst mit seinem Vater zu sprechen. Er ließ seinen Chauffeur Josef rufen, der den Enkel erst einmal an einen sicheren Ort bringen sollte, danach würde man weitersehen.

Zum Schluss hatte Arno seinem Großvater hoch und heilig versprechen müssen, dass er niemandem, auch nicht Josef Weller, etwas von ihrem Gespräch erzählen würde. Niemand sollte vorerst erfahren, dass Heinrich van Stetten die Wahrheit kannte. Dass der Alte bereits seine eigenen Pläne hatte, verschwieg er dem jungen Mann.

Seit einem knappen Jahr arbeitete Josef Weller für van Stetten als Chauffeur und Bodyguard. Er hatte sich auf eine Zeitungsannonce beworben, und obwohl er keine Referenzen vorweisen konnte, hatte van Stetten sich, wie er anderen gegenüber auffallend oft betonte, auf seine Menschenkenntnis verlassen und ihn eingestellt. Weller war ein guter Autofahrer und nicht zimperlich, wenn es darum ging, gelegentlich heikle Aufträge für seinen Chef auszuführen. Er hatte gute Umgangsformen, redete nicht zu viel, hörte lieber zu und schien privat eher zurückhaltend zu sein. Das gefiel dem Alten, und nach einer dreimonatigen Probezeit erhielt Weller einen festen Arbeitsvertrag. Natürlich war van Stetten nicht dumm. Vertrauen ist gut, Kontrolle ist besser, war sein Wahlspruch, und so hatte er gleich zu Anfang diskrete Auskünfte über das Vorleben seines neuen Mitarbeiters eingeholt. Was er dabei herausgefunden hatte, behielt er besser für sich, aber es passte gut in sein Konzept.

Als Arno Wolf und Josef Weller sich bei Heinrich van Stetten kennenlernten, waren sie sich auf Anhieb sympathisch gewesen, und allmählich hatte sich zwischen ihnen eine Art Freundschaft entwickelt. Zumindest empfand Arno das so. Er fühlte sich zu dem Älteren hingezogen und bewunderte seine forsche Art.

Arno Wolf hatte als Einzelkind, das nach der Scheidung der Eltern bei der Mutter aufwuchs, keine männlichen Bezugspersonen gehabt, an denen er sich orientieren konnte. Zwar liebte und verehrte er seinen Großvater, aber der hatte wenig Zeit für ihn und versuchte, mit Geld auszugleichen, was er seinem Enkel an Gefühlen schuldig blieb. Seinen Vater hasste er, weil er ihn für den Alkoholismus seiner Mutter verantwortlich machte. Er galt in der Schule als Einzelgänger und hatte nie einen echten Freund gehabt. Cliquen, denen er sich zugehörig fühlte, gab es nicht, und die Freundschaften mit Mädchen, die er in der Schule und später während seines Studiums kennenlernte, blieben meist oberflächlich. Arno war kein Draufgänger, sondern eher der Typ ‚guter Kumpel', bei dem sich die Mädels zwar gerne Trost und Rat holten, wenn sie eine Beziehungskrise hatten, in den sie sich aber nicht verliebten.

So kam es wie es kommen musste. Weller war fast acht Jahre älter als Arno und lebte in einer Welt, die der Jüngere bis dahin nicht gekannt hatte. Er nahm ihn mit in Kneipen, Spielotheken und Diskos, in denen man für Geld alles kaufen konnte, was die Sinne belebt und den Geist benebelt. Er versorgte den Jüngeren großzügig mit Speed und später mit Kokain, rührte selber aber nichts davon an. Arno begann, sein Studium zu vernachlässigen und zeigte kaum noch Interesse daran.

Überall, wo die beiden zusammen auftauchten, wurden sie mit großem Hallo empfangen. Das imponierte Arno. Endlich hatte er Freunde, mit denen er um die Häuser ziehen konnte. Da seine Mutter und sein Großvater ihn großzügig mit Geld versorgten, waren er und seine Spendierfreudigkeit bei allen beliebt. Weller sorgte dafür, dass sie nie auffielen, in keine Razzia gerieten und auch sonst nichts taten, was seinen Job bei Heinrich van Stetten gefährdet hätte. Über sich selbst sprach er wenig, dafür war er ein umso besserer Zuhörer, wenn Arno jemanden zum Reden brauchte.

Bis es dann irgendwann zwischen Arno und Josef zu dem entscheidenden Gespräch gekommen war und Weller ihm offenbart hatte, wer er war. Dieses Gespräch veränderte alles und schmiedete sie von da an fest aneinander.

Van Stetten hatte scheinbar von alledem nichts bemerkt. Wenn sich sein Enkel Arno und der Chauffeur bei ihm begegneten, begrüßten sie sich freundlich, blieben aber distanziert, und nichts ließ auf ihre neue Vertrautheit schließen. Bis gestern, als

Arno Wolf zu seinem Großvater gefahren war und ihm alles gebeichtet hatte. Van Stetten hatte ihm lange zugehört und fand seine schlimmsten Befürchtungen bestätigt. Er fühlte sich mitschuldig, weil er so lange geschwiegen hatte. Schließlich kannte er Josefs Geheimnis schon viel länger als Arno und hatte geahnt, dass er etwas im Schilde führte.

Weller hatte ihn anschließend im Maintower abgeholt und am späten Nachmittag mit in die Wohnung seiner Mutter nach Darmstadt genommen. Er wusste, dass sie jeden Freitag übers Wochenende zu ihren Eltern fuhr und die Wohnung dann leer stand. Dort war Arno vor der Polizei erstmal sicher, und sie konnten in Ruhe den nächsten Tag abwarten. Morgen würde er ihn ins Gästehaus van Stettens bringen, das übers Wochenende leer stand. So hatte er es mit seinem Chef besprochen.

Weller trat ins Zimmer und rüttelte den Schlafenden.

„Guten Morgen, los, aufstehen, wir müssen gleich los."

Arno fuhr hoch. Sein Mund war trocken und sein Kopf dröhnte. Er hatte schrecklichen Durst und wusste nicht sofort, wo er war, aber dann besann er sich.

„Was, jetzt schon? Wie spät ist es denn?"

„Gleich acht. Geh erstmal duschen, ich warte so lange in der Küche."

Arno schwang sich aus dem Bett und schaute sich um. Seine Sachen lagen unordentlich auf einem abgewetzten Korbsessel. Durch ein kleines Sprossenfenster drangen die ersten Sonnenstrahlen und fielen auf weißgetünchte Wände, die bis auf ein paar gerahmte Farbdrucke leer waren. Ein brauner Holzschrank und ein Tischchen neben der Schlafcouch mit einer Lampe darauf vervollständigten die Einrichtung. Er schaute auf die Uhr. Tatsächlich, kurz vor acht. Seine Kehle war wie ausgedörrt. Ihm war schwindlig, und er brauchte dringend Stoff.

Als er kurze Zeit später die Küche betrat, reichte ihm Weller einen Becher mit Kaffee. Auf dem Esstisch lag eine geöffnete Packung Knäckebrot, daneben standen eine Butterdose und ein halbvolles Glas mit Honig.

„Milch ist im Kühlschrank, Joghurt auch, sonst habe ich nicht viel Essbares gefunden. Wir können unterwegs was besorgen, wenn du willst. Aber wir müssen uns beeilen."

„Ich kann nichts essen, mir ist übel. Brauche Stoff. Hast du was für mich?"

„Na klar, gib schon Ruhe."

Kurz darauf saßen sie in Wellers Wagen, einem alten dunkelgrünen Kombi, und fuhren stadtauswärts. Arno war wie ausgewechselt, drehte die Musik voll auf und schlug mit den Händen im Takt auf die Schenkel. Seine Augen glänzten unnatürlich. Josef schwieg und vermied es, den anderen anzusehen.

„Nimm dich zusammen. Dein Großvater will mit dir reden, er ist schon in aller Herrgottsfrühe ins Jagdhaus gefahren. Ich bringe dich hin", brach er dann als Erster das Schweigen.

Arno sah Joseph von der Seite an. Seine Hochstimmung war genauso schnell verflogen, wie sie gekommen war.

„Josef, hat mein Großvater irgendetwas zu dir gesagt, nachdem ich gestern bei ihm war? Du bist so anders heute Morgen.“

„Nein, nur dass ich dich heute früh ins Gästehaus bringen soll und er dich dort treffen will. Wieso? Reg dich nicht auf, er wird schon seine Gründe haben.“

Sie schwiegen wieder, und Arno rutschte unbehaglich auf seinem Sitz hin und her. Er sah Josef von der Seite an, der sich auf den morgendlichen Verkehr konzentrierte.

Heinrich van Stetten hatte vor Jahren an der Bergstraße unterhalb des Auerbacher Schlosses ein heruntergekommenes Anwesen gekauft und es mit viel Aufwand zu einem komfortablen Gästehaus umbauen lassen, um dort regelmäßig Geschäftsfreunde und Kunden zu beherbergen, die wie er der Jagdleidenschaft frönten. Er lud sie jedes Jahr im Herbst zur Jagd ein.

Arno erinnerte sich, dass seine Eltern mit ihm als Kind einige Male an den Wochenenden dagewesen waren und Ausflüge in der Umgebung unternommen hatten. Sein Vater liebte die Bergstraße und kannte die Gegend gut, denn er war dort zur Schule gegangen.

Um diese Jahreszeit stand das Haus oft leer, die Jagdsaison hatte noch nicht begonnen. Es gab aber einen Hausverwalter, der mit seiner Familie im Dorf lebte und regelmäßig nach dem Rechten sah. Seine Frau war für die Hausreinigung zuständig und sorgte dafür, dass immer genügend Lebensmit-

telvorräte vorhanden waren.

Inzwischen hatten sie Darmstadt hinter sich gelassen und fuhren an den mit Obstbäumen bewachsenen Hängen der Bergstraße entlang. Sie durchfuhren Seeheim und kurz darauf Jugenheim. Links vor ihnen erhob sich der Melibokus, auf der rechten Seite schimmerten hinter den Feldern eine Reihe langgestreckter Gebäude durch die Bäume. Das Schweigen zwischen ihnen dehnte sich, bis plötzlich beide fast gleichzeitig anfingen zu sprechen.

„Ich weiß, dein Großvater wartet nicht gern. Aber ich kann nicht schneller fahren, hier sind überall Blitzer an den Ortsdurchfahrten“, rechtfertigte Weller seine langsame Fahrweise.

Arno hatte ihm gar nicht zugehört.

„Du musst dafür sorgen, dass Felix ganz bestimmt nichts passiert. Versprich es. Rede nochmal mit Peter Schwarzberg. Bitte“, sagte er plötzlich.

Nach einer Pause fügte er leise hinzu:

„Ich muss ständig an das Telefongespräch mit meinem Vater denken. Was hat dieser Idiot sich bloß dabei gedacht?“

„Ach, halt den Mund, ich muss mich aufs Fahren konzentrieren.“

Arno schwieg eingeschüchtert. Was hatte Josef nur? Irgendetwas hatte sich zwischen ihnen verändert, seit Josefs Kumpel Schwarzberg nicht mehr mitspielen wollte. Dabei hatte Josef ihm in die Hand versprochen, dass dem Kind nichts passieren würde, weil er Schwarzberg unter Kontrolle hätte.

Aber er vertraute seinem Großvater. Der würde

die Sache jetzt in die Hand nehmen und alles tun, damit er glimpflich davonkäme. Davon war er überzeugt.

Sie durchfuhren Jugenheim und Alsbach und bogen etwa einen Kilometer hinter der Ortsausfahrt in eine holprige Straße ein, die steil nach oben führte und sich nach etwa einem Kilometer gabelte. Weller hielt sich links, und wenige Minuten später hatten sie ihr Ziel erreicht. Er steuerte den Wagen durch die offenstehende Hofeinfahrt zum Jagdhaus und hielt vor dem Eingang. Als sie ausstiegen, öffnete sich die Eingangstür, und der Hausherr erschien im Türrahmen.

„Hallo Josef. Stellen Sie Ihr Auto im Schuppen am Hintereingang ab. Den Schlüssel können Sie steckenlassen. Für alle Fälle. Sie können meinen Wagen schon mal aus der Garage holen und auf mich warten. Wir müssen gleich zurück nach Frankfurt."

„Und mein Auto?", fragte Josef irritiert.

„Ja, ja, keine Sorge. In Frankfurt können Sie sich für einen oder zwei Tage einen Wagen aus unserem Fuhrpark holen", war die ungeduldige Antwort.

Dann winkte er Arno heran und sagte: „Komm rein, wir müssen reden."

Arno blickte zu Josef, der ihm zögernd nachsah und wieder ins Auto stieg. Er folgte seinem Großvater ins Haus und durch die Diele ins sogenannte Jagdzimmer, das die Hälfte des Erdgeschosses einnahm. In der Mitte des Raums standen ein Dutzend Stühle um einen großen Esstisch aus Eichenholz. Ein gemauerter offener Kamin aus Natursteinen dominierte auf der einen Seite. Unter der Fensterfront gegenüber stand eine breite Anrichte mit einer Auswahl an Spirituosen. Ein verschlossener Gewehrschrank in der hinteren Ecke ergänzte die Einrichtung. An den Wänden ringsum hingen kleine und größere Geweihe, ein Ölbild mit einer Jagdszene schmückte die rückwärtige Seite des Raums, von der eine Tür in ein kleineres Fernsehzimmer und eine weitere hinaus ins Freie führte.

Van Stetten wies mit der Hand auf einen Stuhl am Esstisch und nahm ebenfalls Platz.

„Setz dich und hör mir genau zu. Ich habe nicht viel Zeit und bin nur gekommen, weil ich dich nicht auf deinem Handy anrufen wollte. Du wirst erst einmal hier bleiben. Vorräte sind genügend in der Küche und im Vorratskeller. Keine Telefonate, kein Internet. Bleib am besten im Haus und lauf nicht so viel draußen herum, verstanden? Der Fernseher funktioniert zwar, aber du kannst nur wenige Programme empfangen, weil die Antenne auf dem Dach zu alt ist. Ich hätte sie längst erneuern lassen müssen. Bücher sind genügend da, damit du dich nicht langweilst."

„Aber ich …"

„Kein Aber. Gib mir dein iPhone. Hier hast du ein neues Geldkartentelefon für den Notfall. Darüber halte ich Kontakt mit dir und du kannst mich jederzeit erreichen, wenn es nötig ist."

Seine Stimme wurde etwas weicher.

„Vertrau mir. Es ist für uns alle am besten so und wird nicht lange dauern. Ich denke, bis Anfang der Woche habe ich alles soweit geklärt. Danach sehen wir weiter. Mach dir keine Sorgen, ich spreche später mit deinem Vater und rede mit ihm wegen des Geldes. Heute Abend fahre ich auch zu deiner Mutter und beruhige sie."

Bevor Arno antworten konnte, stand van Stetten bereits wieder und ging zur Tür. Dort drehte er sich noch einmal um. Alle Weichheit war aus seiner Stimme verschwunden, als er mit ausdrucksloser Miene sagte:

„Ich tue das alles nicht für dich. Erst recht nicht für deinen Halbbruder, diesen Bastard. Aber ich kann nicht zulassen, dass unser guter Name in den Schmutz gezogen wird. Nur deshalb! Über die Konsequenzen reden wir später. Und kein Wort zu deinem … zu Josef."

Die Tür fiel mit einem dumpfen Knall hinter ihm ins Schloss, bevor Arno noch etwas sagen konnte.

Keiner von beiden hatte bemerkt, dass Weller draußen neben dem geöffneten Fenster des Jagdzimmers gestanden und alles mit angehört hatte.

Kurz darauf wurde ein Motor gestartet und das Auto van Stettens rollte aus der Einfahrt. Arno war allein.

22

Die beiden Männer trafen sich unter der Alten Brücke am Sachsenhäuser Mainufer. Das war besser so, seit Arno ins Visier der Polizei geraten war.

Die Nacht war sternenklar und warm. Kielwellen eines vorbeiziehenden Lastkahns schwappten gemächlich ans Flussufer. Die Lichter der Frankfurter Skyline spiegelten sich im Wasser des Mains. Ein später Radfahrer fuhr den beleuchteten Uferweg entlang und ließ seinen Hund an der Leine neben sich traben. Im Licht seines Scheinwerfers leuchtete der Brückenpfeiler auf, den ein großformatiges Graffiti schmückte.

Schwarzberg, den alle Welt nur Blacky nannte, war bereits da. Als der Anruf ihn erreicht hatte, war sein erster Impuls ‚Abhauen - nix wie weg' gewesen. Aber dann hatte die Geldgier gesiegt. Es war die Chance seines Lebens. Er wäre blöd, wenn er die nicht beim Schopf ergreifen würde. Also stand er jetzt am vereinbarten Treffpunkt im Schatten eines Busches und trat unruhig von einem Fuß auf den anderen, als der Mann die steinerne Treppe zum Flussufer hinabstieg und langsam auf ihn zukam. Er hielt den Kopf gesenkt, so dass sein Gesicht im Dunkeln blieb.

„Was soll das, warum diese Geheimniskrämerei?“, presste Blacky zwischen den Zähnen hervor.

„Halt den Mund, oder wäre es dir lieber, wenn ich dich hochgehen lasse?“

Die Stimme klang schneidend. Schwarzberg zögerte.

„Sie … Sie haben von einem Angebot gesprochen. Was ist das für ein Angebot?“

„Die Dinge haben sich verändert. Damit eins klar ist: Die Sache muss so schnell wie möglich über die Bühne gehen. Danach wirst du genug Geld haben, um deine Spielschulden zu bezahlen, und noch eine Menge mehr, damit du verschwinden kannst und dich nie wieder hier blicken lässt. Wenn doch, werde ich dafür sorgen, dass du keine Gelegenheit mehr hast, das Geld auszugeben. Glaub mir, ich habe genügend Möglichkeiten, das zu verhindern. Du wirst den Jungen freilassen und zwar ohne Wenn und Aber. So wie es ausgemacht war. Sollte dem Kind vorher irgendetwas zustoßen, werde ich sofort die Polizei informieren und dich hochgehen lassen. Ich bluffe nicht, das kannst du mir glauben.“

In Blacky arbeitete es. Sein Gesicht zuckte.

„Aber woher … was … wer garantiert mir, dass Sie nicht …“

„Niemand, so ist das eben. Du hast keine andere Wahl und wirst mir schon glauben müssen. Hör genau zu. Du bist mit dem Jungen morgen Vormittag um Punkt zehn Uhr an der Shell-Tankstelle an der Mörfelder Landstraße. Dort hältst du neben der äußeren Zapfsäule, tankst und gehst ohne dich umzusehen in den Verkaufsraum, um zu bezahlen.

Wenn du zurückkommst, ist das Kind nicht mehr im Auto, und auf dem Fahrersitz liegt ein verschlossener Karton mit dem Geld. Kind gegen Geld, hast du verstanden? Um alles andere kümmere ich mich. Und glaub ja nicht, du könntest mir etwas vormachen. Ich weiß über jeden deiner Schritte Bescheid."

„Wenn Sie alles so genau wissen, warum haben Sie dann nicht längst den Jungen abgeholt und ihn nach Hause gebracht?", fragte Blacky lauernd.

„Das geht dich nichts an. Ich habe meine Gründe. Und jetzt mach, dass du zurück in die Wohnung kommst und kümmere dich um das Kind. Hier, gib ihm sein Allergiemittel, damit es morgen früh fit ist."

Mit diesen Worten griff er in seine Jackentasche und reichte dem verdutzten Blacky eine hellblaue Tablettenpackung. Danach drehte er sich um und verschwand grußlos so unauffällig, wie er gekommen war, ehe Schwarzberg noch etwas sagen konnte.

Der große grauhaarige Mann ging zurück zu seinem Wagen und schloss die Fahrertür auf. Wenig später setzte sich das Fahrzeug in Bewegung und fuhr los. Ein zweites Auto, das wenige Meter dahinter geparkt hatte, folgte ihm langsam, bog aber nach kurzer Zeit ab und überquerte die Alte Brücke in Richtung Innenstadt.

Blacky wartete einige Minuten, dann stieg er die Treppen zur Uferstraße hoch, sah sich vorsichtig nach allen Seiten um und lief eilig davon. Die beiden Männer, die ihm in einigem Abstand folgten, bemerkte er nicht.

Ralf Hermann saß in der Einsatzzentrale des Präsidiums und hatte das Geschehen, soweit das möglich war, auf dem Monitor verfolgt. Als die beiden roten Lichter auf seinem Funkgerät kurz nacheinander aufleuchteten, stülpte er sich die Kopfhörer über und schaltete sein Mikrofon ein.

„Achtung, Einsatzleitung an Zentrale. Verdächtiges Auto mit Zielperson 1 fährt jetzt wieder los in Richtung Autobahn. Sind hinter ihm. Sollen wir dem Wagen folgen?“

Die zweite Meldung lautete:

„Zielperson 2 läuft über die Alte Brücke Richtung Innenstadt. Nehmen Verfolgung auf.“

Die Antwort kam umgehend:

„Zentrale an Einsatzleitung. Verfolgung Zielperson 1 beenden. Zielperson 2 beschatten, aber kein Zugriff. Wiederhole: Kein Zugriff."

Der Anruf erreichte Kommissar Becker, als er damit beschäftigt war, seine Emails zu lesen, die sich seit fast einer Woche auf seinem privaten Laptop angesammelt hatten. Er lächelte zufrieden in sich hinein, nickte ein paarmal, gab ein paar knappe Anweisungen und beendete dann das Gespräch. Danach klappte er den Laptop entschlossen zu und ging hinüber ins Wohnzimmer. Im Fernseher lief ein alter Hitchcock-Krimi. Helen sah ihm fragend entgegen.

„Telefon? Um diese Zeit? Musst du etwa wieder weg?“ Sie zog die Augenbrauen hoch.

„Nein“, schmunzelte Becker, „heute nicht mehr. Ich hatte dir versprochen, dass ich heute auf jeden Fall zu Hause bin, und dabei bleibt es. Ralf hat das ganze Wochenende Rufbereitschaft. Er sitzt in der Einsatzzentrale und wechselt sich mit Schönfeld ab. Gerade hat er mir ein paar neue Fakten durchgegeben, die meine Theorie bestätigen. Ich gehe davon aus, dass der Junge schon bald wieder bei seinen Eltern sein wird."

Er ließ sich neben Helen auf die Couch fallen und nahm sie in den Arm.

„Lass uns in Ruhe einen Schlummertrunk nehmen und dann schlafen gehen. Ich muss morgen sehr früh raus. Aber wenn der Fall abgeschlossen ist, machen wir beide endlich Urlaub. Versprochen."

Sie redeten noch eine Weile und schmiedeten Pläne. Es war schon fast Mitternacht, als sie endlich zu Bett gingen.

23

Es war bereits taghell draußen, aber im Haus der Wolfs brannte das Licht immer noch, weil keiner daran gedacht hatte, es auszuschalten. Inka war irgendwann in der Nacht nach oben gegangen und hatte sich hingelegt, weil sie die angespannte Atmosphäre nicht mehr ausgehalten hatte. Ihre Mutter schlief im Gästezimmer. Andreas Wolf hatte sich in seinem Arbeitszimmer angezogen auf die Couch gelegt und war in einen unruhigen Schlaf gefallen, aus dem er jedes Mal hochschreckte, wenn er aus dem Nebenzimmer die Stimme des Technikers hörte, der in stündlichen Abständen die Meldung N.A. an die Zentrale durchgab, was so viel heißt wie ‚keine besonderen Vorkommnisse'.

Als das Telefon kurz vor acht Uhr läutete, bereitete Regina Gottwald gerade das Frühstück vor. Auf ein Nicken des Technikers hin nahm Wolf den Hörer ab.

„Guten Morgen, Becker am Apparat. Bitte nicht erschrecken, es ist nichts passiert. Haben Sie etwas schlafen können?"

„Kaum, aber das ist nicht wichtig", erwiderte Wolf. „Gibt es Neuigkeiten?"

„Bis jetzt nicht, aber bleiben Sie und Ihre Frau

bitte heute Vormittag zu Hause, bis ich mich melde. Ich komme auf jeden Fall später zu Ihnen."

„Ist etwas … haben Sie … was ist denn los?"

Andreas schrie es fast, so aufgeregt war er. Inka kam die Treppe heruntergelaufen und fasste nach seinem Arm.

„Haben sie Felix gefunden?", formte sie lautlos die Worte mit den Lippen.

Andreas schüttelte unwillig den Kopf.

„Bitte beruhigen Sie sich. Wir haben einen Hinweis auf Felix' Aufenthaltsort erhalten. Unsere SOKO arbeitet auf Hochtouren und wir können davon ausgehen, dass Ihr Sohn lebt und bald wieder bei Ihnen sein wird."

„So sagen Sie …", aber Becker fiel Andreas ins Wort.

„Ich habe nicht viel Zeit, mehr kann ich Ihnen im Augenblick nicht sagen. Bitte holen Sie Oberkommissar Scholz an den Apparat."

„Ja, bis später."

Wolf reichte den Hörer weiter an Scholz, der aufmerksam zuhörte, ab und zu mit dem Kopf nickte und schließlich sagte:

„Jawohl, Chef, geht klar. Ich bleibe auf alle Fälle hier, bis ich von Ihnen oder von Schönfeld höre."

Wenige Minuten später klingelte Andreas' privates Handy. Er meldete sich, nickte dann dem Techniker kurz zu und sagte: „Für mich, privat." Er ging hinüber in sein Arbeitszimmer. Nachdem er die Tür hinter sich zugezogen hatte, sprach er gedämpft ins Telefon:

„Hallo. Was gibt es?"

„Andreas?“

„Ja, was willst du?“

„Bitte stell mir keine Fragen. Wird dein Handy abgehört?“

„Nein.“

„Zu deiner Information: Arno war am Freitag bei mir. Er ist da in eine dumme Sache hineingeraten, aber ich werde ihm helfen. Ich habe ihn erst einmal aus der Schusslinie genommen. Ihr könnt mir vertrauen.“

„Aber …“

„Beruhige dich. Felix lebt, es geht ihm gut und er wird in ein paar Stunden wieder bei euch sein“, unterbrach ihn van Stetten, „aber nur, wenn du genau tust, was ich dir sage und vor allem die Polizei raushältst. Ich tue das für Arno und für meine Tochter und damit uns die Presse nicht durch den Dreck zieht. Nur deshalb, verstehst du!“

Andreas ballte innerlich die Fäuste, riss sich aber zusammen und antwortete, ohne näher auf die Worte seines Ex-Schwiegervaters einzugehen:

„Was soll das heißen? Was hat Arno und vor allem was hast du mit Felix’ Entführung zu tun?“

„Ich? Gar nichts. Aber ich werde euch das Lösegeld zur Verfügung stellen, das du allein nicht aufbringen kannst. Das ist alles. Mein Chauffeur wird die Übergabe organisieren. Und deshalb muss ich wissen, was die Polizei vorhat.“

Andreas hielt mühsam an sich. Er kannte den Alten nur zu gut. Wenn er Zweifel äußerte oder ihm widersprach, würde er erst recht nichts erfahren. Also musste er tun, was van Stetten von ihm verlangte. Darum sagte er:

„Die Polizei hat gerade hier angerufen. Sie haben offensichtlich Hinweise auf Felix' Aufenthaltsort und planen irgendeine Aktion."

„Finde so schnell wie möglich heraus, was das für eine Aktion ist und ruf mich auf dieser Nummer wieder an. Mein Telefon ist abhörsicher."

Als sich die Tür leise öffnete und Inka hereinkam, legte Andreas warnend den Finger auf seinen Mund.

„Ich werde es versuchen, aber wehe, wenn Felix etwas passiert oder Arno wirklich mit der Entführung zu tun hat. Dann werdet ihr mich kennenlernen."

Leises Lachen.

„Du solltest mir nicht drohen. Wenigstens nicht, bis euer kleiner Balg wieder zu Hause ist. Es sollte mich wundern, wenn du das Lösegeld allein auftreiben könntest. Dafür brauchst du mich. Ob du willst oder nicht."

Klicken. Van Stetten hatte aufgelegt.

Inka hatte stumm zugehört und ihren Mann bei seinen letzten Worten entsetzt angestarrt. Jetzt hielt sie es nicht länger aus.

„Wer war das? Was ist mit Arno? Hat er etwa … Mein Gott, was haben wir ihm denn getan?"

Sie zitterte am ganzen Körper. Andreas strich ihr mechanisch übers Haar.

„Das war mein Ex-Schwiegervater. Ich verstehe nicht, was er mit der Sache zu tun hat, aber irgendwie hat er seine Finger im Spiel. Wenigstens scheint es zu stimmen, was der Kommissar vorhin am Telefon gesagt hat. Felix lebt und wird hoffentlich bald wieder bei uns sein. Aber bitte kein Wort über van Stettens Anruf zu den Polizisten. Das war seine Bedingung. Ich muss jetzt dringend telefonieren. Wir wollen alles, wirklich alles tun, damit Felix bald wieder zu Hause ist."

Eine halbe Stunde später wusste van Stetten, dass die Polizei inzwischen Felix' Aufenthaltsort kannte und die Wohnung von Schwarzberg seit dem Morgengrauen von der Polizei beobachtet wurde. Verdammt, wie waren sie auf diesen kleinen Ganoven gekommen? Jetzt würde es nicht mehr lange dauern, bis sie auf seinen Chauffeur und damit zwangsläufig auch auf Arno stießen. Das musste er unter allen Umständen verhindern, denn wenn dieser Schwarzberg erstmal auspackte, konnte er seinen Enkel nicht mehr schützen. Er musste Josef unbedingt zurückpfeifen und ihn für eine Weile aus dem Verkehr ziehen.

Nachdem er mehrfach versucht hatte, Weller anzurufen, gab er es auf. Was war los? Warum hatte der Chauffeur sein Diensthandy ausgeschaltet?

24

Ralf Hermann hatte den größten Teil der Nacht am Schreibtisch verbracht und war dann abgelöst worden. Übermüdet schlief er sofort auf dem durchgelegenen Notbett ein und fuhr erst hoch, als Becker gegen sieben Uhr eintraf und ihm einen Becher mit dampfendem Kaffee vor die Nase hielt. Er schnupperte und richtete sich mühsam auf.

„Morgen“, murmelte er, „wie spät ist es? Sorry, aber ich konnte einfach nicht mehr. War die halbe Nacht mit Karsten zusammen, um die Aktion in Bornheim vorzubereiten. Hast du meinen Bericht schon gelesen?“

Becker nickte, ohne von dem Papier aufzusehen, das er in der Hand hielt.

„Bin gerade dabei. Trink erstmal deinen Kaffee und geh dich frischmachen. Die Kollegen kommen gleich. Du bleibst hier und hältst die Stellung. Wir starten in einer halben Stunde.“

Wenig später öffnete sich die Tür erneut und der Leiter der SOKO, Karsten Schönfeld, schob sich herein, gefolgt von zwei weiteren Zivilbeamten. .

„Morgen. Wann geht's los?“

Becker schob seine Notizen zusammen und blickte hoch.

„Gleich. Unser mobiles Einsatzkommando ist schon vor Ort und beobachtet das Haus. Ralf, du bist unsere zentrale Anlaufstelle. Alle Infos und Anweisungen laufen über dich, damit du direkt reagieren und die anderen auf aktuellem Stand halten kannst."

Gemeinsam gingen sie den Ablaufplan durch, bevor sich der Hauptkommissar und die drei anderen auf den Weg machten und mit einem zivilen Einsatzwagen nach Bornheim fuhren. Knapp zwanzig Minuten später hatten sie ihr Ziel erreicht. Becker parkte den unauffälligen dunkelgrauen Opel auf der gegenüberliegenden Straßenseite direkt vor einem VW-Bus mit getönten Scheiben, so dass er den Eingang des Hauses im Auge behalten konnte.

Er blieb sitzen und ließ seinen Blick langsam über die verwitterte Fassade und die meist vorhanglosen schmutzigen Fenster schweifen. Fast alle waren geschlossen, dahinter regte sich nichts. Ralf hatte ihm bereits berichtet, dass nur wenige der Wohnungen bewohnt waren, die meisten standen seit Monaten leer. An einem Fenster in der zweiten Etage waren die Vorhänge zugezogen und verwehrten den Blick ins Innere.

Typisches Abbruchhaus, dachte Becker, sanieren käme vermutlich teurer als abreißen und neu bauen. Aber das war nicht sein Problem, sondern Sache des Eigentümers. Die Frontseite des Hauses lag nach Norden, und obwohl die Sonne bereits am Himmel stand, machten das Haus und die ganze

Straße einen düsteren und wenig einladenden Eindruck.

In den umliegenden Straßen war es ruhig an diesem Sonntagmorgen. Die meisten Anwohner schliefen vermutlich noch, nur vereinzelt sah man ein paar Frühaufsteher zum nahegelegenen Bäcker an der Ecke der Berger Straße laufen und mit frischen Frühstücksbrötchen zurückkommen. Becker seufzte. Ein gemütliches Sonntagsfrühstück zu Hause, das könnte er auch gebrauchen. Stattdessen musste er sich mit seinem halbvollen Kaffeebecher begnügen, den er aus dem Büro mitgenommen hatte.

Langsam belebte sich die Straße. Zwei Hundehalter trafen vor dem Haus gegenüber aufeinander und begannen eine ausführliche Unterhaltung, während ihre beiden Schäferhunde an ihren Leinen zerrten. Becker schaute zu ihnen hinüber und danach auf seine Uhr. Im Rückspiegel sah er auf dem Gehweg einen dunkelhaarigen jungen Mann im Sportdress, der mit einer Brötchentüte in der Hand herangeschlendert kam und unauffällig den linken Daumen hob, als er am Auto vorbeilief.

Zwei schwarz gekleidete Jogger auf der anderen Straßenseite schauten herüber und verlangsamten ihre Schritte, als sie die beiden Fahrzeuge gegenüber entdeckten. Sie trugen Knöpfe in den Ohren und nickten ab und zu mit den Köpfen. Anscheinend hörten sie Musik. Hinter den halb herabgelassenen Rollläden im unbewohnten Erdgeschoss ihres Zielobjekts meinte Becker undeutliche Schatten auszumachen.

Wieder schaute er auf seine Uhr und dann hinauf zum zweiten Stock, wo die Vorhänge immer noch geschlossen waren. Er merkte, wie die Spannung langsam in ihm stieg und an den unruhigen Bewegungen seiner beiden Kollegen, erkannte er, dass es ihnen ebenso ging. Plötzlich kam Bewegung in die Szene. Beckers Sprechgerät blinkte und der Mann mit der Brötchentüte meldete:

„Zielperson Nr. 3 nähert sich dem Haus. Trägt eine blaue Stofftasche.“

„Passieren lassen, vorerst keine Aktion.“

Kurz darauf kam die nächste Meldung.

„Zielperson Nr. 3 geht am Haus vorbei.“

„Das sehe ich. Bitte folgen und melden, sobald er das Planquadrat verlässt oder versucht, Kontakt mit Zielperson Nr. 2 aufzunehmen.“

25

Er hatte geträumt. Wirres Zeug. Wusste nicht sofort, wo er war, als er aufwachte, und presste furchtsam die Fäuste auf die Augen. Ihm war schwindlig und übel, und er musste dringend aufs Klo. Durch die geschlossenen Vorhänge fiel fahles Licht. Als die Tür leise knarrte, blinzelte Felix vorsichtig durch die Finger, und mit einem Mal erinnerte er sich. Er schaute hoch. Vor seinem Bett stand Blacky und blickte auf ihn hinunter. Sein angeblicher Freund, der ihm versprochen hatte, auf ihn aufzupassen, bis sein Papa kam, um ihn abzuholen. Aber der war nicht gekommen. Sie hatten ihn vergessen, und irgendwann musste er eingeschlafen sein. Er war so schrecklich müde, versuchte aber, sich vorsichtig aufzusetzen, als er erschrocken merkte, wie es ihm plötzlich warm an den Schenkeln entlanglief. Er presste die Beine fest zusammen und zog die Decke wieder über sich. Er schämte sich schrecklich.

„Na, bist du endlich wach? Steh auf, wir müssen bald los."

Aber er konnte nicht, ihm war schwindlig. Zu allem Überfluss musste er husten. Und mit jedem Hustenstoß floss es aus ihm heraus, bis seine Blase leer war. Leise begann er zu weinen. Blacky schnüffelte.

„Sag mal, hast du etwa … Pfui Deibel, du Ferkel. Los raus, komm ins Bad. Oder willst du nicht nach Hause?“

Nach Hause. Endlich. Schlagartig versiegten die Tränen, und Felix taumelte aus dem Bett. Fast wäre er gefallen, aber Blacky hielt ihn und schob ihn durch die Tür in Richtung Bad.

„Wasch dich, du stinkst.“

Vorbei die große Abenteuerlust, verflogen die kindliche Neugier. Er hatte nur Angst und schrecklichen Durst und versuchte krampfhaft, seinen Hustenreiz zu unterdrücken. Wo war das Mäusespray? Das brachte Blacky ihm dann Gottseidank mit einem gemurmelten „War in deiner Hosentasche“, und dazu seine Tablette mit einem Becher Wasser. Nachdem er das Spray eingeatmet hatte, ging es ihm endlich etwas besser.

Als er kurze Zeit später mit dem Harlekin unterm Arm in die Küche kam, schielte er ängstlich zu seinem Bewacher hinüber. Dann setzte er sich stumm an den Küchentisch, trank widerspruchslos die verhasste Milch, die Blacky ihm hingestellt hatte, und kaute auf den übrig gebliebenen Keksen herum, die seit gestern – oder war es vorgestern gewesen? – auf dem Tisch lagen. Blacky schaute unruhig auf die Uhr.

„Mach hin und trödele nicht.“

Mit diesen Worten erhob er sich, öffnete die Vorhänge einen Spalt und schaute auf die Straße. Alles schien ruhig. Nur zwei morgendliche Spaziergänger standen mit ihren angeleinten Hunden vor dem Haus und unterhielten sich.

„Ausgerechnet. Verschwindet, ihr Blödmänner. Habt ihr nix Besseres zu tun?“, murmelte er unruhig und trat von einem Fuß auf den anderen. Er schaute wieder auf die Uhr und wollte sich eben zu Felix umdrehen, als sein Handy klingelte. Er meldete sich und lauschte kurz. Sein Gesichtsausdruck veränderte sich.

„Wo bist du, sagst du? … Bist du verrückt geworden? … Jetzt gleich? … So war das nicht abgemacht. … Hast du das Geld? … Bring es mit, sonst lasse ich euch alle hochgehen.“

Er überlegte krampfhaft. Etwas lief hier schief. Völlig schief. Er musste das Kind loswerden und zwar so schnell wie möglich, wenn er seine Haut retten wollte. Aber Josefs Chef hatte gestern zu ihm gesagt, Kind gegen Geld, und Blacky wusste, dass er das todernst gemeint hatte. Er brauchte das Geld dringend, um seine Schulden zu bezahlen und abzutauchen.

Blacky war nie besonders helle gewesen. Nachdenken war nicht seine Stärke, aber jetzt war Eile geboten, deshalb musste er zuerst den Jungen abliefern. Er wollte ihn schließlich nicht tot machen, nein, das hatte er nie vorgehabt. Er war kein Killer. Wäre er bloß rechtzeitig abgetaucht, als die beiden anderen die Aktion beenden wollten. Aber das Geld hatte ihn gelockt, die einmalige Chance, an einen Haufen Kohle zu kommen.

Egal, er würde sich jetzt einfach an die Abmachung halten und das Kind zur Tankstelle bringen. Kind gegen Geld, so wie sie das gestern besprochen hatten.

„Los komm, wir müssen los."

Er zerrte Felix so heftig vom Stuhl, dass diesem der Becher mit der restlichen Milch aus der Hand glitt und auf dem Steinboden zerschellte. Er baute sich drohend vor ihm auf.

„Nun glotz nicht so, oder hast du wirklich geglaubt, dass dich dein Vater hier abholt?"

Felix starrte ihn sprachlos an und ballte seine kleinen Fäuste. Er war zwar ein Kind, aber nicht blöd. Blacky war also doch nicht sein Freund, er hatte nur so getan. Alles war gelogen, wahrscheinlich war sein Bruder gar nicht im Krankenhaus und die Eltern machten sich große Sorgen um ihn.

„Du sollst niemals mit einem Fremden mitgehn", hatte die Mutter oft zu ihm gesagt und ihm von Kindern erzählt, die das getan hatten und nie mehr nach Hause zurückkehrten. Das alles fiel ihm auf einmal wieder ein. Panische Angst ergriff ihn, und während er sich losriss und taumelnd durch den Flur zur Eingangstür rannte und sie aufreißen wollte, begann er laut um Hilfe zu schreien.

Blacky wurde von diesem Ausbruch so überrascht, dass Felix es tatsächlich schaffte, rufend und kreischend die Wohnungstür zu öffnen, bevor er ihn erreichte, ihm den Mund zuhielt und die Tür wieder zuknallte. Verdammt, er hatte tatsächlich vergessen, die Tür wieder abzuschließen, als er nach Hause gekommen war. Hastig griff er nach dem Schlüssel in der Hosentasche.

Zu spät, denn plötzlich ging alles sehr schnell. Unten vor dem Haus wimmelte es plötzlich von Polizisten. Sirenen heulten. Im Treppenhaus waren polternde Schritte zu hören, es läutete mehrmals an der Wohnungstür. Unmittelbar darauf zerbarst die Tür und Menschen strömten in die Wohnung. Mitglieder des mobilen Einsatzkommandos, die aus dem unbewohnten Erdgeschoss nach oben gerannt kamen, die beiden Hundebesitzer, Zivilbeamte, darunter zwei Frauen. Zum Schluss Becker und seine drei Begleiter.

„Peter Schwarzberg, lassen Sie sofort den Jungen los. Ich verhafte Sie wegen räuberischer Erpressung in Tateinheit mit Kindesentführung. Alles was Sie ab jetzt sagen, kann vor Gericht gegen Sie verwendet werden ...“, donnerte Becker.

Zwei Polizisten nahmen Blacky in die Mitte, Handschellen klickten. Dann beugte sich Becker zu Felix hinunter und nahm ihn sanft in den Arm.

„Du bist Felix, nicht wahr. Bist ein mutiger Junge. Und eine mächtig laute Stimme hast du auch. Brauchst keine Angst mehr zu haben. Wir sind alle gekommen, um dir zu helfen. Deine Eltern werden gleich da sein.“

Er spürte, wie das Kind allmählich aufhörte zu zittern und unter Tränen zu ihm hochsah.

„Ii-ich ha-abe ja gar keine Aa-angst. Ich will zu meiner Ma-ami, die sucht mich sicher schon überall und wird schrecklich schimpfen.“

„Keiner wird mit dir schimpfen, mein Kleiner, du bist ein sehr tapferer Junge.“

Becker strich dem Jungen über das Haar und winkte die Polizeiärztin herbei, die Felix in ihre Obhut nahm.

Inzwischen hatte sich auf der Straße eine Menschentraube gebildet, die von den Beamten mühsam zurückgedrängt wurde. Gerüchte verbreiteten sich in Windeseile. Irgendjemand hatte das Wort ‚Kindesentführung' aufgeschnappt. Vorbei war es mit der beschaulichen Ruhe eines friedlichen Sonntagmorgens. Anwohner aus den umliegenden Häusern hingen in den Fenstern und kamen aus ihren Wohnungen gestürzt, und als Blacky von zwei Beamten durch die gaffende Menge zum Polizeiauto geführt wurde, ertönten laute Rufe.

„Du Dreckskerl."

„Kinderschänder."

„Umbringen sollte man den."

Pfiffe ertönten, und die Polizei hatte alle Mühe, die aufgebrachte Menge in Schach zu halten.

Der Mann mit der blauen Stofftasche hatte alles aus sicherer Entfernung beobachtet. Verdammt, das war knapp gewesen. Er sah auf die Uhr, es war kurz vor zehn. Die Übergabe hatte sich erledigt, was sollte er jetzt tun?

Er griff nach seinem Handy, um sich neue Instruktionen zu holen, überlegte es sich dann aber anders. Fünfhunderttausend Euro, eine solche Chance bekäme er nie wieder. Die Frage war nur, sollte er sich gleich mit der Kohle aus dem Staub machen oder das Geld mit dem Anderen teilen.

26

Das Wochenende hatte kein Ende nehmen wollen. Nachdem van Stetten weggefahren war, war Arno stundenlang rastlos im Haus umhergelaufen, hatte die Vorräte inspiziert, Bücher wahllos aus dem Bücherregal gezogen und nach kurzer Zeit zurückgestellt, den Fernseher ein- und wieder ausgeschaltet. Später war er nach draußen gegangen und eine Weile ziellos durch den Wald gerannt, um sich zu beruhigen.

Gott sei Dank, einige Joints hatte er noch und zwei kostbare Röhrchen, eines mit Amphetaminen und eines mit Adumbran, die Josef ihm schnell noch zugeschoben hatte, bevor sie aus dem Auto gestiegen waren. Aber damit musste er sparsam umgehen. Wer weiß, wie lange er hier ausharren musste. Von Minute zu Minute war er nervoser geworden.

Kein Internet, totale Handysperre, das war für ihn fast schlimmer als alles andere. Kein Josef, mit dem er telefonieren oder chatten konnte, keine Spiele-Apps, kein Facebook oder Twitter. Weit und breit keine Ablenkung, wie sollte er das durchhalten? Außerdem die Ungewissheit, was in der Zwischenzeit zu Hause passierte. Was war mit Felix?

Hatte sein Großvater schon mit seinem Vater gesprochen? Wo war Josef? Was hatte er vor?

In seinen Ohren summte es, er konnte die Hände nicht stillhalten und musste erst eine Pille einwerfen, um zur Ruhe zu kommen.

Zwar hasste er seinen Vater, der seine Mutter vor Jahren verlassen hatte. Später hatte er sich nur um seine neue Familie gekümmert, vor allem als das Baby kam. Seine Mutter war darüber zur Trinkerin geworden. Sie lamentierte ständig und haderte mit ihrem Schicksal. Mal mied sie den Anblick des Sohnes, dessen Gesichtszüge sie Tag für Tag an ihren geschiedenen Mann erinnerten, mal überschüttete sie ihn mit Zärtlichkeiten. Widerlich. Tausendmal hatte er sich geschworen, sich irgendwann an seinem Vater zu rächen.

Als er Josef Weller bei seinem Großvater begegnet war, hatte er nach langer Zeit endlich wieder dieses unbeschreibliche Gefühl einer inneren Verbundenheit gespürt. Plötzlich gab es jemanden, der ähnlich fühlte und dachte wie er. Josef hatte ihm nur wenig von sich erzählt, aber irgendwie schienen sie seelenverwandt zu sein.

Sein Halbbruder Felix, der ihm, wie er glaubte, die Liebe des Vaters gestohlen hatte, war ihm dagegen herzlich egal. Es sollte ihm ja gar nichts passieren, und wenn die Sache nicht aus dem Ruder gelaufen wäre, hätte der Junge schon längst wieder zu Hause sein können. Ja wenn, wenn, wenn. Verdammt nochmal …

Am Samstagabend hatte sich Arno an den van Stettenschen Weinvorräten schadlos gehalten, einen kräftigen Joint geraucht und sich tödlich gelangweilt, bis Wein und Rauschmittel ihre Wirkung taten und er in einen traumlosen Schlaf fiel.

Am Sonntagmorgen erwachte er spät. Grelles Sonnenlicht blendete ihn, denn er hatte am Abend vergessen, die Vorhänge zu schließen. Sein Schädel brummte, ihm war speiübel. Als sein Handy läutete, wankte er fluchend hinüber ins Wohnzimmer, wo es neben einer Weinlache auf dem Tisch lag. Es roch schal im Raum, er musste unbedingt lüften.

„Hallo Arno. Ist alles in Ordnung?“

Der Alte hatte gut reden.

„Bin gerade erst aufgestanden. War wohl etwas spät gestern Abend“, brummte Arno verschlafen, riss sich aber zusammen. Wenn der Großvater ihn anrief, gab es wahrscheinlich Neuigkeiten.

„Ist Josef bei dir?“

„Nein, wieso? Ist was passiert?“

Van Stetten lachte gequält.

„Das kann man wohl sagen. Die Polizei hat Felix gefunden und Schwarzberg verhaftet. Der wird singen wie eine Lerche, darauf kannst du dich verlassen. Da habt ihr mir was Schönes eingebrockt.“

Wieso dir, schoss es Arno durch den Kopf.

„Aber du hast versprochen, mir zu helfen. Was wird denn jetzt? Wie lange soll ich noch hierbleiben?“, stotterte er benommen.

„Bleib wo du bist und rühr dich nicht von der Stelle, bis du wieder von mir hörst. Wenn Josef auftaucht oder anruft, soll er sich sofort bei mir melden. Sofort, hast du mich verstanden?“

„Ja, Großvater, wann …“

Aber van Stetten hatte bereits aufgelegt. So war es jedes Mal. Der Alte gab Befehle, und er hatte zu gehorchen. Fragen zu stellen war zwecklos.

Arno war wütend. Er sah auf die Uhr. Kurz vor elf. Er ging ins Bad, duschte erst warm, dann eiskalt und zog sich an. Danach riss er alle Fenster auf und ließ frische Luft hereinströmen, beseitigte die Spuren seines abendlichen Gelages und kochte sich einen starken Kaffee. Irgendwie musste er den Tag überstehen. Wenn sich wenigstens Josef endlich melden würde. Die Ungewissheit brachte ihn schier um den Verstand.

27

Während der kurzen Fahrt nach Hause hielt Felix die Hand seiner Mutter fest umklammert, während er sich eng an sie kuschelte. Sie sah ihn zärtlich immer wieder von der Seite an und strich ihm mit der freien Hand übers Haar. Er hatte einen Schluckauf vor Aufregung, denn er war noch nie in einem richtigen Polizeiauto gefahren.

Becker saß am Steuer und unterhielt sich leise mit Andreas Wolf, der neben ihm auf dem Beifahrersitz saß. Der Junge sollte zunächst einmal in seiner vertrauten Umgebung zur Ruhe kommen. Deshalb würden sie ihn heute und morgen erst einmal in Ruhe lassen und erst am Dienstag ausführlich befragen. Zu Hause und nicht im Präsidium, in Anwesenheit seiner Mutter und der Polizeipsychologin. Wenn nötig, würde man einen Kinderpsychologen hinzuziehen.

„Was is'n ein Pychol-o-ge?", ertönte es plötzlich hinter Beckers Rücken.

Cleveres Kerlchen, dachte der Kommissar und musste unwillkürlich lächeln. Dem entgeht so schnell nichts. Mal sehen, ob er in den vergangenen drei Tagen ebenfalls alles so aufmerksam verfolgt hat.

„Die Polizistin, die vorhin mit dir geredet hat, bevor deine Eltern kamen, das war eine Psychologin. Sie wird am Dienstag wieder zu dir kommen, damit du ihr alles erzählst, woran du dich erinnerst, seit Herr Schwarzberg dich mitgenommen hat."

„Menno, das war doch der Blacky und nicht Herr Schwarzberg."

„Gut, also der Blacky. Vielleicht kannst du uns inzwischen schon mal ein Bild vom Blacky malen und dazu alles, was dir zu ihm einfällt. Ich habe gehört, dass du sehr schön malen kannst?"

Felix strahlte. Das war ein netter Polizist, fand er. Obwohl, er kniff die Augen zusammen und dachte nach, ein richtiger Polizist war er wohl nicht, denn er trug keine Uniform. Und das Auto, mit dem sie fuhren, war auch kein Polizeiauto. Warum beschwindelten ihn die Erwachsenen bloß immer? Blacky war auf einmal nicht Blacky, und der Polizist war kein Polizist. Er überlegte angestrengt und holte mehrmals tief Luft, bevor er Becker von hinten auf die Schulter tippte und sagte:

„Wenn du ein echter Polizist bist, hast du bestimmt auch eine richtige Polizeisirene, oder?"

„Ja, habe ich, aber am Sonntagmorgen ist wenig Verkehr auf der Straße, da brauchen wir die nicht, oder was meinst du?", schmunzelte der.

„Dann bist du eben doch kein richtiger Polizist", triumphierte Felix und fuhr zusammen, als wie auf Kommando plötzlich ein lautes Tatütata erklang. Alle lachten und Felix wurde feuerrot und verbarg sein Gesicht im Schoß der Mutter.

Wirklich clever, der Schlingel, dachte Becker wieder. Er wird uns am Dienstag sicher eine ganze

Menge erzählen können.

Inzwischen näherten sie sich bereits dem Sachsenhäuser Berg und erreichten kurz darauf das von einer dichten Hecke umgebene Wohnhaus der Wolfs. Es war wieder heiß an diesem Sonntag, die Sonne brannte unbarmherzig, und die Straße war um die Mittagszeit menschenleer. Aus den Gärten drang kein Laut, die Rollläden der umliegenden Häuser waren teilweise herabgelassen, die Markisen ausgefahren, um Schatten zu spenden.

Becker blickte sich vorsichtig um, bevor er in die offenstehende Toreinfahrt einbog, die sich hinter dem Wagen geräuschlos wieder schloss. Er fuhr am Haus vorbei und hielt am hinteren Eingang neben der Garage. Er fühlte sich erleichtert, weil er es geschafft hatte, die Wolfs nach Hause zu bringen, bevor die Reporter und Fotografen davon Wind bekamen.

Als sie ausstiegen, hatte sich die Tür bereits geöffnet und Regina Gottwald rannte ihnen mehr als sie ging entgegen, gleichzeitig lachend und schluchzend. Sie hatte nicht genug Hände, um alle zu umarmen. Ihr auf dem Fuß folgten Inkas Kinder Kirsten und Tobias, die es nicht mehr zu Hause ausgehalten hatten und am frühen Vormittag von ihrem Vater nach Frankfurt gebracht worden waren. Alle lachten und weinten durcheinander, wollten Felix in den Arm nehmen, ihn küssen und drücken. Er ertrank fast in dieser Welle von Liebe und Rührung. Sogar der Kommissar blieb davon nicht verschont. Jeder wollte ihm die Hand schütteln und sich bedanken.

„Schnell ins Haus, ehe uns jemand sieht, sonst

ist hier gleich die Hölle los", mahnte er und schob die anderen vor sich her ins Haus.

Bald darauf war Becker auf dem Weg nach Hause, nachdem er alle Versuche Regina Gottwalds, ihn zum Bleiben zu bewegen, abgewehrt hatte. Kaffee und Sandwiches verschmähte er. Nur ein Mineralwasser trank er hastig in durstigen Zügen, bevor er wieder ins Auto stieg und sich endlich auf den Heimweg machte.

Er verglich im Stillen sein eigenes Häuschen mit dem prachtvollen Anwesen der Wolfs und wusste plötzlich, dass er um nichts in der Welt mit ihnen hätte tauschen wollen. Er atmete tief durch und schaute auf die Uhr. Das Wochenende war fast vorbei, das Helen wieder einmal wie schon so oft allein verbracht hatte.

Becker spürte eine tiefe innere Befriedigung. Dieser Fall, der am Ende für das Kind und seine Angehörigen so glimpflich ausgegangen war, hatte ihm wieder einmal bewusst gemacht, wie sehr er seinen Beruf liebte. Selbst wenn seine Arbeit ihm manche Nacht den Schlaf raubte und das eine oder andere Wochenende kostete.

Was jetzt noch zu tun blieb, war Routine. Der Hauptkommissar war sich sicher, dass Peter Schwarzberg morgen im Verhör auspacken würde, und dann hätte er vermutlich bald die fehlenden Puzzleteile zur endgültigen Lösung des Falles Wolf zusammen.

Die Fahndung nach Josef Weller und Arno Wolf lief auf Hochtouren. Es war nur eine Frage der Zeit, bis sie gefasst würden. Becker war sich sicher, dass der Weg zu den beiden Flüchtigen geradewegs über Heinrich van Stetten führte. Er würde sich morgen darum kümmern. Hauptsache, das Kind war gesund wieder zu Hause. Das war das Wichtigste.

28

Irene Bauer war das ganze Wochenende bei ihrer Mutter geblieben, die zuerst nicht dazu zu bewegen war, das Krankenhaus zu verlassen. Dem Vater ging es etwas besser, es bestand keine unmittelbare Lebensgefahr, und zum Glück hatte er keine Lähmungen. Er war bei Bewusstsein, erkannte seine Umgebung und wusste, wo er war. Nur mit dem Sprechen haperte es.

Die beiden Frauen hatten viele Stunden am Krankenbett zugebracht. Irene hatte mit den Ärzten gesprochen, ihrem Vater gut zugeredet und schließlich die Mutter doch dazu gebracht, sich von ihr nach Hause fahren zu lassen, um sich auszuruhen. Sie war die Nacht über bei ihr geblieben, hatte sie getröstet und überredet, ein Schlafmittel zu nehmen. Am Sonntag hatten sie den Vater noch einmal besucht, bevor sich Irene Bauer gegen Abend auf den Heimweg machte. Sie war völlig ausgelaugt und erschöpft und wollte so schnell wie möglich ins Bett, um sich auszuschlafen.

Der Anrufbeantworter blinkte wieder einmal, als sie die Tür aufschloss, aber der konnte warten. Sie betrat die Küche und stutzte. Benutztes Geschirr, ein Glas und eine halbvolle Flasche mit Mineralwasser auf dem Tisch, daneben ein Teller mit Essensresten. Eine angebissene Scheibe Knäckebrot. In der Spüle ein schmutziges Messer. Irene Bauer war wie elektrisiert. Paul, schoss es ihr durch den Kopf, das konnte nur Paul gewesen sein. Nach über einem Jahr. Er war der Einzige, der einen Schlüssel zur Wohnung besaß. Aber warum gerade jetzt? Paul wusste, dass sie an den Wochenenden regelmäßig bei ihren Eltern oder mit ihrer Freundin Anna Weber unterwegs war. Von ihrer Beziehung mit Thomas wusste er ja nichts. Warum hatte er nicht angerufen, wenn er vorhatte zu kommen? Sie schlug sich an die Stirn. Ja, richtig, das neue Handy, verdammt, sie hatte seit zwei Monaten eine neue Handynummer. Ein ganzes Jahr hatte sie nichts von Paul gehört, und ausgerechnet jetzt…

Irene lief durch die Wohnung. Pauls Bett war benutzt. Auf dem Sofa im Gästezimmer lag eine zerknäulte Wolldecke. Er war also nicht allein gewesen. Aber mit wem? Und was hatte er gewollt? Warum hatte er keine Nachricht hinterlassen? Tausend Fragen und keine Antwort. Ihre Müdigkeit war wie weggeblasen. Sie stellte das benutzte Geschirr in die Spüle, räumte auf und packte ihre Sachen aus. Das Hantieren beruhigte sie. Danach goss sie sich ein Glas Rotwein ein und schaltete den Fernseher an. An Schlaf war nicht mehr zu denken. Zu viele Gedanken stürmten auf sie ein. Gerade liefen die Spätnachrichten der Hessenschau.

… ist wieder zu Hause. … Stadtteil Bornheim kam es am frühen Morgen zu einem spektakulären Polizeieinsatz, in dessen Verlauf der siebenjährige Felix Wolf lebend aus

der Hand seines Entführers befreit wurde. Der 26-jährige Peter S. wurde verhaftet und inzwischen dem Haftrichter vorgeführt. Er ist in vollem Umfang geständig.

Plötzlich saß sie kerzengerade, als der Nachrichtensprecher fortfuhr.

In diesem Zusammenhang sucht die Polizei nach zwei weiteren Tatverdächtigen, dem Halbbruder von Felix, dem 22-jährigen Arno Wolf und einem möglichen weiteren Komplizen, dem 29-jährigen Paul Josef Weller …

Den Rest hörte sie nicht mehr. Wie hypnotisiert starrte sie auf die beiden Fahndungsfotos auf dem Bildschirm. In ihren Ohren rauschte es, und ihr war übel. Sie war schuld, sie ganz allein. Irene zitterte am ganzen Körper, riss sich aber dann zusammen und rannte zum Telefon. Sie musste sofort ihre Freundin Anna anrufen. Hoffentlich schlief sie noch nicht.

Sie dachte an Thomas Bohl und was er wohl dazu sagen würde.

29

Am Montagmorgen um kurz nach neun erschien Heinrich van Stetten im Polizeipräsidium und verlangte, Hauptkommissar Becker zu sprechen. An der Pforte bat man ihn, Platz zu nehmen und verständigte den Kommissar, der gerade mit den Beamten der SOKO Felix die Ermittlungsergebnisse zusammenstellte. Allen war die Erleichterung darüber anzumerken, dass das Kind gesund und unversehrt wieder zu Hause war. Sie wussten aber auch, dass noch eine Menge Arbeit vor ihnen lag. Die Aussagen des mutmaßlichen Entführers widersprachen sich in vielen Details, und die Hintergründe lagen bislang völlig im Dunkeln.

„Er soll einen Augenblick warten“, brummte Becker, „lassen Sie ihn in den Besprechungsraum bringen.“

Wenig später betrat er ebenfalls das Zimmer.

„Guten Morgen, Herr van Stetten. Kommen Sie allein?“, begrüßte er den Unternehmer.

„Ja natürlich, warum fragen Sie?“

Sie schüttelten sich die Hände, und ohne auf die Frage seines Gegenübers einzugehen, fuhr Becker liebenswürdig fort:

„Wenn Sie nicht zu uns gekommen wären, hätten wir Ihnen heute einen Besuch abgestattet. Sie sind sicher genau so froh wie wir alle, dass Felix Wolf wieder bei seinen Eltern ist, nicht wahr? Aber es sind eine Menge Fragen offen, und ich hoffe, dass Sie uns helfen können, sie zu beantworten. Aber bitte Sie zuerst. Was führt Sie zu uns?“

Van Stetten schwieg. Er war irritiert, fasste sich aber schnell und entgegnete aalglatt:

„Ja, wir sind alle sehr erleichtert. Ich hoffe, dass der Entführer seine gerechte Strafe erhält. Hat er inzwischen ausgesagt?“

Er schaute Becker aus schmalen Augen an.

„Ja, Peter Schwarzberg hat am Sonntag ein volles Geständnis abgelegt“, war die knappe Antwort.

„Gut, deshalb komme ich. Damit hat sich hoffentlich der hässliche Verdacht gegen meinen Enkel erledigt, oder? Sie wissen ja, wie junge Leute sind. Rebellieren gegen die Eltern und lassen sich dann zu Dummheiten verleiten, ohne die Folgen zu bedenken. Sie haben hoffentlich die Fahndung nach ihm inzwischen eingestellt.“

Becker lächelte fein. Also daher wehte der Wind.

„Tja, wissen Sie, ganz so einfach ist das nicht. Wussten Sie, dass Arno Wolf und Ihr Chauffeur Paul Josef Weller – so lautet doch sein voller Name, nicht wahr? – privat befreundet sind? Nein? Jedenfalls glaubt das Schwarzberg. Angeblich haben die beiden ihn zu der Entführung angestiftet und ihm eine Menge Geld dafür versprochen, wenn er das Kind ein paar Tage bei sich versteckt.“

„Blödsinn“, polterte van Stetten, „was heißt hier befreundet. Wissen Sie, was ich glaube? Dieser Ganove will nur die eigene Haut retten, das kennt man ja. Mein Enkel ist das Opfer eines miesen Komplotts geworden, nichts weiter."

„Aber dann frage ich mich, warum Arno Wolf verschwunden ist und nicht alles tut, um den Irrtum aufzuklären. Sie können uns da wohl nicht helfen, oder?", fragte Becker lauernd.

Van Stetten zögerte.

„Ich habe so eine Ahnung. Seit kurzem weiß ich, dass Herr Weller nicht der ist, für den er sich ausgibt. Er weiß bis jetzt nicht, dass ich das weiß. Wahrscheinlich steckt er sogar tatsächlich mit Schwarzberg unter einer Decke. Sobald er sich bei mir meldet, werde ich Sie informieren, damit Sie ihn festnehmen können."

Nach einer kurzen, wohlkalkulierten Pause setzte er hinzu: „Aber nur, wenn Sie mir versprechen, meinen Enkel zu verschonen."

Ohne auf den letzten Satz einzugehen, erwiderte Becker kalt:

„Unsere Beamten haben Weller weder gestern noch heute zu Hause angetroffen. Wenn Sie also etwas wissen, zum Beispiel, wo er sich im Augenblick aufhält, müssen Sie mir das sagen und zwar jetzt. Sonst machen Sie sich strafbar."

„Ja, ja, ist schon gut. Das weiß ich."

„Weller ist Ihr persönlicher Chauffeur und hat eine Vertrauensstellung bei Ihnen. Er konnte sicher hervorragende Referenzen vorweisen, als Sie ihn eingestellt haben, oder? Wie lange, sagten Sie, arbeitet er schon für Sie?"

„Seit etwa einem Jahr", war die knappe Antwort. „Wieso interessiert Sie das?"

Warum ist er plötzlich so nervös, dachte Becker

und ließ auch diese Frage unbeantwortet.

„Ich würde gern einen Blick in seine Personalakte werfen, wenn es Ihnen recht ist."

Als er sah, dass van Stetten abwehrend den Kopf schüttelte, zuckte er die Achseln und fügte hinzu: „Das würde uns Zeit sparen. In Anbetracht der Beweislage kostet es mich nur einen Anruf, um einen richterlichen Beschluss ausstellen zu lassen. Aber wenn Ihnen das lieber ist…"

Mit diesen Worten griff er in die Tasche und zog sein Smartphone heraus.

„Nein, nein, warten Sie. Genügt es Ihnen, wenn meine Sekretärin Ihnen die Akte kopiert? Ein Bote kann Sie Ihnen ins Präsidium bringen", sagte van Stetten hastig und fuhr nach kurzem Zögern fort: „Angenommen, ich würde meine Verbindungen spielen lassen und herausfinden, wo sich mein Enkel aufhält, und weiter angenommen, ich würde ihn dazu bringen, sich freiwillig zu stellen und mit Ihnen zusammenzuarbeiten, könnten Sie mir dann zusagen, die Sache vertraulich zu behandeln und dafür zu sorgen, dass die Presse nichts davon erfährt?"

Aha, das war also der Grund seines Besuchs. Endlich ließ van Stetten die Katze aus dem Sack. Becker schwieg und musterte ihn. Das war sie also, die Achillesferse des großen H.S. Sein guter Ruf geriet in Gefahr, und das musste er mit allen Mitteln verhindern. Dazu war ihm jedes Mittel recht. Wirklich jedes?

„Herr van Stetten, ich wiederhole mich nur ungern, aber wenn Sie wissen, wo sich Ihr Enkel aufhält, oder etwas, das uns bei unseren Ermittlungen weiterhelfen kann, müssen Sie uns das sagen, sonst machen Sie sich mitschuldig. Und sorgen Sie dafür, dass sich Ihr Chauffeur schnellstens bei uns meldet, sobald er zurück ist, wenn Sie sich Unannehmlichkeiten ersparen wollen."

Was redete er da für einen Blödsinn, damit würde er den schlauen Fuchs bestimmt nicht aus der Reserve locken.

„Selbstverständlich, Herr Hauptkommissar, das weiß ich. Aber glauben Sie mir, Sie sind der Erste, den ich informiere, sobald ich etwas erfahre."

Der Kerl ist wirklich aalglatt, dachte Becker bei sich. Sie wechselten noch ein paar belanglose Sätze, dann erhob sich van Stetten und verabschiedete sich rasch.

„Falls sich Ihr Enkel bei Ihnen meldet, oder wenn Herr Weller auftaucht, verständigen Sie mich bitte sofort", wiederholte Becker zum dritten Mal, aber van Stetten schien es plötzlich sehr eilig zu haben.

„Versprochen. Auf Wiedersehen."

Becker runzelte die Stirn und sah ihm nach. Warum war er wirklich gekommen? Den besorgten Großvater nahm er ihm nicht ab. Ging es ihm wirklich nur um seinen guten Ruf? Becker war sich sicher, dass er mehr wusste als er zugab. Was verbarg van Stetten vor ihm?

30

Die Erkenntnis, dass sein Sohn Arno tatsächlich in die Entführungsgeschichte verwickelt war, hatte Andreas Wolf schwerer getroffen, als er zugeben wollte. Zwar hatte alles darauf hingedeutet, zumal Arno nach wie vor wie vom Erdboden verschluckt war. Sein Handy war ausgeschaltet, bei seiner Mutter in Kronberg war er bisher nicht aufgetaucht, und in der Bockenheimer Wohngemeinschaft wusste niemand etwas über seinen Verbleib. Wolfs Verstand weigerte sich jedoch, an Arnos Schuld zu glauben.

Van Stetten war ebenfalls nicht erreichbar oder ließ sich am Telefon verleugnen. Es war zum Verzweifeln. Wolf fühlte sich hin- und hergerissen zwischen dem Wunsch, dass sich alles so schnell wie möglich aufklären möge, und der Angst, dass danach wahrscheinlich nichts mehr so sein würde wie vorher.

Aber die Hauptsache war, dass Felix endlich gesund und unversehrt wieder zu Hause war. Nachdem seine überglücklichen Eltern ihn am Sonntag endlich wieder in die Arme geschlossen hatten, gab es seitens der Polizeiärztin nach einer ersten Untersuchung keine Einwände, dass sie ihren Sohn so schnell wie möglich nach Hause brachten, bevor die Presse etwas davon erfuhr.

Eine zweite gründliche Untersuchung und die ausführliche Befragung des Kindes würden folgen, aber zuerst brauchten Felix und die ganze Familie Ruhe, um wieder in ihren gewohnten Alltag zurückzufinden. Besonders Inka war völlig erschöpft und nur noch ein Schatten ihrer selbst.

Am Montagvormittag fuhr Andreas Wolf ins Büro. Er wollte mit Anna Weber sprechen und alle Termine der Woche absagen. Er würde seiner Sekretärin frei geben und sie bitten, in dieser Woche ebenfalls nicht ins Büro zu kommen, sondern von zu Hause aus zu arbeiten und telefonisch oder per Email mit ihm Kontakt zu halten. Becker hatte ihm dies geraten, um die Sekretärin nicht dem Medienrummel auszusetzen. Zwar sollten er und seine Familie noch einige Tage in Frankfurt bleiben, um der Polizei für Fragen zur Verfügung zu stehen, aber danach wollten sie in den geplanten Sommerurlaub aufbrechen.

Als er sein Büro betrat, war Anna Weber schon da und blickte angestrengt auf den Poststapel, den sie gerade sortierte. Sie hatte den Telefonhörer neben das Telefon gelegt und war dabei, die Briefe zu öffnen und in verschiedene Mappen zu verteilen.

„Guten Morgen, meine Liebe“, sagte Wolf aufgeräumt und mit einem Blick auf das Telefon, „du lieber Himmel, so schlimm?“

Anna beschäftigte sich weiter mit der Post. Sie sah nicht hoch, zuckte nur die Achseln.

„Guten Morgen.“

„Nanu, ist alles in Ordnung mit Ihnen? Was ist los? Freuen Sie sich nicht mit uns? Wir sind alle so unendlich erleichtert."

Er war irritiert. Nachdem der Kommissar Felix, Inka und ihn gestern nach Hause gebracht hatte, hatte er am Abend bei allen, die mit ihnen um das Leben ihres Kindes gebangt hatten, angerufen, um ihnen persönlich mitzuteilen, dass Felix gesund und wohlbehalten wieder zu Hause war. Als er seine Sekretärin am Telefon hatte, hatte sie sehr verhalten reagiert und war spontan in Tränen ausgebrochen. Anschließend hatte sie sich dafür entschuldigt. War ihr das etwa peinlich?

„Ich ... freue mich sehr mit Ihnen. Bin nur ein bisschen müde .... Bin erst sehr spät eingeschlafen gestern Abend und war ein paarmal wach in der Nacht ... Ist doch kein Wunder nach allem, was passiert ist ...."

Anna hielt die Augen immer noch gesenkt, bis sie sich endlich einen Ruck gab und Ihren Chef ansah.

„Herr Wolf, ich muss Sie mal was fragen..."

Andreas' privates Handy klingelte. Ungeduldig griff er danach.

„Wolf, wer spricht?"

Er schaute irritiert, während er sich nervös auf die Lippen biss.

„Bitte sagen Sie mir einfach, wer Sie sind und was Sie von mir wollen. Ich habe nicht viel Zeit."

Während er zuhörte, verfärbte sich sein Gesicht, wurde zuerst dunkelrot und dann leichenblass. Er öffnete den Mund und rang nach Luft.

„Was soll das heißen? Sie … du hast nicht…?“

„Wer zum Teufel ist Paul? Mein … waaas?“

„Und damit kommst du ausgerechnet jetzt? Bist du verrückt geworden? Ich habe im Augenblick ganz andere Sorgen.“

„Was willst du mir eigentlich wirklich sagen?“

Je länger er zuhörte, desto aufgeregter wurde Andreas. Er setzte mehrmals zu einer Antwort an, öffnete den Mund, schloss ihn wieder, sprang auf und begann, mit großen Schritten im Zimmer hin und her zu laufen. Dann hielt er es nicht mehr aus.

„Wir sollten das nicht am Telefon besprechen. Wo bist du?“

„Gut, ich komme zu dir. Wo wohnst du?“

„Nein, gib mir einfach deine Adresse. Aber glaub ja nicht, dass du mir was vormachen kannst. Und lass meine Familie aus dem Spiel, verstanden?“

„Bis nachher“.

Er beendete das Gespräch, notierte etwas auf einem Zettel und schloss für einen Moment die Augen, bevor er sich wieder Anna Weber zuwendete. Sie hatte ihn, während er telefonierte, unentwegt beobachtet. Sein Gesicht hatte inzwischen wieder seine normale Färbung angenommen.

„Sie wollten mich etwas fragen?“

„Nein, ist schon gut. Ich glaube, das hat sich bereits erledigt“, antwortete sie mit gepresster Stimme und öffnete den nächsten Brief.

Jetzt reichte es ihm.

„Nun kommen Sie schon, Anna, was ist denn los mit Ihnen?“

Sie sah ihn zögernd an und wusste genau, wenn er „Anna“ in diesem ganz bestimmten Ton zu ihr sagte, mit Betonung auf der ersten Silbe, würde gleich ein Ausbruch folgen, dem sie nicht gewachsen war.

„Also was gibt's, Anna?”

Wieder dieser Ton.

„Ja… ich weiß nicht, wie ich es …“, sie zögerte. „Eben am Telefon, war das Irene Bauer?“

„Waas … wie kommen Sie darauf? Woher kennen Sie Irene?“

Seine Frage klang wie ein Peitschenknall. Anna zuckte zusammen und blickte stumm vor sich auf den Schreibtisch. Er beherrschte sich und zwang sich ruhig zu bleiben.

„Also noch einmal: Woher kennen Sie Frau Bauer?“

Anna rutschte unbehaglich auf ihrem Stuhl hin und her.

„Irene Bauer ist meine Freundin, und sie hat mich gestern Abend angerufen und sich nach Ihnen erkundigt. Ich hatte ihr von Felix' Entführung erzählt, und sie hat im Radio die Suchmeldungen gehört und später im Fernsehen die Fahndungsfotos gesehen…“

Pause.

„Ja und? Was weiter?“

„Irene nimmt an, dass Sie … dass ihr Sohn Paul etwas mit der Entführung von Felix zu tun haben könnte, weil …“, sie zögerte.

„So, so, nimmt sie das an? Und das hat sie Ihnen einfach so erzählt? Warum geht sie damit nicht zur Polizei?“

Andreas´ Stimme klang sarkastisch.

Anna erschrak. Wieder stockte sie, bevor sie ausweichend sagte:

„Ja, ihr Sohn. Sie sind seit fast einem Jahr zerstritten.“, und nach einer winzigen Pause, in der sie ihren Chef unverwandt ansah, fuhr sie fort: „Irene hat seither nichts mehr von ihm gehört, aber jetzt ist er scheinbar wieder aufgetaucht und …“, sie brach ab und suchte nach Worten.

Eine Weile blieb es still im Raum. Dann sagte Andreas heiser:

„Ich glaube, wir brauchen beide jetzt einen starken Kaffee, und dann erzählen Sie mir alles, was Sie wissen.“

Als Andreas eine Stunde später das Büro verließ, war er völlig durcheinander. Nicht nur, dass ihn der Anruf von Irene Bauer in große Unruhe versetzt hatte, nun stellte sich auch noch heraus, dass seine Sekretärin seit Jahren mit eben dieser Irene befreundet war. Zufall? Wieso hatte sie nie darüber gesprochen?

Die Antwort war im Grunde ganz einfach. Weil Anna Bauer mit ihm niemals über ihr Privatleben gesprochen hatte, ebenso wenig, wie er mit ihr über seines. Er war ihr Chef und sie war seine Angestellte, nicht mehr und nicht weniger. So hatte er jedenfalls bis heute geglaubt und merkte nun, dass dies ein großer Fehler gewesen war.

Denn heute, endlich, hatten sie zum ersten Mal über Privates gesprochen, und Anna hatte ihm erzählt, wie Irene Bauer und sie sich vor vielen Jahren am Arbeitsplatz kennengelernt und angefreundet hatten. Irene war damals gerade nach einer kurzen missglückten Ehe geschieden worden und hatte einen Sohn, der bei ihren Eltern im Odenwald aufwuchs.

Weiter hatte sie ihm von den Schwierigkeiten berichtet, die Irene mit Paul hatte, als dieser älter wurde und in zweifelhaften Kreisen verkehrte. Dass sie deswegen schon lange Angst hatte, ihr Sohn könne kriminell werden. Eine Angst, die sich jetzt offenbar als begründet erwiesen hatte.

Wolf hatte stumm zugehört und Anna Weber nicht unterbrochen. Als sie endlich schwieg, hatte er sich gefragt, ob das wirklich alles war. Was wusste sie sonst noch? Was hatte Irene ihr außerdem erzählt? Über ihn und seine Rolle in diesem Drama? Plötzlich zweifelte er an ihrer Aufrichtigkeit.

Unscharfe, vergessen geglaubte Bilder tauchten in seiner Erinnerung auf. Das Gesicht der jungen Irene, ein Schulmädchen, das ihn, den angehenden Juristen, angehimmelt hatte. Eine Zeitlang hatte ihm das gefallen, aber als sie dann schwanger geworden war, hatte er die Affäre schnell beendet. Natürlich hatte er sich nicht lumpen lassen und ihr genügend Geld gegeben, um das Kind wegmachen zu lassen. Sogar einen Arzt hatte er aufgetrieben, der ihm diesen Gefallen tun wollte. Schade, dass die Geschichte nicht ein oder zwei Jahre später passiert war, dachte er zynisch, da hätte ich eine Menge Geld sparen können. Denn kurz darauf war der Paragraph 218 reformiert worden, und Abtreibungen waren seither mit ein bisschen Geschick legal und vor allem preiswerter zu haben.

Das alles lag nun schon bald drei Jahrzehnte zurück und hatte keine Bedeutung mehr, denn wie es jetzt schien, hatte sie damals gar nicht abgetrieben. Er hatte das Mädchen danach rasch vergessen. Jung und ehrgeizig war er gewesen, wollte ganz nach oben und war bereit, jeden Preis dafür zu zahlen...

Andreas Wolf versuchte sich zu erinnern. Wie war das gewesen, als Anna sich bei ihm vor Jahren auf seine Stellenanzeige bewarb? Hatte ihre Freundin Irene darüber Bescheid gewusst, dies am Ende sogar vorgeschlagen? Falls ja, was hatte sie damit bezweckt? Ihr Techtelmechtel lag schon eine Ewigkeit zurück, halbe Kinder waren sie damals gewesen. Die Schülerin und der Student. Lächerlich. Außerdem hatte sie sich ja offenbar recht schnell getröstet, als es vorbei war, und hatte geheiratet, wie Anna Weber erzählt hatte.

Und was war mit diesem verdammten Sohn? Gab es da wirklich einen Zusammenhang? Wieso war Anna Weber so sicher, dass er etwas mit Felix' Entführung zu tun hatte?

Irene Bauer würde ihm eine Menge erklären müssen. Aber zuerst musste er nach Hause fahren und mit Inka reden. Das war er ihr schuldig.

31

Seit dem frühen Morgen hatte Josef Weller mehrfach versucht, Arno anzurufen. Aber es lief nur die Mailbox. Verdammt, was war los? Er ahnte nicht, dass van Stetten seinem Enkel am Samstag im Jagdhaus das iPhone abgenommen und ihm dafür ein Kartenhandy für den Notfall dagelassen hatte.

Weller war am Sonntag auf Anweisung van Stettens nicht in seine Wohnung zurückgekehrt, sondern hatte sich in einer kleinen Pension in einem Frankfurter Vorort ein Zimmer genommen. Dort sollte er warten, bis sein Chef sich bei ihm meldete. So hatte die Order gelautet, und Josef hatte sich daran gehalten, nicht ahnend, dass die Polizei ihn bereits suchte. Das hatte ihm sein Chef verschwiegen. Gegen Mittag schaltete er den Fernseher ein, um sich abzulenken und erschrak, als auf dem Bildschirm sein eigenes Foto und ein Foto seines Autos samt Kennzeichen erschien und der Nachrichtensprecher eine Suchmeldung verlas, in der die Bevölkerung zur Mithilfe aufgefordert wurde.

Schlagartig wurde ihm klar, dass van Stetten ihn getäuscht hatte. Er würde sich nicht melden, weder heute noch später. Er wollte ihn einfach von Arno fernhalten und ihn die Suppe allein auslöffeln lassen. Wahrscheinlich würde er sogar dafür sorgen, dass die Polizei ihn ausfindig machte, um von Arno abzulenken. Verdammt.

Hatte Arno etwa seinem Großvater alles erzählt? Ihm die Wahrheit gesagt, auch über ihn? Das würde das Verhalten van Stettens erklären. Dann hätte sein Chef tatsächlich keinen Grund mehr, ihm aus der Patsche zu helfen. Er würde ihm nie verzeihen, dass er Arno Wolf für seinen Rachefeldzug missbraucht hatte.

Ein Glück, dass er den Firmenwagen hatte. Ein Paar neuer Nummernschilder würde sich schnell besorgen lassen. Er grinste. Der Schuppen im Jagdhaus war das beste Versteck für sein eigenes Auto, das er sich denken konnte. Nur durfte Arno nicht auf die Idee kommen, das Auto zu benutzen, dann würde alles auffliegen. Er musste unbedingt Arno erreichen und ihm das sagen. Warum ging er nicht ans Telefon?

Geld hatte er jetzt genug, schließlich hatte die Geldübergabe am Sonntag nicht stattgefunden. Er trug den Geldkarton in seiner Reisetasche mit sich herum und hatte nicht vor, ihn van Stetten zurückzugeben. Er holte die dunkelblaue Tasche aus dem Schrank, wo er sie unter einer zweiten Decke, die dort für kalte Nächte bereitlag, versteckt hatte. Er öffnete die Tasche und nahm den Geldkarton heraus, wobei er achtgab, dass er ihn nicht beschädigte, und ließ seinen Blick über die gebündelten Geldscheine - Fünfziger, Hunderter und Fünfhunderter – wandern. Niemals in seinem Leben hatte er so viele Geldbündel auf einem Haufen gesehen.

Vielleicht konnte er am Bahnhof in Darmstadt ein Schließfach mieten. Aber wenn die Polizei nach ihm suchte, würden sie vermutlich alle Bahnhöfe in der näheren und weiteren Umgebung beobachten. Das schied also aus.

Josef dachte angestrengt nach. Am besten wäre es natürlich, er würde sich sofort aus dem Staub machen. Warum teilen, wenn er alles haben konnte? Arno würde bei seinem Vater zu Kreuze kriechen und Abbitte leisten, und van Stetten würde seine Beziehungen spielen lassen, damit sein Enkel mit einem blauen Auge davonkäme. Was aus ihm wurde, war im Grunde allen egal. So war es eben. Die Reichen fanden stets ein Schlupfloch, durch das sie in ihren warmen Bau zurückkriechen konnten. Die anderen wurden gejagt. Heiß schoss eine Welle von klebrigem, ekelhaft schmeckendem Hass und bitterer Galle in ihm hoch. Hass, der, seit er denken konnte, sein Leben vergiftet hatte.

Rache hatte er gewollt und ein Stück vom großen Kuchen dazu. Das war sein Ziel gewesen, aber jetzt, wo er es fast erreicht hatte, wollte sich keine Freude bei ihm einstellen. Blut ist eben dicker als Wasser. Der Gedanke an Arno ließ ihn nicht los, so sehr er sich auch innerlich dagegen sträubte. Der saß jetzt im Jagdhaus und wartete auf ihn. Verdammt, verdammt, verdammt. Was sollte er bloß machen?

Endlich fasste er einen Entschluss. Er schaltete den Fernseher aus und sah sich im Zimmer um, ob er etwas vergessen hatte. Dann steckte er ein Bündel Fünfziger in seine Jackentasche, verschloss den Geldkarton wieder und packte ihn zurück in seine

Reisetasche. In der Seitentasche erfühlte er die Umrisse der Walther Pistole, das gab ihm ein gutes Gefühl. Sein Chef würde sie so schnell nicht vermissen. Die Jacke legte er obenauf, schaltete danach sein Diensthandy kurz ein und notierte alle seit gestern eingegangenen Anrufe, bevor er den Speicher und alle Kontaktdaten löschte. Ein Teilnehmer mit unbekannter Rufnummer war besonders hartnäckig gewesen und hatte seit den frühen Morgenstunden mehrfach versucht, ihn zu erreichen. Er würde sich später darum kümmern.

Er hängte sich die Tasche über, warf noch einen letzten prüfenden Blick in die Runde und verließ den Raum.

Die Pensionsrechnung bezahlte er in bar. Bevor er ins Auto stieg, holte er aus dem Werkzeugkoffer im Kofferraum einen Hammer, blickte sich vorsichtig um und zertrümmerte mit ein paar raschen kräftigen Schlägen das Handy. Die Einzelteile warf er in einen Gully. In einem nahe gelegenen Electronic-Shop erstand er ein neues Smartphone mit einer Prepaid-Karte, bevor er sich auf den Weg machte.

32

Bei den Wolfs stand das Telefon nicht still. Seit dem frühen Morgen riefen Verwandte, Nachbarn, Freunde, Eltern von Felix' Schulkameraden an und auch einige Zeitungsredaktionen und Journalisten, die über den Fall berichten wollten.

Felix wich nicht von Inkas Seite und verfolgte mit großen Augen, wenn seine Mutter oder seine Großmutter telefonierten. Er war mächtig stolz auf die Aufmerksamkeit, die man ihm entgegenbrachte und hätte am liebsten jedem Anrufer selbst von seinem ‚Abenteuer' berichtet. Keine Spur mehr von Angst, so schien es wenigstens. Am liebsten wäre er sogar schon am nächsten Tag wieder in die Schule gegangen, um sich von den Klassenkameraden bestaunen zu lassen. Aber das hatten die Eltern nach Rücksprache mit dem Kinderarzt und der Polizeipsychologin nicht zugelassen. Ihr Sohn brauchte jetzt erst einmal Ruhe und die Vertrautheit seiner häuslichen Umgebung.

Nachdem Inkas Mutter sich am späten Vormittag von Tochter und Enkel verabschiedet hatte, um nach Hause zu fahren, hatte Inka das Telefon ausgeschaltet, und endlich war Ruhe eingekehrt. Sie hatten zu Mittag gegessen, und jetzt war Felix oben in seinem Zimmer, hatte aber seine Tür im Gegensatz zu sonst weit offengelassen.

Endlich konnte sie sich eine kurze Auszeit gönnen. Sie atmete tief durch und ließ sich auf die kleine Couch in ihrem Arbeitszimmer fallen, das neben dem Kinderzimmer lag. Durch die offene Tür beobachtete sie den Jungen, wie er an seinem Kindercomputer saß und vor sich hin plapperte, während er gefährliche Monster malte, die sich gegenseitig bekämpften. Sie musste unwillkürlich lächeln. Wie gut, dass Kinder so schnell vergessen können, dachte sie.

Seit er den Computer zum letzten Geburtstag von den Eltern geschenkt bekommen hatte, war kein Tag vergangen, an dem er nicht damit ‚gearbeitet' hatte, wie er das nannte. Inka achtete streng darauf, dass er nicht zu lange vor dem Bildschirm saß. Heute war sie allerdings bereit, ein Auge zuzudrücken und nicht auf die Uhr zu schauen, weil sie sicher war, dass Felix mit Hilfe seiner Videos und Spielprogramme, der Hörbox und vor allem des Malprogramms die Ängste der vergangenen Woche schneller überwinden würde. Es schien, als sollte sie damit recht behalten.

Das Malprogramm liebte Felix am meisten. Er konnte damit freihändig farbige Linien, Kreise und Kurven, sogar Figuren auf dem Bildschirm zeichnen und sie genau so umstandslos wieder entfernen. Vor kurzem hatten sie in der Schule angefangen, die Kinder zur Abwechslung mal auf den Schulcomputern zeichnen zu lassen statt auf Papier. Eine großzügige Spende aus der Elternschaft hatte das möglich gemacht. Deshalb hatte Andreas erst kürzlich zu Hause das gleiche Programm für Felix installiert.

Eigentlich toll, dachte Inka, wie schnell und mühelos Kinder heutzutage den Umgang mit moderner Technik lernten. Wenn sie dagegen an ihre eigene Kindheit dachte. Das Internet war damals reine Zukunftsmusik. Sie musste lächeln.

Wo nur Andreas blieb? Er war am Morgen auf einen Sprung ins Büro gefahren, um nach der Post zu sehen. So hatte er jedenfalls gesagt. Eigentlich hätte er längst zurück sein müssen. Wenn sie an ihn dachte, fühlte sie sich elend. Die Ereignisse der vergangenen Tage hatten tiefe Spuren bei ihr hinterlassen.

Es war nicht nur die Angst um Felix gewesen, die sie fast umgebracht hatte, sondern noch etwas anderes, ein dumpfes Gefühl quälender Einsamkeit, das an ihr nagte und sie quälte. Nicht erst seit Felix' Verschwinden, nein, es hatte schon früher angefangen. Seit wann wusste sie, dass in ihrer Ehe etwas nicht stimmte? Dass sie sich innerlich von Andreas immer weiter entfernte? Oder er von ihr? Seine Lieblosigkeit in den vergangenen Tagen, als sie ihn so sehr gebraucht hätte, hatte sie tief verletzt.

Draußen war es drückend heiß. Inka hatte am Morgen im ganzen Haus die Rollläden halb heruntergelassen und die Markise auf der Terrasse ausgefahren. Sie schwitzte, ihre Haut fühlte sich klebrig an. Seltsam, die ganze Zeit über war ihr die brütende Hitze gar nicht aufgefallen. Wie gut, dass die Sommerferien vor der Tür standen.

Sie wurde sich plötzlich der vollkommenen Stille bewusst, die über dem Haus lag. Zum ersten Mal seit Tagen war es um sie herum ganz still. Kein Straßenlärm, das ganze Viertel lag unter der Hitzeglocke wie ausgestorben. Kein Radio lief, Andreas hatte es gestern Mittag ausgestellt, als er die Fahndungsmeldungen nicht mehr ertragen hatte, und dabei war es geblieben. Kein Fernsehen, keine Polizisten mehr, die sich im Flüsterton unterhielten, um sie nicht zu stören.

Inka musste an ihre Mutter denken. Wäre die nicht gewesen, sie hätte nicht gewusst, wie sie die Tage des quälenden Wartens durchgestanden hätte. Regina Gottwalds bloße Anwesenheit hatte dazu beigetragen, dass die ohnehin angespannte Situation im Haus während der vergangenen Tage nicht eskaliert war. Ruhig und unauffällig hatte sie sofort nach ihrer Ankunft in Haus und Küche das Regiment übernommen und Inka damit entlastet. Sie war stets im richtigen Moment mit Trost und Rat für jeden zur Stelle gewesen, hatte dafür gesorgt, dass Tag und Nacht Tee oder Kaffee und ein Imbiss für alle bereitstand. Sie hatte den eigenen Kummer und die Angst um ihren Enkel tapfer unterdrückt, um es Tochter und Schwiegersohn leichter zu machen. Und sie war Andreas aus dem Weg gegangen, was Inka ihr hoch anrechnete.

Inka wusste, dass ihre Mutter nicht sehr gut auf Andreas zu sprechen war. Die beiden gerieten häufig aneinander, was im Laufe der Zeit dazu geführt hatte, dass Gottwalds nicht mehr so oft zu ihnen nach Frankfurt kamen. Sie waren damals gegen diese Ehe gewesen und hielten Andreas für einen Blender.

„Mami, ich habe Durst. Kann ich `ne Cola haben?“

Inka schrak aus ihren Gedanken auf. Felix war unbemerkt hereingekommen.

„Du weißt doch, dass du keine Cola trinken sollst. Apfelsaft ist gesünder, darüber haben wir oft genug gesprochen“, antwortete Inka lächelnd und strich ihm über das Haar.

„Aber warum haben wir nie Cola?“, quengelte er, „Blacky hatte ganz viele Büchsen in seinem Kühlschrank.“

Es schien, dass der Alltag allmählich wieder Einzug in ihrem Leben hielt. Aber „Cola“ war wohl das Stichwort gewesen, denn plötzlich lief Felix an ihr vorbei nach nebenan, kam nach kurzer Zeit wieder und zog den Harlekin am Arm hinter sich her.

Inka hatte am Sonntagabend versucht, Felix die verschmutzte Stoffpuppe wegzunehmen. Aber er hatte sofort lautstark protestiert, so dass sie es aufgegeben hatte. Sie nahm sich vor, den Harlekin einfach demnächst in die Waschmaschine zu stecken und gründlich zu säubern, falls Felix ihn wirklich behalten wollte. Sie hatte begriffen, dass Felix diesen ‚Gefährten‘ in seinem Gefängnis dringend gebraucht hatte und ihn wahrscheinlich auch jetzt noch eine Weile brauchen würde, um die Dämonen aus seinem Kopf zu vertreiben. Felix bestritt das allerdings energisch.

Vielleicht würde die Kinderpsychologin, die morgen kommen sollte, durch geschicktes Fragen herausfinden, was es mit der bunten Puppe auf sich hatte. Wie sie überhaupt in Felix’ Besitz gelangt war. Denn ihre, Inkas, Fragen danach hatte Felix nur ausweichend beantwortet.

Gerade wollte sie sich auf den Weg in die Küche machen, um etwas zu trinken für den Jungen zu holen, als das Telefon im Arbeitszimmer klingelte. Sie fuhr erschrocken zusammen. Stimmt, sie hatte den Apparat vorhin wieder eingeschaltet in der Hoffnung, dass Andreas sich melden würde. Schnell ging sie nach nebenan, griff nach dem Hörer und meldete sich. Falsch verbunden. Wo nur Andreas blieb?

Ein paar Minuten später läutete das Telefon wieder. Diesmal war es Hauptkommissar Becker, der ihren Mann dringend sprechen wollte.

„Er ist bis jetzt nicht zu Hause, ich weiß nicht, wo er bleibt. Aber ich sage ihm, dass er Sie anrufen soll, sobald er da ist.

„Gut, ich muss unbedingt heute noch mit ihm sprechen. Er geht nicht an sein Handy. Ich habe Neuigkeiten für ihn. Es ist wirklich wichtig."

„In Ordnung. Ich sage es ihm. Was denn für Neuigkeiten?"

„Tut mir leid, ich muss jetzt auflegen. Ich bin sehr in Eile. Alles andere später, wenn Ihr Mann zu Hause ist."

Warum konnte er denn nicht mit ihr reden? Inka war plötzlich hellwach. Was verheimlichte Becker ihr? Seine Stimme hatte so förmlich geklungen.

Kurz darauf hörte sie Andreas' Auto kommen. Sie wunderte sich, denn er fuhr nicht in die Garage, sondern ließ den Wagen in der Einfahrt stehen.

Kurz darauf stand er in der Diele. Er machte einen angespannten Eindruck.

„Hat Hauptkommissar Becker angerufen?“, waren seine ersten Worte, als sie auf ihn zukam, um ihn zu begrüßen. Er küsste sie flüchtig.

„Hallo Andreas. Ja, hat er. Er lässt dir ausrichten, dass du ihn so schnell wie möglich zurückrufen sollst.“

„Gut, später. Ich muss gleich nochmal weg. Ich sage nur eben Felix schnell Hallo und bin gleich bei dir. Ist er oben?“

Inka nickte und sah ihm nach. Nach kurzer Zeit kam er wieder herunter. In der Hand trug er den Harlekin. Inka schaute verwundert auf die Puppe in seiner Hand.

„Warum hast du Felix den Harle…“,

‚den Harlekin weggenommen‘ wollte sie sagen, aber er unterbrach sie.

„Setz dich bitte, wir müssen reden.“

Inka merkte, wie Angst in ihr hochkroch. Trotz der Hitze fröstelte sie. So bestimmt und kurz angebunden hatte sie ihren Mann selten erlebt. Er sprach leise und sehr konzentriert, aber sein Gesicht zuckte. Er wich ihrem Blick aus, und seine Augen flackerten.

„Ich habe Durst. Ich hole uns schnell was zu trinken.“

Sie wollte Zeit gewinnen. Während sie in die Küche ging, Mineralwasser und zwei Gläser holte, überlegte sie fieberhaft. Hatte die Polizei Arno verhaftet? War es das, was ihren Mann sichtlich mitnahm? Noch ehe er anfing zu reden, spürte sie die Spannung, die in der Luft lag. Wichtige Gespräche führten sie sonst nur am Abend, wenn Felix im Bett war, niemals tagsüber.

Andreas öffnete die Flasche, goss Mineralwasser in die beiden Gläser und leerte seines in einem Zug. Dann atmete er tief durch und sagte:

„Was ich dir jetzt erzählen werde, wird dir nicht gefallen. Aber es hat mit uns und unserem gemeinsamen Leben nicht das Geringste zu tun, das musst du mir bitte glauben."

Inka schaute ihn unverwandt an, sagte aber nichts.

„Mich hat vorhin eine alte Freundin angerufen, die du auch von früher kennen müsstest. Irene Bauer, erinnerst du dich an sie? Sie hat die gleiche Schule besucht wie wir alle, du, Thomas und ich, und müsste etwa der gleiche Jahrgang sein wie du, oder vielleicht ein Jahr älter?"

Inka überlegte.

„Ich weiß nicht, das ist so lange her. Was ist mit ihr?"

„Irene Bauer hat damals nach der zehnten Klasse die Schule abgebrochen. Erinnerst du dich wirklich nicht?"

Inka dachte krampfhaft nach, versuchte sich zu erinnern, und plötzlich war die Vergangenheit wieder da, so lebendig, als wäre es gestern gewesen. Die sechzehnjährige blonde Irene aus der Parallelklasse, von der es hieß, sie hätte einen festen Freund, einen Studenten. Das Getuschel auf dem Schulhof, und dann von einem Tag auf den anderen war sie plötzlich verschwunden. Angeblich war sie schwanger…

„Und diese Irene hat dich angerufen? Was wollte sie nach all den Jahren?", fragte Inka erstaunt.

„Ich war damals schon nicht mehr an der Schule, sondern bereits im vierten Semester an der Uni. Deshalb konntest du dich nicht an mich erinnern, als wir beide uns später wiederbegegnet sind, weißt du noch?“

Irene Bauer, schwanger, Andreas Student, viertes Semester. Plötzlich begriff sie, was ihr Mann ihr sagen wollte. Deshalb also seine Nervosität, seine Unruhe. Inka begann zu zittern und flüsterte:

„Sie war schwanger von dir? Nicht wahr, das stimmt doch? Und jetzt habt ihr euch wiedergetroffen und festgestellt, dass ihr euch immer noch mögt?“

„Um Himmels willen, nein, natürlich nicht. Wie kommst du denn darauf?“, antwortete Andreas fassungslos, als er merkte, dass Inka ihn total missverstanden hatte.

„Ja, sie war schwanger von mir, aber wir haben beschlossen, dass sie das Kind abtreiben lässt. Ich habe ihr Geld gegeben und einen Arzt besorgt und danach nie mehr etwas von ihr gehört bis gestern. Das musst du mir glauben.“

Inka war erleichtert. Es ging also nicht um sie beide und um ihre Ehe. Das andere war so lange her und hatte nichts mit ihrem Leben heute zu tun. Aber warum erzählte er ihr das alles?

„Irene hat aber damals das Kind nicht abgetrieben, sondern es bekommen. Ich weiß das auch erst seit heute. Sie hat es mir damals nie gesagt. Auf der Geburtsurkunde steht *Vater unbekannt*. Es war … ist … ein Sohn, er heißt Paul, genau genommen Paul-Josef nach ihrem Vater. Später hat sie geheiratet. Ihr Mann hat Paul adoptiert. Irene hat sich aber bald wieder scheiden lassen. Ihr Sohn ist heute neunundzwanzig und führt ein unstetes Leben. Treibt sich mit Kriminellen und in Spielerkreisen herum und hat bisher nie richtig gearbeitet."

„Aber warum erzählst du mir das alles? Warum gerade jetzt?", wunderte sich Inka. Sie schaute ihren Mann unsicher an.

„Oder hat das am Ende … mein Gott, so sag doch … hat das irgendetwas mit Felix' Entführung zu tun? … Andreas, bitte, sag endlich etwas."

Wolf schwieg und vermied ihren Blick.

„Also ja!"

Inkas Nerven lagen blank. Panik war in ihr und Zorn, unendlicher Zorn, als Andreas ihr dann in nüchternen Worten erklärte, dass Irene Bauer vor einem Jahr nach einem entsetzlichen Streit mit ihrem Sohn diesem die Wahrheit gesagt und ihm den Namen seines leiblichen Vaters genannt hatte, nachdem er sie bedroht und darauf bestanden hatte.

Dass dieser Sohn Paul sich danach offenbar auf die Suche nach ihm, seinem Vater, begeben hatte, und sich an ihm rächen wollte. Dass es ihm irgendwie gelungen war, sich an Arno heranzumachen und sich mit ihm zu verbünden. Die beiden hatten, wie es schien, die Entführung gemeinsam inszeniert. Seit Felix´ Befreiung waren sie verschwunden und wurden von der Polizei gesucht.

Das Sprechen fiel Andreas sichtlich schwer.

„Als Irene gestern Abend auf dem Fahndungsfoto der Polizei ihren Sohn erkannte, hat sie sofort zwei und zwei zusammengezählt und zuerst Anna Weber und heute Morgen mich angerufen."

„Wieso Anna Weber?"

„Das ist wirklich ein unglaublicher Zufall. Die beiden sind seit Jahren befreundet, aber Anna wusste bis vor kurzem nicht, dass Irene und ich uns kennen. Mehr weiß ich selbst noch nicht, das musst du mir glauben. Deshalb muss ich nach Darmstadt und mit ihr reden."

Als Andreas geendet hatte, blieb Inka lange stumm. Die Stille zwischen ihnen wurde immer unerträglicher, bis sie sich endlich räusperte und mit belegter Stimme sagte:

„Das heißt also, Felix' Entführung war ein Racheakt deiner beiden anderen Söhne, die uns alle tagelang in Todesangst versetzt haben, nur um dich zu bestrafen?"

Sie wich zurück, als ihr Mann aufstand und zu ihr herüberkam, und sah ihn mit schmerzerfüllten Augen an.

„Ich wünschte, die Polizei hätte die beiden schon, damit man sie hinter Gitter bringen kann, wo sie hingehören. Und zwar alle beide – deine fabelhaften Sprösslinge."

Ihre Stimme war voller Bitterkeit.

„Bitte, Inka, so hör doch …"

„Hast du wirklich keine Ahnung, wo Arno und vermutlich auch dieser andere saubere Sohn jetzt sind?"

„Ich habe so eine Ahnung. Es gibt ein Gästehaus im vorderen Odenwald, das Arnos Großvater gehört. Deshalb werde ich später auch Kommissar Becker anrufen. Aber vorher muss ich nach Darmstadt zu Irene fahren. Sie erwartet mich. Ich muss ihr den Harlekin zeigen. Ich glaube … falls sie ihn erkennt, dann … Es … es …ist alles so schrecklich, verzeih mir bitte.“

Seine Stimme war zum Schluss immer leiser geworden.

Inka stand wortlos auf und ging zur Treppe. Sie bewegte sich wie in Trance, als sie langsam Schritt für Schritt die Stufen emporstieg. Oben angelangt drehte sie sich noch einmal um. Ihre Stimme klang unendlich müde, als sie sagte:

„Dann fahr jetzt endlich und lass mich in Ruhe. Ich muss nachdenken.“

Mit diesen Worten ging sie in ihr Zimmer, ohne sich ein einziges Mal umzudrehen.

33

Heute war Montag. Für Arno Wolf war es der dritte Tag, den er im Jagdhaus festsaß. Es war wie ein Albtraum, der kein Ende nehmen wollte. Das machte ihn rasend. Auf was hatte er sich bloß eingelassen. Am schlimmsten waren die Ungewissheit und die Einsamkeit hier oben. Er war es nicht gewohnt, tagelang allein zu sein. Ihm fehlten seine Freunde, seine vertraute Umgebung, und er vermisste die gewohnten Hilfsmittel – Smartphone, Laptop, Internet – mit denen er sich sonst die Zeit vertrieb, so oft ihm danach war. Gestern Abend hatte er seinen vorletzten Joint geraucht.

Um sich abzulenken, hatte er angefangen, den großväterlichen Bücherschrank nach Büchern zu durchstöbern, mit denen er etwas anfangen konnte. Aber außer Jagdliteratur und einigen Klassikern, die ihm aus der Schulzeit vertraut waren, fand er dort nicht viel. Schließlich hatte er sich in Goethes ‚Italienische Reise' vertieft und zu seinem Erstaunen sogar Gefallen daran gefunden. Die Weinvorräte seines Großvaters halfen ihm dabei.

Sie hatten ihn alle im Stich gelassen. Van Stetten ließ nichts von sich hören, und Josef hatte sich vermutlich längst mit dem Geld aus dem Staub gemacht. Josef, den er bewundert und dem er vertraut hatte. Pah, Familienbande, was waren sie wert, wenn es darauf ankam?

Arno war auf Vermutungen angewiesen, und seine Gedanken überschlugen sich, seit die Meldung von Felix' Befreiung im Fernsehen gebracht worden war und er danach die wiederholten Suchmeldungen der Polizei in Funk und Fernsehen verfolgt hatte. Sie fahndeten also jetzt nicht nur nach ihm, sondern auch nach Josef, seit Schwarzberg in Untersuchungshaft saß. Der hatte also tatsächlich alles verraten, um den eigenen Hals zu retten. Es war sicher nur noch eine Frage der Zeit, bis die Polizei vor der Tür stand.

Panik ergriff mehr und mehr von ihm Besitz. Er hatte genug von allem, wollte so schnell wie möglich nach Hause, alles erklären, den Vater, seine Mutter und natürlich Inka und Felix um Verzeihung bitten, am liebsten alles ungeschehen machen. Was sollte er tun? Plötzlich kam ihm ein Gedanke. Das Auto. Josefs Auto stand im Schuppen, und der Schlüssel steckte. Aber nein, das ging nicht. Die Polizei hatte das Autokennzeichen. Die nächstbeste Streife würde ihn auf der Straße anhalten und festnehmen.

Was war mit dem Notfallhandy? Dass er nicht gleich daran gedacht hatte. Sein Großvater hatte ihm doch das Kartentelefon gegeben. Er musste es einfach riskieren. Er wählte Josefs Nummer. Keine Antwort, nur die Mailbox. Das iPhone van Stettens war ausgeschaltet, und unter seiner Büronummer meldete sich die Sekretärin, so dass er erschrocken den Aus-Knopf drückte.

Arno überlegte fieberhaft. Er wollte nicht länger warten, aber er konnte nicht einfach den Berg hinunter in den Ort oder zur nächsten Bushaltestelle laufen. Jemand könnte ihn anhand des Fahndungsfotos erkennen. Das Gleiche galt, wenn er versuchte, per Anhalter zu fahren.

Nein, ihm blieb nur das Auto. Er lief ums Haus herum in den Schuppen. Er musste die Kennzeichen unkenntlich machen. Wenigstens das hintere. Dann kam ihm eine bessere Idee. Dazu musste es allerdings dunkel sein. Er beschloss, auf den Abend zu warten und es dann zu riskieren. Um sich abzulenken, lief er ein paar Runden, hielt sich aber in der Nähe des Grundstücks.

Es war bereits gegen Mittag, als Arno durch das geöffnete Fenster des Hauses das Schrillen seines Notfallhandys hörte. Verdammt, er hatte es auf dem Tisch im Jagdzimmer liegen gelassen. Er machte sofort kehrt, aber es war zu spät. Die Verbindung war bereits unterbrochen, als er mit großen Schritten durch die Diele ins Zimmer gerannt kam. Er sah auf die Anruferliste: Fremde Nummer, unbekannter Teilnehmer. Hastig drückte er die Rückruftaste und hörte Sekunden später die vertraute Stimme. Er atmete tief durch.

„Josef, Gottseidank, endlich. Seit heute früh versuche ich, dich zu erreichen. Was ist das für eine fremde Nummer, von der du anrufst? Ist dein Handy kaputt? … Ach so, heute Morgen schon … Woher hast du überhaupt die Nummer von meinem Notfallhandy? … Aus deiner Anruferliste? Klar. Wo bist du überhaupt?“

Josef lachte leise.

„Keine Sorge, mein Alter, ich bin auf dem Weg zu dir. Dann beantworte ich deine Fragen und erkläre dir alles. Bist du soweit okay?"

Arno fiel ein Stein vom Herzen.

„Nichts ist okay. Aber darüber reden wir, wenn du hier bist."

Eine halbe Stunde später hörte Arno das Geräusch eines Autos und kurz darauf das Klappen der Autotür. Er rannte zur Tür und öffnete.

Die Privatvilla Heinrich van Stettens in Bad Homburg liegt hinter dem Kurpark mit Blick auf die Tennisplätze. Sie ist gesichert wie eine Festung, die videoüberwachte Alarmanlage wird nie ausgeschaltet, und das große schmiedeeiserne Tor öffnet und schließt automatisch.

Als es am Abend geläutet hatte und van Stetten auf dem Überwachungsmonitor hinter dem schweren eisernen Tor die Silhouette eines dunklen Wagens und hinter dem Steuer das bleiche Gesicht seines Enkels Arno erkannte, erschrak er. Er musste sich eingestehen, dass er die Situation völlig falsch eingeschätzt hatte.

Josef Weller, der ihm zuerst sein Geld zurückbringen und danach Arno im Jagdhaus abholen und zu ihm bringen sollte, war verschwunden und hatte sich bisher nicht gemeldet. Er musste davon ausgehen, dass dieser miese kleine Ganove sich im Alleingang davongemacht hatte. Vielleicht ließ sich über seine Mutter herausfinden, wo er steckte. Aber das war Sache der Polizei, darum würde er sich morgen kümmern.

Jetzt saß erst einmal sein Enkel, der eigentlich in Alsbach sein sollte, in einem van Stettenschen Firmenwagen vor seiner Einfahrt, in dem Firmenwagen, mit dem eigentlich Josef kommen sollte. Van Stetten betätigte den Toröffner, und der Wagen rollte über die hell erleuchtete Auffahrt direkt bis zur Garage im seitlichen Anbau. Als er die Haustür öffnete, fiel ihm Arno fast entgegen und keuchte:

„Licht aus, Großvater, bitte. Kann ich das Auto in die Garage fahren? Schnell."

Augenblicke später waren das Auto in der großen Doppelgarage und Arno mit seinem Großvater im Haus verschwunden. Das Grundstück lag in völliger Dunkelheit, nur durch die geschlossenen Vorhänge im Erdgeschoss schimmerte schwaches Licht.

34

Am Dienstagmorgen machte Gustav Ebermann, der Hausverwalter des van Stettenschen Jagdhauses in Alsbach, eine grausige Entdeckung. Als er gegen zehn Uhr seinen wöchentlichen Kontrollgang über das Grundstück machte, fand er die Haustür angelehnt. Sie ließ sich nur halb öffnen, und als er eintrat, sah er entsetzt, dass ein Mann regungslos in der Diele auf dem Boden lag. Sein Mund stand weit offen, ein Bein war angewinkelt, die Arme ausgestreckt. Der Kopf des Mannes und sein Oberkörper waren blutüberströmt, neben seiner rechten Hand lag eine Pistole auf dem Boden. Überall war Blut. Fliegen summten durch den Raum, ein paar hatten sich auf dem Gesicht des Toten niedergelassen. Dass der Mann tot war, daran bestand kein Zweifel.

Er fuhr entsetzt zurück und sah sich um. Die Tür zum Jagdzimmer stand offen, auf dem Esstisch standen benutztes Geschirr, zwei leere Weinflaschen und ein halbvoller Aschenbecher. Ein Stuhl war umgefallen, zwei andere zurückgeschoben. Alles deutete darauf hin, dass sich mehrere Personen dort aufgehalten hatten. In der Küche tropfte der Wasserhahn, neben der Spüle stand eine Pfanne mit verbrannten Essensresten.

Ebermann zitterte am ganzen Körper. Ihm war übel. Die Luft war zum Ersticken, und er hatte Angst, sich übergeben zu müssen. Sein erster Gedanke war, dass er sofort seinen Chef anrufen musste. Nein, besser zuerst die Polizei. Er sah sich um, lief zum rückwärtigen Hauseingang und verließ das Haus fluchtartig. Nicht um alles in der Welt wäre er jetzt durch die Vordertür nach draußen gegangen. Er rannte ums Haus zurück zu seinem Auto und atmete erst einmal tief durch. Die frische Luft tat ihm gut. Dann holte er sein Mobiltelefon mit zitternden Fingern aus der Handschuhablage und tippte die Notrufnummer ein. Als die Beamten der Heppenheimer Polizei wenige Minuten später eintrafen, saß er zusammengesunken hinter dem Steuer seines Wagens und starrte auf die Haustür. Sein Gesicht war grau. Er wies den Beamten den Weg, war aber nicht dazu zu bewegen, das Haus noch einmal zu betreten.

Der Notarzt, der zusammen mit dem Kriminaldauerdienst, am Tatort eingetroffen war, folgte den Beamten ins Hausinnere und erkannte sofort, dass er zu spät kam. Er konnte nur noch den Tod des Mannes feststellen.

Kurz darauf wimmelte es rund um das Grundstück von Polizisten, die das Gelände absperrten, den Tatort sicherten und sich im Haus umsahen. In der Gesäßtasche des Toten fanden sie eine Brieftasche mit Papieren, die ihn als Dr. Andreas Wolf aus Frankfurt auswiesen. Eine erste Untersuchung durch den Gerichtsmediziner ergab, dass eine Kugel durch den Unterkiefer des Mannes ins Gehirn gedrungen und dort steckengeblieben war. Eine zweite hatte die Brust durchschlagen und wurde später im Türrahmen sichergestellt. Wolf musste auf der Stelle tot gewesen sein.

Die Ausweispapiere des Toten übergab man Stefan Wagner, Kriminaloberkommissar beim Polizeipräsidium Südhessen in Darmstadt, der sofort zum Tatort gerufen worden war. Er nahm sie an sich und stutzte. Dr. Andreas Wolf, Rechtsanwalt aus Frankfurt. Dr. Wolf. Den Namen hatte er doch kürzlich gerade erst … War das nicht der Vater des Jungen, der in der vergangenen Woche in Frankfurt entführt worden war? Er musste sofort die Kollegen in Frankfurt anrufen.

Wenige Minuten später wusste er, dass er sich nicht getäuscht hatte. Hauptkommissar Becker, Leiter der Abteilung K 11 in Frankfurt, bestätigte dies. Kein Zweifel, dass es einen Zusammenhang geben musste. Stefan Wagner hatte den Frankfurter Kollegen kurz informiert, der ihm versprach, am Nachmittag zu kommen, um den Tatort zu besichtigen und die Ermittlungsergebnisse abzugleichen. Becker würde es übernehmen, die Familie des Toten zu benachrichtigen.

Damit war die Zuständigkeit geklärt, die Frankfurter würden den Fall übernehmen. Dies wurde vom zuständigen Staatsanwalt aus Darmstadt bestätigt, der eine halbe Stunde später ebenfalls eintraf. Der junge Oberkommissar fühlte sich erleichtert, dass er die Verantwortung teilen, wenn nicht sogar abgeben konnte. Er war noch nicht lange bei der Mordkommission und hatte vorher meistens nur mit Delikten wie Einbrüchen, Diebstählen, Körperverletzung und kürzlich mit einem größeren Raubüberfall auf eine Tankstelle zu tun gehabt. Wagner war ein kleiner, kräftiger Mann mit einem runden, fast kindlichen Gesicht, dem man nicht ansah, dass sich hinter seiner Stirn ein messerscharfer Verstand verbarg. Er war Mitte dreißig und sehr ehrgeizig. Mit der nötigen Erfahrung würde er sicher einmal ein guter Kriminalist werden.

Inzwischen waren die Forensiker dabei, das Haus auf Spuren und Hinweise zum Tathergang zu untersuchen. Sie hatten die Pistole sichergestellt und festgestellt, dass aus ihr geschossen worden war. Es fehlten zwei Kugeln. Die ballistische Untersuchung ergab später, dass die Schüsse unmittelbar nacheinander aus einer Entfernung von ungefähr zwei Metern abgefeuert worden waren. Selbstmord schied also aus. Bei der Waffe handelte es sich um eine Walther P8C Pistole, Kaliber 9x19 Millimeter, die keinen Sicherungshebel hatte. Sie war auf den Namen Heinrich van Stetten eingetragen, der einen Waffenschein besaß.

Der Notarzt und ein Rettungssanitäter bemühten sich um Gustav Ebermann. Er stand unter Schock und weigerte sich standhaft, noch einmal ins Haus zurückzugehen. Sie gaben ihm eine Beruhigungsspritze und setzten ihn für eine erste Befragung in den Krankenwagen. Dort traf ihn der Darmstädter Oberkommissar an. Er stellte sich vor und versuchte behutsam, den sichtlich geschockten Mann zum Reden zu bringen.

„Guten Tag. Bleiben Sie sitzen. Ich bin Oberkommissar Stefan Wagner und leite die Ermittlungen vor Ort. Fühlen Sie sich imstande, mir einige Fragen zu beantworten?"

Ebermann nickte.

„Sie sind Gustav Ebermann und arbeiten als Verwalter für den Besitzer des Anwesens. Ist das richtig?"

Ebermann nickte. Das hatte er doch alles schon dem Arzt und den Sanitätern gesagt.

„Wem gehört das Haus?"

„Herrn van Stetten … Er wohnt in Bad Homburg, aber seine Firma ist in Frankfurt. Ich … ich muss … ihn unbedingt anrufen."

Wagner nickte.

„Später. Steht das Haus leer, oder ist es regelmäßig bewohnt?"

„Nein, nicht regelmäßig. Nur wenn Herr van Stetten Gäste hat. Früher hat die Familie hier oft Urlaub gemacht."

„Kennen Sie den Toten? Haben Sie ihn schon einmal gesehen?"

„Nnnein … jaaa … ich weiß nicht genau. Ich konnte das Gesicht nicht richtig erkennen. Da war so viel Blut. Ich glaube, es ist Dr. Wolf, der Ex-Schwiegersohn von Herrn van Stetten, aber das kann ja nicht sein."

„Warum nicht?"

„Weil die Wolfs schon viele Jahre geschieden sind und er seither nie mehr hier war. Das hätte Herr van Stetten nicht erlaubt."

„Gut, dann sagen Sie mir jetzt, warum Sie heute Morgen hergekommen sind? Kontrollieren Sie das Haus regelmäßig? Wie oft? Hat sich in den vergangenen Tagen jemand hier aufgehalten? Wann waren

Sie zuletzt hier?“

Stockend berichtete Ebermann, dass van Stetten ihn letzte Woche angerufen hatte, um anzukündigen, dass am Wochenende Gäste ins Haus kämen. Deshalb sollte er nach dem Rechten sehen. Seine Frau sollte eines der Gästezimmer richten, das Bett beziehen und den Lebensmittelvorrat ergänzen.

„Der Chef macht das immer so. Er oder seine Sekretärin rufen an, bevor jemand kommt, und sagen uns Bescheid.“

„Dann waren Sie also letzte Woche schon einmal hier?“

„Ja, am Freitag.“

„Und warum heute?“

„Weil der Chef … also weil er gesagt hat, dass die … die Gäste am Montag … wieder abreisen. Ich wollte … nachsehen, ob das Haus ordentlich abgeschlossen ist und … und dass kein Fenster offensteht. Außerdem … ich … musste ich die Stromsicherungen wieder herausdrehen … So mache ich das immer.“

Er sprach abgehackt und schleppend. Seine Stimme wurde immer leiser. Sicher war das die Wirkung der Spritze. Der Kommissar merkte, dass der Mann völlig erschöpft war und beendete die Befragung.

„Gut, Herr Ebermann, ich lasse Sie jetzt nach Hause bringen, damit Sie sich ausruhen können. Ein Kollege wird Sie fahren. Sie müssten allerdings morgen zu uns aufs Kommissariat kommen, damit wir ein Protokoll machen können.“

„Ja, danke. Es ist alles so schrecklich. Ich möchte zu Hause erstmal mit meiner Frau sprechen. Das wird ein schrecklicher Schock für sie sein. Sie mochte Dr. Wolf so gerne."

„Eine letzte Frage, Herr Ebermann. Haben Sie im Haus etwas angefasst oder verändert, nachdem Sie den Toten gefunden haben?"

„Nein, oder … ich weiß nicht … nur die Türklinke am Eingang … bevor … und, ja natürlich … auch den Griff am Hintereingang. Weil ich dort rausgerannt bin."

„In Ordnung. Ach, und noch etwas. Geben Sie mir bitte Ihren Autoschlüssel. Einer meiner Leute wird Ihren Wagen später zu Ihnen nach Hause bringen."

Wagner winkte einen seiner Beamten herbei, der den völlig verstörten Mann zu einem Polizeifahrzeug brachte und mit ihm davonfuhr. Danach machte sich der Kommissar ein paar Notizen und ging zurück ins Haus. Die Spurensicherer waren fast fertig mit ihrer Arbeit und dabei, ihre Gerätschaften einzusammeln. Er ging durch alle Räume und überprüfte noch einmal sorgfältig, dass keiner etwas vergessen oder übersehen hatte. Die Leiche war bereits abtransportiert worden, nachdem der Staatsanwalt sie freigegeben hatte. Die Stelle, auf der der Tote gelegen hatte, war mit Kreide markiert.

Als er durch den hinteren Eingang des Hauses ins Freie trat, sah er, dass die Spurensicherer hier ebenfalls fündig geworden waren. Vor dem leerstehenden Schuppen gab es Reifenspuren, die in den Schuppen hinein- und wieder herausführten. Im Schuppen hatte also ein Auto gestanden. Die Kollegen hatten ein deutlich erkennbares Reifenprofil markiert und vorsorglich Abdrücke genommen.

Jemand musste sich um das Auto des Verwalters kümmern, das am Vordereingang stand. Stefan Wagner rief einen seiner Männer herbei und gab ihm den Autoschlüssel des Verwalters. Später würde der Beamte den Wagen ins Dorf zurück zu seinem Besitzer bringen. Wagner zog zwei Polizeisiegel aus der Tasche, und nachdem er sich vergewissert hatte, dass sich niemand mehr im Gästehaus aufhielt, versiegelte er die vordere und die hintere Eingangstür.

Er blickte sich noch einmal prüfend um, ob er auch wirklich nichts übersehen hatte. Schließlich wollte er sich vor den Frankfurter Kollegen keine Blöße geben. Dann machte er sich auf den Weg zurück ins Kommissariat.

35

Inka Wolf war beunruhigt. Als Andreas am Abend noch nicht zurück war, hatte sie sich zuerst nichts dabei gedacht. Im Gegenteil, sie war froh gewesen, dass sie allein war, denn sie musste nachdenken. Zu viel war auf sie eingestürmt in den letzten Tagen: Felix' Entführung, die entsetzliche Angst um ihn, die sie fast um den Verstand gebracht hatte, und nicht zuletzt das Verhalten ihres Mannes, der ihr insgeheim die Schuld an Felix' Verschwinden gegeben hatte und sie dies deutlich spüren ließ.

Ohne ihre Mutter hätte sie das alles nicht durchgestanden. Regina Gottwald hatte zu ihr gehalten, hatte ihr beigestanden und geholfen, wo sie konnte. Sie hatte sich der Tochter zuliebe sogar mit ihrem Schwiegersohn arrangiert, den sie für einen Blender hielt. Hatte sie recht? War Andreas wirklich ein Blender?

Inka schwitzte, ihre Haut fühlte sich klebrig an. Schnell ging sie und öffnete alle Fenster und Türen im Erdgeschoss. Die frische Luft tat ihr gut. Seltsam, den ganzen Tag über war ihr die Hitze nicht aufgefallen, aber jetzt spürte sie sie plötzlich wieder.

Sie hatte geglaubt, dass der Albtraum endlich zu

Ende war. Aber nach dem Gespräch mit ihrem Mann war ihr klargeworden, dass sie noch mittendrin steckte. Es interessierte sie nicht, was Andreas mit Irene Bauer zu besprechen hatte. Ob ihr Sohn, der auch Andreas Sohn war, tatsächlich die Entführung von Felix inszeniert hatte. Und ob Arno Wolf seine Finger im Spiel gehabt hatte oder nicht. Das war Sache der Polizei. Inka hoffte, dass beide ihre gerechte Strafe bekommen würden. Was sie wirklich schmerzte, war die Erkenntnis, dass sich zwischen ihr und ihrem Mann ein tiefer Graben aufgetan hatte und sie nicht wusste, ob und wie sie ihn überwinden würden.

Inzwischen war es schon stockdunkel draußen. Dass Andreas weder nach Hause kam noch anrief, ängstigte sie. Sie hatte schon oft ihre Abende allein verbracht. Aber bisher hatte ihr Mann immer angerufen, wenn er sich verspätete. In dieser Beziehung war er sehr zuverlässig, manchmal sogar fast pedantisch. Sogar wegen einer halben Stunde Verspätung hatte er manchmal angerufen, was sie jedes Mal amüsierte.

Felix schlief längst. Inka hatte ihm lange vorgelesen, bevor sie das Licht im Kinderzimmer gelöscht hatte. Sie wurde von Minute zu Minute nervöser. Als plötzlich das Telefon schrillte, zuckte sie zusammen, lief nach nebenan ins Arbeitszimmer und nahm den Hörer ab. Aber es war wieder Kommissar Becker, der immer noch auf Wolfs Rückruf wartete.

„Haben Sie ihm nicht gesagt. dass er mich unbedingt anrufen soll?"

„Doch, natürlich habe ich das. Hat er sich noch

nicht bei Ihnen gemeldet? Er … er war am Mittag kurz zu Hause, musste dann aber dringend nochmal weg. Seitdem hat er sich nicht gemeldet.“

Sie zögerte kurz, ob sie ihm von Irene Bauer erzählen sollte, ließ es dann aber. Das war Andreas‘ Angelegenheit, da wollte sie sich nicht einmischen.

Becker bat noch einmal dringend um Rückruf, er sei bis Mitternacht auf seinem Mobiltelefon erreichbar. Dann war es wieder still um sie, bis Inka es nicht mehr aushielt und den Fernseher einschaltete, um sich abzulenken. Obwohl sie sonst kaum Alkohol trank, goss sie sich ein Glas Kognak ein und stürzte es in einem Zug hinunter.

Irgendwann schlief Inka vor dem laufenden Fernseher ein, schreckte aber in Abständen immer wieder hoch. Um zur Ruhe zu kommen, holte sie die Packung mit ihren Beruhigungstabletten, von denen sie erst eine und, nach kurzem Zögern, noch eine zweite schluckte. Dann schleppte sie sich nach oben ins Schlafzimmer und fiel endlich in einen traumlosen Schlaf.

Am nächsten Morgen erwachte Inka Wolf wie gerädert. Durch die Spalten des Rollladens schimmerte es hell. Sie richtete sich auf und fühlte neben sich den warmen Körper von Felix, der sich eng an sie gekuschelt hatte und noch fest schlief. In der Nacht war sie einmal kurz wach geworden und hatte geglaubt, dass Andreas endlich gekommen war. Aber es war Felix gewesen, der sich leise ins Zimmer geschlichen und zu ihr gelegt hatte. Sie war zu benommen gewesen, um es zu merken und musste sofort wieder eingeschlafen sein. Der Kognak und die Tabletten hatten ihre Wirkung getan.

Inka fuhr hoch und sprang aus dem Bett, um den Rollladen zu öffnen. Sie sah auf die Uhr. Himmel, schon nach halb neun. Unten hörte sie Stimmen. Sie zog hastig ihren Morgenmantel an, lief hinüber ins Bad, fuhr sich mit der Bürste über die Haare und lief die Treppe hinunter. Das Wohnzimmer war leer, kein Mensch weit und breit. Nur der Fernseher lief. Sie hatte vergessen, ihn am Abend auszuschalten.

Unvermittelt kam die Angst. Wo war Andreas? Hatte er einen Autounfall gehabt? Es musste etwas passiert sein, eine andere Erklärung gab es nicht. Was sollte sie tun? Die Polizei anrufen? Die Krankenhäuser abtelefonieren? Freunde? Panik ergriff sie.

„Maaami, wo bist du?"

Felix. Sie musste sich beruhigen, durfte das Kind nicht erschrecken.

„Ich komme schon, mein Liebling. Du hast so fest geschlafen, ich wollte dich nicht wecken."

Sie zwang sich zur Ruhe und lief wieder hinauf ins Schlafzimmer.

„Ist Papa da?"

„Nein, der ist schon ins Büro gefahren. Komm jetzt, aufstehen."

Telefonieren. Sie musste telefonieren, jemanden anrufen. Falls Andreas etwas zugestoßen war, musste sich jemand um Felix kümmern, damit sie beweglich war. Barbara Hofmann? Nein, das ging nicht, Barbara fuhr jeden Dienstag schon morgens in den Taunus, um ihre Schwester zu besuchen. Sie war behindert und lebte dort in einem Pflegeheim.

Deshalb holte Inka dienstags immer die Kinder von der Schule ab und machte Mittagessen für alle. Die Freundin hatte gestern extra angerufen und gefragt, ob es dabei bliebe. Sie hatte zugesagt, und Felix freute sich schon darauf, Oskar und Bastian wiederzusehen. Der Streit von neulich war längst vergessen.

Ihr fiel nur ihre Mutter ein. Die konnte sich notfalls auch um die Hofmann-Kinder kümmern. Aber jetzt brauchte Felix erst einmal sein Frühstück. Und sie einen starken Kaffee, um die bleierne Schwere aus den Gliedern zu vertreiben.

Nein, besser erst bei ihren Eltern anrufen. Und danach bei der Polizei. Inkas Gedanken überschlugen sich. Sie konnte kaum mehr klar denken. Irene Bauer fiel ihr ein. Warum hatte sie nicht gleich daran gedacht? Sie musste versuchen, Irene zu erreichen.

Eine Irene Bauer war nicht im Telefonbuch verzeichnet. Also rief sie Anna Weber an, erklärte kurz die Situation und bat sie um die Telefonnummer ihrer Freundin. Inka tippte die Nummer ein, aber es meldete sich nur der Anrufbeantworter. Das war eigentlich klar, denn die Frau war vermutlich berufstätig und tagsüber nicht zu Hause.

Es half nichts, sie musste endlich Oberkommissar Becker verständigen. Inka bereute inzwischen, dass sie ihm nicht schon gestern Abend am Telefon von Irene Bauer erzählt hatte. Auf Andreas' Schreibtisch fand sie Beckers Karte und tippte die Nummer ein. Sie landete bei der Zentrale, wo ihr die Telefonistin mitteilte, dass Becker und sein Assistent Ralf Hermann im Augenblick außer Haus seien und den Apparat auf sie umgestellt hätten.

Inka war verzweifelt. Als ihre Eltern gegen elf Uhr eintrafen, war sie ein einziges Nervenbündel. Allen war inzwischen klar, dass etwas Ungewöhnliches passiert sein musste. Nachdem sie ihre Tochter und Felix begrüßt hatten, verständigten sich die Gottwalds wortlos, dann schnappte sich Erich Gottwald seinen Enkel.

„Wir sind dann mal weg", rief er seiner Tochter zu und schob Felix zur Tür hinaus.

Inkas Mutter, resolut wie immer, schickte ihre Tochter nach oben. „Jetzt zieh dir erstmal was an", sagte sie und begann, das schmutzige Frühstücksgeschirr in die Spülmaschine zu stellen.

„Wann soll ich die Hofmann-Kinder abholen?", fragte sie, als Inka zurückkam.

‚Um halb eins' wollte diese gerade antworten, als es an der Tür läutete. Es waren Ulrich Becker und sein Assistent, Ralf Hermann.

„Guten Tag, Frau Wolf. Hallo, Frau Gottwald".

Becker zögerte.

„Wir haben leider keine guten Nachrichten für Sie. Es ist …"

„Was ist mit meinem Mann? Ist ihm etwas passiert?", unterbrach ihn Inka.

„Ja, er ist… also er wurde heute Morgen im Gästehaus seines ehemaligen Schwiegervaters an der Bergstraße tot aufgefunden. Er … er wurde erschossen."

Jetzt war es heraus. Selbst nach mehr als fünfundzwanzig Berufsjahren fürchtete Becker sich jedes Mal wieder vor diesem Moment, wenn er Angehörigen die Nachricht vom Tod eines geliebten

Menschen überbringen musste.

Inka schwieg. Aus ihrem Gesicht war alle Farbe gewichen. Sie taumelte und griff nach Beckers Arm.

„Am besten setzen wir uns erstmal", sagte er hilflos.

„Danke, es geht schon. Wer … ich meine, was ist geschehen? Wissen Sie schon, … wer … das getan hat?"

„Nein. Der Hausverwalter hat Ihren Mann gefunden und sofort die Polizei verständigt. Die Kollegen aus Darmstadt haben vor Ort bereits die Ermittlungen aufgenommen. Ich fahre von hier aus direkt dorthin.

„Ist … war … mein Mann allein im Haus?"

„Weshalb fragen Sie? Wissen Sie etwas? War Dr. Wolf mit jemandem verabredet?"

„Nein … ja …", Inka wankte plötzlich und wäre gefallen, wenn ihre Mutter nicht hinter ihr gestanden und sie festgehalten hätte.

„Bitte, Herr Hauptkommissar, hat das nicht Zeit, bis meine Tochter … bis sie sich etwas gefasst hat?"

„Na gut. Kommissar Hermann und ich fahren jetzt nach Alsbach und kommen anschließend zurück zu Ihnen. Es ist äußerst wichtig, dass sich Frau Wolf erinnert, wo ihr Mann gestern hinwollte und ob er mit jemandem verabredet war."

Regina Gottwald nickte und begleitete die beiden Männer zur Tür.

„Ich werde sie danach fragen. Auf Wiedersehen."

Fünf Stunden später wusste Becker endlich, dass der Chauffeur Heinrich van Stettens, Paul Josef

Weller, vermutlich ein unehelicher Sohn von Andreas Wolf war und seine Mutter, Irene Bauer, in Darmstadt beim Pharmakonzern Merck als Sachbearbeiterin arbeitete. Dass sich Weller und Arno Wolf kannten und die Entführung des Jungen wahrscheinlich gemeinsam inszeniert hatten. Und dass Andreas dies alles erst am Montagvormittag erfahren hatte und nachmittags nach Darmstadt gefahren war, um Irene Bauer zu treffen.

Auf Beckers Anfrage bei der Firma Merck in Darmstadt teilte man ihm mit, dass sich Irene Bauer gestern bis auf weiteres krankgemeldet hatte.

Als der Kommissar Inka wie vereinbart am späten Nachmittag noch einmal aufgesucht hatte, ging es ihr etwas besser. Ihre Eltern kümmerten sich rührend um sie, und inzwischen waren auch ihre Kinder Kirsten und Tobias Bohl eingetroffen und sorgten dafür, dass ihr Bruder Felix abgelenkt wurde. Sie hatten ihm bis jetzt nichts gesagt, denn Inka wollte selbst mit dem Jungen sprechen. Aber erst am Abend, wenn sie ihn ins Bett brachte und danach bei ihm sitzen konnte, bis er eingeschlafen war.

Sie machte sich große Vorwürfe, dass sie Ulrich Becker nicht bereits gestern Mittag von dem Gespräch mit ihrem Mann erzählt hatte. Becker reagierte auf ihre von Schluchzen unterbrochene Schilderung sehr zurückhaltend, denn er wurde den Gedanken nicht los, dass Andreas Wolf noch leben könnte, wenn Inka ihn, Becker, rechtzeitig über das Gespräch mit ihrem Mann informiert hätte. Vielleicht, denn bis jetzt stand die genaue Todeszeit nicht fest. Die würde man erst nach der Obduktion wissen. Das sprach er allerdings nicht aus, um Inka nicht noch mehr zu belasten, als das ohnehin schon der Fall war.

Zurück im Präsidium rief er sofort in der Firma van Stettens an, erhielt jedoch von der Sekretärin nur die nüchterne Auskunft, dass ihr Chef heute den ganzen Tag unterwegs sei und erst morgen wieder ins Büro käme.

Eine ähnliche Antwort gab ihm auch die Haushälterin des van Stettenschen Privathauses in Bad Homburg. Sie teilte ihm mit, dass Herr van Stetten außer Haus sei, ihm aber ausrichten ließe, dass er sich so schnell wie möglich im Präsidium melden würde. Also hatte Arno Wolfs Großvater seinen Anruf bereits erwartet.

Becker war wütend. Er zweifelte nicht daran, dass van Stetten längst über die Vorgänge im Jagdhaus informiert worden war und sicher auch den Aufenthaltsort von Arno Wolf kannte. Aber das allein und die Tatsache, dass er seinen Enkel offenbar schützen wollte, genügte nicht, um einen Durchsuchungsbeschluss für die Villa zu erwirken, und reichte auch nicht für einen Haftbefehl.

Dafür waren aber die bisherigen Ermittlungsergebnisse und vor allem die Aussage von Inka Wolf Grund genug, um Irene Bauer einen Überraschungsbesuch abzustatten. Sie war nach den bisherigen Erkenntnissen die Letzte, die Andreas Wolf lebend gesehen hatte. Ein Telefonanruf genügte, der Darmstädter Kollege Wagner würde sich darum kümmern. Der Hauptkommissar war zufrieden. Die Zusammenarbeit klappte gut.

Eine Stunde später meldete Wagner, dass Irene Bauer nicht zu Hause sei. Jedenfalls habe auf sein Läuten niemand geöffnet. Er hätte zwei Beamte beauftragt, das Haus zu überwachen.

Eilig trommelte Becker seine Frankfurter Mitarbeiter zu einer Krisensitzung zusammen und informierte sie über die neue Situation. Danach besprach er mit Ralf Hermann und den Oberkommissaren Scholz und Schönfeld den morgigen Aktionsplan. Ralf Hermann und Peter Scholz würden ihn nach Darmstadt begleiten. Schönfeld sollte einige Beamte in Zivil abstellen und mit ihnen vor der Villa van Stettens Posten beziehen, um sicherzustellen, dass niemand ungesehen das Haus verlassen oder es betreten konnte. Wenn sie Glück hatten, würde ihnen Arno Wolf in die Arme laufen. Mehr konnte er, mehr konnten sie alle jetzt nicht tun. Morgen würden sie weitersehen.

36

Irene Bauer hatte die ganze Nacht wachgelegen. Sie hatte sich von einer Seite auf die andere gedreht und immer wieder auf die Uhr geschaut. Ihr Gehirn arbeitete auf Hochtouren, der Kopf schmerzte. Sie lauschte atemlos in die Stille, die nur vom gleichmäßigen Ticken des Weckers auf ihrem Nachttisch unterbrochen wurde. Sie bereute nichts. Paul war wieder bei ihr, nur das allein zählte. Sie hatte verhindert, dass er zum Mörder wurde.

Irgendwann musste sie doch eingeschlafen sein, denn als sie aufwachte, war es taghell draußen und der Lärm des morgendlichen Berufsverkehrs drang durch das geschlossene Fenster ihres Schlafzimmers. Nebenan hämmerten Beat-Rhythmen aus dem Radio. Paul. Sie fuhr hoch und mit einem Schlag kam die Erinnerung.

Das Telefongespräch am Montagvormittag. Und wenige Stunde später hatte Wolf vor der Tür gestanden. Anfangs hatten sie sich um Sachlichkeit bemüht. Irene hatte ihm erklärt, warum ihr Sohn Weller hieß und nicht ihren Namen trug. Sie sprach von ihrem Exmann Dieter Weller, der Paul nach der Heirat adoptiert, später aber jeden Kontakt zu ihnen beiden abgebrochen hatte. Als Wolf dann das alte Kinderfoto von Paul auf der Kommode entdeckt hatte, der dem Fotografen einen kleinen bunten Harlekin entgegenstreckte, war es mit seiner Beherrschung vorbei gewesen.

Er hatte Irene bittere Vorwürfe gemacht, dass sie nicht nur ihm, sondern vor allem Paul jahrelang die Wahrheit verschwiegen und damit das Unheil heraufbeschworen hatte. Sie hatte sich gegen seine Vorwürfe gewehrt und ihm die Schuld an ihrer Lebenslüge und deren Folgen gegeben. Immer wieder hielt sie ihm vor, dass ihr Schweigen ihm, dem Studenten und angehenden Juristen, damals höchst gelegen gekommen sei und ihm unbequeme Entscheidungen erspart hätte.

Plötzlich hatte Wolf den Harlekin aus der Tasche gezogen, den der junge Student Andreas seiner Angebeteten einst auf dem Jahrmarkt geschossen hatte. Sie hatte die Puppe sofort erkannt, obwohl die Farbe längst verblasst und der Stoff zerschlissen war. In diesem Augenblick begriffen beide endgültig, dass kein Zweifel mehr möglich und ihrer aller Leben ein einziger Scherbenhaufen war.

Danach hatte es keiner großen Überredungskunst mehr bedurft, sie dazu zu bringen, mit Wolf zusammen nach Alsbach zu fahren und herauszufinden, ob sich Arno Wolf und ihr Sohn im Jagdhaus versteckt hielten.

Inzwischen war ihr klar, dass es besser gewesen wäre, sofort die Polizei zu informieren und den Beamten alle weiteren Aktionen zu überlassen, aber Irene hatte bis zum Schluss gehofft, dass sich alles am Ende als ein schrecklicher Irrtum herausstellen würde.

Gestern war sie den ganzen Tag in ihrer Wohnung geblieben und hatte gewartet. Sie hatte das Telefon abgestellt und nicht auf die Türklingel reagiert, wie sie es Paul versprochen hatte. Abends war er dann endlich gekommen.

Irene kletterte schwerfällig aus dem Bett und schleppte sich hinüber ins Bad. Plötzlich klingelte es mehrmals kurz hintereinander an der Wohnungstür und gleich darauf noch einmal. Die Beat-Rhythmen in der Küche verstummten. Hastig warf sie sich ihren Bademantel über und wollte zur Tür eilen, als Paul plötzlich neben ihr stand und sie festhielt. Er legte ihr die Hand auf den Mund und warf ihr einen warnenden Blick zu.

„Aufmachen, hier ist die Polizei, bitte öffnen Sie“, rief eine Männerstimme. Gleichzeitig wurde an die Tür geklopft.

Urplötzlich kam eine große Ruhe über sie. Mit einer schnellen Bewegung befreite sie sich aus Pauls Griff, schob ihn weg und öffnete. Zwei Männer in Zivil, gefolgt von drei weiteren Beamten, zwei Männern und einer Frau, standen vor ihr.

„Guten Morgen. Frau Irene Bauer, nehme ich an? Und Sie sind Paul Josef Weller? Nicht wahr, das sind Sie doch?“, fragte einer der Männer und hielt den beiden seinen Dienstausweis hin.

„Ich bin Hauptkommissar Ulrich Becker von der Frankfurter Kriminalpolizei. Und das hier“, dabei wies er auf Stefan Wagner und dessen Mitarbeiterin Ulrike Winter, „sind meine Kollegen von der Darmstädter Polizei. Außerdem meine beiden

Frankfurter Mitarbeiter – er deutete hinter sich – Kommissar Ralf Hermann und Oberkommissar Peter Scholz. Dürfen wir hereinkommen?"

Irene stand ganz still, sie hielt mit der Hand ihren Bademantel über der Brust zusammen. Becker deutete die Bewegung richtig und fragte:

„Möchten Sie sich etwas überziehen? Die Kollegin Winter wird Sie begleiten."

Der Hauptkommissar wartete, bis die beiden Frauen im Schlafzimmer verschwunden waren. Dann griff er in die Tasche, zog ein Schriftstück heraus und hielt es Weller hin.

„Paul Josef Weller, ich habe hier einen Haftbefehl gegen Sie. Sie werden beschuldigt, zusammen mit Arno Wolf die Entführung seines siebenjährigen Halbbruders – oder soll ich besser sagen, Ihres gemeinsamen Halbbruders – Felix Wolf geplant und vorbereitet zu haben. Ihr Komplize Peter Schwarzberg wurde bereits festgenommen und sitzt in Untersuchungshaft. Er ist in vollem Umfang geständig.

Wir werden Sie von hier aus ins Polizeipräsidium nach Frankfurt bringen. Dort können Sie einen Anwalt Ihres Vertrauens anrufen. Ich mache Sie darauf aufmerksam, dass von jetzt an alles, was Sie sagen, gegen Sie verwendet werden kann."

Scholz und Hermann, die hinter Becker die Wohnung betreten hatten, nahmen Weller in die Mitte und legten ihm Handschellen an. In diesem Augenblick läutete Beckers Handy. Er schaute auf das Display. Es war Schönfeld. Endlich. Darauf hatte er gewartet. Er gab Scholz und Hermann ein Zeichen und bedeutete ihnen zu warten. Dann meldete er sich. Er lauschte aufmerksam, nickte ab und zu mit dem Kopf und vergewisserte sich mehrmals:

„Seid ihr sicher?“

„Kein Zweifel möglich?“

„Was ist mit den Fingerabdrücken?“

„Hm, hm …“

Dann spürbar ungeduldig:

„Ist das alles?“

Schönfeld gab weitere Erklärungen ab, bis Becker ihn schließlich unterbrach und meinte:

„Ach so, sie sind beide gekommen? Na also, passt doch. Die Einzelheiten kannst du mir später erzählen.“

Er beendete das Gespräch mit den Worten:

„Setzt den jungen Mann bitte allein ins Vernehmungszimmer. Seinem Großvater könnt ihr einen Kaffee oder ein Wasser anbieten und ihn im Warteraum schmoren lassen. Wir sind spätestens in einer Dreiviertelstunde da.“

Danach wendete er sich direkt an Weller, der von den beiden Beamten flankiert, die Wohnungstür erreicht hatte und bei den letzten Worten Beckers aufgehorcht hatte.

„Einen Augenblick, Herr Weller, ich habe noch zwei Fragen an Sie. Sie müssen darauf nicht antworten. Es würde uns aber allen die Arbeit erleichtern und soll Ihr Schaden nicht sein, wenn Sie sich kooperativ zeigen. Meine erste Frage: Wann und wo haben Sie Arno Wolf zuletzt gesehen?“

„Da muss ich nachdenken. Das war irgendwann vor dem letzten Wochenende. Am Freitag oder Samstag. Warum wollen Sie das wissen?“

„Ich stelle hier die Fragen. Also wann? Freitag oder Samstag?“

„Ich … ich glaube, am Freitag. Da habe ich ihn bei Herrn van Stetten getroffen. Ich arbeite als Fahrer für ihn, müssen Sie wissen. Ja, es war am Freitagnachmittag.“

„Gut, und meine zweite Frage: Wo waren Sie am Montagabend, also vorgestern, zwischen neunzehn und einundzwanzig Uhr?“

„Wieso? Ist etwas passiert? Ich war in meiner Stammkneipe in Bornheim und habe gegessen, ein paar Bierchen getrunken und mir das Fußballländerspiel im Fernsehen angeschaut. Danach bin ich gleich nach Hause gefahren. Allein, wenn Sie es genau wissen wollen. Und jetzt sage ich gar nichts mehr. Ich möchte zuerst mit einem Anwalt sprechen.“

„In Ordnung, das genügt mir vorerst“, antwortete Becker, „ich werde aber später darauf zurückkommen.“

Zu seinen beiden Mitarbeitern sagte er:

„Ihr könnt ihn jetzt mitnehmen.“

Becker verständigte sich wortlos mit Stefan Wagner, der sich währenddessen in der Wohnung umgesehen hatte. Er deutete Beckers Blick richtig und ließ einen kleinen Aschenbecher samt Inhalt geschickt und unauffällig in eine Plastiktüte gleiten. Clever, der Junge. Dann drehte er sich um zu Irene Bauer, die in diesem Moment angezogen in Begleitung der Beamtin zurückkam und die letzten Sätze ihres Sohnes gehört hatte. Becker schaute sie nachdenklich an und fragte, als fiele ihm das eben erst ein:

„Und Sie, Frau Bauer, wo waren Sie eigentlich am Montagabend?“

„Irene zögerte und suchte den Blickkontakt zu ihrem Sohn. Sie schüttelte unmerklich mit dem Kopf und sah ihm nach, als ihn die beiden Beamten abführten. In ihrem Blick lag alle Liebe, zu der eine Mutter fähig ist. Dann antwortete sie mit fester Stimme:

„Ich war am Montagnachmittag mit Pauls … ich meine mit meinem … also mit Dr. Wolf verabredet. Er kam zu mir und blieb bis gegen achtzehn Uhr. Danach ist er weggefahren, und ich war den ganzen Abend zu Hause.“

„Sie wissen nicht zufällig, wo Dr. Wolf anschließend hinwollte?

„N…Nein, ich nehme aber an, dass er zurück nach Frankfurt gefahren ist.“

„Um was ging es bei Ihrem Gespräch mit Dr. Wolf?“

Sie zögerte den Bruchteil einer Sekunde, bevor sie leise sagte:

„Das ist eine sehr private Frage. Es ging … um meinen … um unseren Sohn. Mehr möchte ich dazu im Augenblick nicht sagen.“

Beckers Gesicht blieb undurchdringlich. Er verzog keine Miene, als er antwortete.

„Gut, wie Sie meinen. Eine letzte Frage habe ich. Seit wann halt sich Herr Weller bei Ihnen auf?“

Irene Bauer stockte wieder und sagte nach einer kurzen Pause:

„Mein Sohn kam am Montagabend, kurz nachdem Dr. Wolf weggefahren war. Es ging mir nicht gut, deshalb ist er hiergeblieben und hat auch hier übernachtet.“

„Das war´s dann erst einmal, Frau Bauer. Ich wollte Ihnen eigentlich eine Vorladung ersparen, aber wenn Ihnen das lieber ist, kommen Sie bitte morgen um vierzehn Uhr zu mir ins Präsidium zur offiziellen Zeugeneinvernahme. Bis dahin wird das heutige Ablaufprotokoll fertig sein. Sie müssen Ihre Aussage unterschreiben. Nennen Sie beim Pförtner nur Ihren Namen und bitten ihn, mich zu verständigen. Ich lasse Sie dann abholen. Auf Wiedersehen.“

Irene nickte erschöpft und zwang sich zur Ruhe. Zeugeneinvernahme? Was sollte sie bezeugen? Sie riss sich zusammen. Niemand sollte ihre Nervosität bemerken. Die Polizisten sollten endlich gehen. Sie musste unbedingt allein sein und nachdenken.

An der Tür drehte sich der Hauptkommissar noch einmal um, überlegte einen Augenblick und öffnete den Mund, als wollte er etwas sagen. Ließ es dann aber und folgte zusammen mit den Darmstädter Kollegen den anderen. Leise fiel die Tür hinter ihnen ins Schloss.

Die ganze Aktion hatte nicht einmal eine Stunde gedauert. Ulrich Becker nahm an, dass die Aufgabe, die in Frankfurt auf ihn wartete, deutlich mehr Zeit beanspruchen würde. Entweder Mutter und Sohn waren tatsächlich so ahnungslos, wie sie taten und hatten keine Ahnung, dass Andreas Wolf tot war, oder sie hatten sich abgesprochen.

Becker hatte seine eigene Theorie und hoffte, dass er bei seiner Rückkehr im Präsidium endlich den Bericht der kriminaltechnischen Untersuchung vorfinden würde. Er ging davon aus, dass die Ermittler genügend verwertbare Spuren im Jagdhaus gefunden hatten, damit es endlich Klarheit gab, wer sich außer Andreas Wolf dort aufgehalten hatte.

37

Heinrich van Stetten ging mit großen Schritten in dem kleinen Warteraum am Ende des Flurs im Präsidium auf und ab. Er schaute immer wieder auf die Uhr und wurde von Minute zu Minute nervöser. Verdammt, was dachte dieser Becker sich eigentlich? Niemand ließ einen Heinrich van Stetten so lange warten, niemand. Was bildete dieser Beamtentyp sich ein? Gleich nach ihrer Ankunft hatten sie seinen Enkel vorhin weggebracht und ihm erklärt, dass er ruhig nach Hause fahren solle. Der zuständige Beamte würde sich dann später bei ihm melden. Das hatte er natürlich abgelehnt, weil er mit dem Hauptkommissar persönlich sprechen wollte und zwar, bevor dieser Arno Wolf vernehmen würde.

„Es tut mir leid, dass Sie so lange warten mussten. Was kann ich denn für Sie tun?“, ertönte plötzlich hinter ihm die betont freundliche Stimme Beckers.

Na, das fehlte ihm noch, auf dieses Spielchen fiel er nicht herein.

„Für mich sollen Sie gar nichts tun. Mein Enkel möchte etwas für Sie tun. Ich habe ihn davon überzeugen können, dass es für alle Beteiligten am besten ist, wenn er freiwillig zu Ihnen kommt und Ihnen bei der Aufklärung der unseligen Ereignisse rund um die Entführung seines Halbbruders Felix behilflich ist."

„Das freut mich, Herr van Stetten, mein Kollege Schönfeld spricht gerade mit Herrn Wolf jun., der sich, wie es aussieht, sehr kooperativ zeigt. Wir wissen bereits, dass Arno Wolf sich seit drei Tagen in Ihrem Jagdhaus an der Bergstraße aufgehalten hat, nachdem Ihr Fahrer ihn am Samstagvormittag dorthin gebracht hat. Wir wissen außerdem, dass Herr Weller ein außerehelicher Sohn Dr. Wolfs aus einer früheren Beziehung und damit auch ein Halbbruder Ihres Enkels Arno ist. Die beiden haben die Entführung des kleinen Felix gemeinsam inszeniert, um dem verhassten Vater einen Denkzettel zu verpassen."

Becker erhob seine Stimme.

„Sie, Herr van Stetten, kannten die Zusammenhänge aufgrund eigener Recherchen und haben sich damit der Begünstigung und Verdeckung einer Straftat schuldig gemacht. Sie werden deshalb ebenfalls mit einer Anklage rechnen müssen."

Van Stetten sprang wütend auf und wollte etwas erwidern, aber Becker hielt ihn mit einer Handbewegung zurück und sprach weiter.

„Ich bin noch nicht fertig. Ihr Enkel hat zugegeben, dass Weller am Montag gegen Abend wieder ins Jagdhaus gekommen ist. Er hatte eine Tasche mit dem so genannten Lösegeld bei sich, Ihrem Geld, mit dem Sie Peter Schwarzberg bezahlen wollten. Weller schlug vor, das Geld mit Arno Wolf zu teilen und mit ihm ins Ausland zu fliehen. Ihr

Enkel weigerte sich jedoch. Es gelang ihm, Weller zu täuschen, ihm das Geld abzunehmen und mit seinem Firmenwagen zu Ihnen nach Bad Homburg zu fahren, wo er sich mit Ihrer Einwilligung bis heute Morgen versteckt hielt."

Der Kommissar machte eine kurze Pause, bevor er die Frage hinterherschickte:

„Sagen Sie, wann ist Ihr Enkel am Montagabend bei Ihnen in Bad Homburg angekommen?"

„Das muss so gegen neun oder halb zehn gewesen sein. Es war jedenfalls schon dunkel draußen", antwortete van Stetten nach kurzem Nachdenken.

„Gut, das lässt sich sicher leicht nachprüfen. Aber es gibt da etwas, das ich beim besten Willen nicht verstehe."

Der Kommissar erhob seine Stimme:

„Was Arno Wolf bis vor einer Stunde angeblich nicht wusste und erst bei seiner Vernehmung erfahren haben will, ist, dass sein Vater Andreas Wolf gestern Morgen erschossen in Ihrem Haus in Alsbach aufgefunden wurde. Sie, Herr van Stetten, hatten aber diese Information bereits, und zwar von Ihrem Jagdverwalter Gustav Ebermann, der Sie schon gestern Vormittag darüber unterrichtet hat."

Nach einer weiteren absichtlich in die Länge gezogenen Pause stieß der Hauptkommissar nach:

„Können Sie uns das erklären, Herr van Stetten? Warum haben Sie Ihrem Enkel den Tod seines Vaters verschwiegen?

Van Stetten saß unbeweglich. Er war jetzt sehr blass, und Schweißperlen standen auf seiner Stirn. Becker wartete seine Antwort nicht ab, sondern schoss die nächste Frage gleich hinterher:

„Nach unseren Unterlagen besitzen Sie eine halbautomatische Walther P8C Pistole, Kaliber 9x19. Stimmt das?"

„Ja, warum fragen Sie?"

„Sie haben einen Waffenschein, nehme ich an?"

„Selbstverständlich."

„Und wo bewahren Sie die Waffe üblicherweise auf?"

„Zu Hause in einer Schublade meines Schreibtischs in meinem Arbeitszimmer."

„Wer hat außer Ihnen Zugang zu Ihrem Arbeitszimmer?"

„Niemand außer mir, der Haushälterin und der Putzfrau natürlich."

„Und sonst niemand? Denken Sie genau nach."

„Natürlich, jetzt wo Sie es sagen", er schlug sich vor den Kopf, „mein Fahrer hat in der letzten Woche zweimal Unterlagen bei mir zu Hause abgeholt, die ich auf meinem Schreibtisch zurechtgelegt hatte."

„Letzte Woche? Sind Sie sicher?"

„J ….a, schon … oder? Mein Gott, wollen Sie etwa damit andeuten, dass …?"

„Genau das will ich. Mit dieser Waffe wurde Andreas Wolf vermutlich am Montagabend in Ihrem Jagdhaus erschossen."

Becker schwieg, und minutenlang war es ganz still im Raum. Van Stetten saß zusammengesunken auf seinem Stuhl. Sein Gesicht war grau, und seine Kinnmuskeln zuckten. Alle seine verzweifelten Versuche, den Namen und den Ruf der Familie und seines Unternehmens zu schützen, waren fehlgeschlagen. Der große Heinrich van Stetten war am

Ende.

Nach einer Weile sagte Becker:

„Nur der Form halber. Sind Sie damit einverstanden, dass wir Ihre Fingerabdrücke nehmen und Ihre Hände auf Schmauchspuren untersuchen?“

„Nein… oder … doch, natürlich bin ich einverstanden. Sie glauben doch nicht im Ernst, dass ich geschossen habe?“

„Wir wissen bisher noch nicht endgültig, wann und vor allem warum Andreas Wolf nach Alsbach gekommen ist, wen er dort getroffen und was genau sich dann abgespielt hat. Die Ermittlungen zu diesem Tötungsdelikt – ob es Mord war, wissen wir bis jetzt nicht – laufen. Sobald wir den endgültigen Bericht der Kriminaltechniker und der Gerichtsmedizin und haben und auch die ballistischen Ergebnisse vorliegen, werden wir mehr wissen und auch den genauen Todeszeitpunkt kennen. Wir müssen außerdem beweisen, ob es zwischen der Kindesentführung und Wolfs Tod einen Zusammenhang gibt. Bisher vermuten wir dies nur.“

Becker sprach kurz in sein Telefon. Daraufhin erschien ein Beamter, der van Stetten bat, ihm zu folgen, um seine Fingerabdrücke zu nehmen. Van Stetten nickte schweigend und erhob sich schwerfällig. Er schien in Minuten um Jahre gealtert. Aber Ulrich Becker fühlte keinen Triumph. Nur Mitleid, unendliches Mitleid mit dieser zerstörten Familie, in der es jedem nur um die Aufrechterhaltung der Fassade, um den äußeren Schein gegangen war.

Der Hauptkommissar fühlte sich müde und ausgebrannt. Gleichzeitig wusste er aber, dass das Schwerste noch vor ihm lag. Zwar glaubte er inzwischen, die Zusammenhänge zu durchschauen, aber irgendwo gab es da einen Widerspruch, etwas passte nicht. Aber so sehr er sich auch bemühte, er kam nicht darauf, was es war. Noch nicht.

38

Am nächsten Morgen um zehn Uhr wurde Josef Weller in den Vernehmungsraum gebracht. Dort nahm man ihm die Handschellen ab. Er wurde begleitet von seinem Anwalt, Dr. Sturm, den man ihm als Pflichtverteidiger zugewiesen hatte. Sturm wohnte in Darmstadt, hatte dort eine kleine Anwaltskanzlei und unterhielt außerdem zusammen mit einem Partner ein weiteres Büro in Frankfurt. Er hatte sich bereit erklärt, die Verteidigung von Weller im Entführungsfall Felix Wolf zu übernehmen.

Ulrich Becker war bereits da und wartete ungeduldig auf Ralf Hermann, der kurz nach Weller und seinem Anwalt den Raum betrat und dem Kommissar eilig das erwartete Schriftstück aushändigte. Der nahm es, faltete es auseinander und schaltete das Mikrofon ein. Dann begann er:

„Sie sind Paul Josef Weller, geboren am 13. September 1987 in Bensheim, wohnhaft in Frankfurt am Main, Kölner Straße 23. Ist das richtig?"

„Ja."

„Sie wissen, dass gegen Sie ein Haftbefehl vorliegt wegen Anstiftung, Beihilfe und gemeinschaftlicher Durchführung einer Kindesentführung zusammen mit Ihren Komplizen Arno Wolf und Peter Schwarzberg?"

„Ja, das weiß ich, und ich …"

„Einen Moment bitte, bevor Sie weiterreden, muss ich Ihnen und Ihrem Anwalt etwas mitteilen."

Er legte eine kurze Pause ein und fixierte sein Gegenüber scharf.

„Es gibt inzwischen einen weiteren Fall, der wahrscheinlich in unmittelbarem Zusammenhang mit der Kindesentführung steht. Ihnen wird außerdem vorgeworfen, am 11. Juli zwischen zwanzig und einundzwanzig Uhr im Jagdhaus Ihres Arbeitgebers Heinrich van Stetten in Alsbach Ihren leiblichen Vater, Dr. Andreas Wolf, erschossen zu haben und zwar mit zwei Schüssen aus einer Walther P8C Pistole, Kaliber 9x19. Die Waffe ist auf Ihren Arbeitgeber Heinrich van Stetten zugelassen. Möchten Sie sich zu diesem Vorwurf äußern?"

Becker reichte das Dokument Dr. Sturm. Weller wurde kreidebleich. Er sprang auf und wäre mit den Fäusten auf Becker losgegangen, wenn sein Anwalt ihn nicht festgehalten und zurück auf seinen Stuhl gezwungen hätte. Die Überraschung war dem Kommissar gelungen. Der Anwalt schnappte nach Luft, fasste sich aber schnell, stand auf und erwiderte scharf:

„Hierdurch ändert sich selbstverständlich die Sachlage. Ich möchte zuerst mit meinem Mandanten unter vier Augen sprechen. Außerdem beantrage ich vollständige Akteneinsicht in die Ermittlungsunterlagen und verlange einen Nachweis für den ursächlichen Zusammenhang zwischen der Kindesentführung und dem Tötungsdelikt. Erst dann kann ich entscheiden, ob ich die Verteidigung von Herrn Weller übernehmen werde."

„Das verstehe ich", erwiderte Becker, „wie lange brauchen Sie, um sich vorzubereiten? Spätestens heute Nachmittag haben Sie Kopien meiner Berichte an die Staatsanwaltschaft einschließlich der bisherigen Vernehmungsprotokolle, sowie die Obduktionsergebnisse und den Bericht der Kriminaltechnik. Im Gegenzug benötige ich von Ihnen eine unterschriebene Vollmacht Ihres Mandanten und den Nachweis für Ihre Zulassung am hiesigen Landgericht, das für die beiden Fälle zuständig ist. Können wir uns auf morgen fünfzehn Uhr vertagen? Gut. Dann also bis morgen."

Er schaltete das Mikrofon aus und gab dem wachhabenden Polizisten ein Zeichen, den Gefangenen mit seinem Anwalt allein zu lassen und vor der Tür Posten zu beziehen. Danach verabschiedete er sich von Sturm und Weller und verließ den Raum.

Der Rest des Vormittags war Routine. Becker ließ die Protokolle abtippen, unterschrieb sie, erstellte einen Zwischenbericht für den Polizeipräsidenten und stellte die Unterlagen für die Staatsanwaltschaft und für Dr. Sturm zusammen.

Anschließend vertiefte er sich in das Vernehmungsprotokoll, das Schönfeld ihm nach der Befragung von Arno Wolf auf den Schreibtisch gelegt hatte. Während er las, ließ er gleichzeitig die Tonaufzeichnung mitlaufen, um ein Gefühl für Zwischentöne und Widersprüche zu entwickeln.

Arno Wolf hatte ausgesagt, dass Weller gegen halb sechs am Abend mit einem Firmenwagen aus dem van Stetten-

schen Fuhrpark im Jagdhaus eingetroffen war. Er hatte angenommen, dass Josef ihn abholen und zu seinem Großvater bringen sollte. Sie hätten dann etwa eine Stunde zusammengesessen, viel geredet und Bier und ‚anderes Zeug' konsumiert, bis Josef endlich mit seinem Vorschlag herausgerückt war, das Geld mit ihm zu teilen und zusammen ins Ausland zu fliehen.

Er, Arno, sei darüber empört gewesen. Es hätte Streit gegeben, denn schließlich ging es um das Geld seines Großvaters, den er auf keinen Fall hintergehen wollte. Überhaupt sei ihm die ganze Aktion über den Kopf gewachsen. Deshalb hätte er Josef gestanden, dass er sich letzte Woche seinem Großvater anvertraut hatte, der ihm fest versprochen hatte, ihnen zu helfen und die Angelegenheit in Ordnung zu bringen.

Josef sei außer sich gewesen. Er sei immer wütender geworden und hätte gedroht, erst ihn und dann sich selbst zu erschießen, da jetzt ohnehin alles sinnlos geworden wäre und sie bis zum Hals im Schlamassel stecken würden. Dabei hätte er mit einer Pistole herumgefuchtelt, sich dann aber besonnen und sie wieder in seine Jackentasche gesteckt.

Nein, er wusste nicht, woher Josef die Pistole hatte.

Als Josef etwas später aufs Klo musste, sei er, Arno, Hals über Kopf aus dem Haus gerannt. Er wusste, dass Josef den Zündschlüssel meistens steckenließ und habe kurzentschlossen die Gelegenheit genutzt, um mit dem Auto abzuhauen.

Nein, gestohlen hätte er den Wagen natürlich nicht, denn es war schließlich ein Firmenfahrzeug seines Großvaters, dem er es zurückbringen wollte. Die Tasche mit dem Geld habe auf dem Rücksitz gelegen.

Er sei sehr aufgeregt gewesen und hätte Angst gehabt, dass Josef ihn mit seinem eigenen Auto, das immer noch im

Schuppen stand, verfolgen würde. Deshalb sei er viel zu schnell gefahren und hätte auf dem Weg hinunter ins Dorf fast einen entgegenkommenden Wagen auf der schmalen Schotterstraße gerammt.

Danach sei er eine ganze Weile kreuz und quer in der Gegend herumgefahren, um sich zu beruhigen und nachzudenken. Auf einem Waldparkplatz hätte er gewartet, bis es dunkel wurde, bevor er auf Umwegen zu seinem Großvater nach Bad Homburg gefahren sei. Gegen halb zehn sei er dort angekommen.

Als Becker zu Ende gelesen und die Aufzeichnung ein weiteres Mal abgehört hatte, stand er auf und streckte sich. Ein Blick auf die Uhr und ein zweiter in seinen Terminkalender sagten ihm, dass er wieder einmal nicht zum Mittagessen kommen würde. Ein schneller Kaffee und ein Sandwich, das musste reichen, bevor Irene Bauer zur Zeugenvernehmung erschien. Aber vorher musste er sich unbedingt noch einmal ihre gestrige Aussage durchlesen.

Die Frau tat ihm leid. Die Begegnung mit Andreas Wolf und die Erkenntnis, welche fatalen Folgen ihre Lebenslüge für sie alle hatte, musste sie tief getroffen haben. Er war inzwischen davon überzeugt, dass Wolf nach ihrem Treffen am Montagabend ins Jagdhaus gefahren war, weil er hoffte, dort seinen Sohn Arno anzutreffen. Vielleicht war es sogar sein Auto gewesen, das Arno fast gerammt hatte. Was für ein unglücklicher Zufall. Sie mussten sich um Minuten verfehlt haben. Wolf hatte dann im Haus nur noch Josef angetroffen, die beiden gerieten in Streit, und Weller erschoss seinen Vater in Wut und blindem Hass.

Aber wenn er recht hatte mit seiner Vermutung, wo war dann das Auto geblieben, mit dem Wolf zum Jagdhaus gekommen war?

Eine knappe Stunde später erreichte Becker ein Anruf seines Darmstädter Kollegen. Stefan Wagner informierte ihn darüber, dass Irene Bauer am Vormittag gegen elf Uhr leblos in ihrer Wohnung in Darmstadt aufgefunden worden war. Ihre Nachbarin, die einen Zweitschlüssel zur Wohnung besaß, hatte mehrfach an der Tür geklingelt, da laute Radiomusik bis ins Treppenhaus drang. Als niemand öffnete, hatte sie die Wohnung aufgeschlossen und fand Irene in ihrem Bett im Schlafzimmer. Ein benutztes Wasserglas stand auf dem Nachttisch, daneben lagen die leere Packung eines hochwirksamen Barbiturats der Firma Merck und ein verschlossener Briefumschlag mit der Aufschrift:

Hauptkommissar BECKER - persönlich

Die Frau hatte auf dem Absatz kehrt gemacht und sofort die Polizei alarmiert. Der kurz darauf eintreffende Rettungswagen brachte Irene Bauer ins nahe gelegene Elisabethenkrankenhaus, nachdem der Notarzt ihr den Magen ausgepumpt und versucht hatte, sie zu stabilisieren. Sie lag auf der Intensivstation und war noch immer bewusstlos. Niemand konnte bis jetzt sagen, ob sie durchkommen würde.

Kaum hatte Wagner seinen Bericht beendet, als Becker aufgeregt ins Telefon rief:

„Und, was steht in dem Brief?“

„Er ist an Sie persönlich adressiert, Herr Kollege, ich habe ihn natürlich nicht geöffnet."

„Dann tun Sie es jetzt, verdammt."

Er riss sich zusammen.

„Sorry, mir sind einfach die Nerven durchgegangen."

„Okay, das kann ich verstehen. Dann öffne ich jetzt den Brief und lese vor …"

Papier raschelte, und nach einer kurzen Pause räusperte sich Wagner und las:

Sehr geehrter Herr Hauptkommissar,

entgegen meiner Aussage habe ich zusammen mit Andreas Wolf am Montag kurz nach achtzehn Uhr meine Wohnung verlassen und bin mit ihm zusammen in seinem Auto nach Alsbach zum Jagdhaus seines ehemaligen Schwiegervaters gefahren. Wir haben vermutet, dass sich Arno Wolf und unser gemeinsamer Sohn Paul dort aufhielten und wollten sie überreden, sich der Polizei zu stellen, die sie wegen der Entführung von Felix Wolf suchte.

Herr Wolf bat mich, erst einmal im Auto zu warten, während er allein ins Haus ging. Als ich jedoch plötzlich Lärm und laute Stimmen hörte, bekam ich es mit der Angst zu tun. Ich stieg aus und lief zum Haus, in dem ich Andreas und meinen – unseren – Sohn antraf. Sie waren allein, jedenfalls habe ich keine weitere Person gesehen. Die beiden rangen miteinander, keuchten und schrien aufeinander ein. Ich sah, dass Paul plötzlich eine Pistole in der Hand hielt. In Panik riss ich ihm die Waffe aus der Hand. Ich konnte doch nicht zulassen, dass mein Sohn zum Mörder wurde. Vor mir sah ich den Mann, der an allem schuld war und unser Leben zerstört hatte, und ich fühlte nur noch Wut und

Hass. Da habe ich abgedrückt, ein- oder zweimal. Andreas fiel auf den Boden und bewegte sich nicht mehr.

Paul hat danach ein Handtuch aus der Küche geholt und die Pistole und die Türgriffe abgewischt. Danach verließen wir gemeinsam das Haus. Ich fuhr mit dem Kombi meines Sohnes, der im Schuppen stand, nach Hause. Paul wollte sich um das Auto von Andreas Wolf kümmern. Er kam etwa eine Stunde nach mir hier an und sagte, er hätte Andreas´ Wagen im Parkhaus Luisencenter in Darmstadt abgestellt. Von dort sei er dann zu Fuß zu mir gelaufen. Das ist ja nicht sehr weit.

Das ist die Wahrheit, die reine Wahrheit, ich schwöre es. Ich habe getötet und weiß, dass ich damit große Schuld auf mich geladen habe. Durch meine Feigheit und mein Schweigen all die Jahre habe ich außerdem das Leben meines Sohnes zerstört, obwohl ich immer nur das Beste für ihn wollte. Mit dieser Schuld will und kann ich nicht weiterleben. Bitte sagen Sie meinem Sohn, dass ich ihn über alles liebe und hoffe, dass er mir eines Tages verzeihen wird.

Darmstadt, 20. Juli
Irene Bauer

Nachdem Wagner geendet hatte, schwieg der Hauptkommissar lange. Endlich räusperte er sich.

„Schicken Sie mir den Brief nach Frankfurt. Ich nehme ihn zu den Unterlagen. Falls Frau Bauer nicht überlebt, brauchen wir eine Schriftprobe zum Vergleich, damit wir den Fall abschließen können. Sicher werden Sie in ihrer Wohnung etwas Handschriftliches von ihr finden.“

Sie verabschiedeten sich, und Becker lehnte sich

zurück. Er schloss die Augen und atmete einige Male tief durch, bevor er erneut zum Telefonhörer griff und die Kollegen der SOKO informierte.

Epilog

Irene Bauer überlebte ihren Selbstmordversuch und wurde wegen Totschlags im Affekt angeklagt. Sie erhielt mildernde Umstände und verbüßte einen Teil ihrer Haftstrafe als Freigängerin. Der Rest wurde zur Bewährung ausgesetzt. Sie begann eine Therapie, bei der sie von Thomas Bohl nach Kräften unterstützt wird und besucht ihren Sohn inzwischen regelmäßig im Gefängnis in der Justizvollzugsanstalt Weiterstadt.

Paul Josef Weller wurde wegen Planung, Anstiftung und Beihilfe zur Kindesentführung der Prozess gemacht. Nach Verbüßung seiner Haftstrafe möchte er eine Umschulung zum Sozialarbeiter machen und sich später um Jugendliche in sozialen Brennpunkten kümmern.

Peter Schwarzberg wurde wegen Kindesentführung verurteilt und erhielt eine hohe Haftstrafe.

Arno Wolf erhielt eine Bewährungsstrafe wegen Mitwisserschaft und Vertuschung einer Straftat. Außerdem musste er tausend Sozialstunden in einer gemeinnützigen Einrichtung ableisten. Er ist inzwischen clean. Er brach sein Betriebswirtschaftsstudium ab und studiert jetzt Jura.

Inka Wolf verkaufte das Frankfurter Haus, löste die Hypotheken ab und zog mit Felix nach Darmstadt, weil sie in der Nähe ihrer beiden erwachsenen Kinder leben wollte. Tobias Bohl begann nach dem Abitur ein Informatikstudium an der Technischen Hochschule in Darmstadt. Kirsten Bohl möchte später Grafik und Design studieren.

Heinrich van Stetten wurde wegen Falschaussage und Begünstigung einer Straftat zu einer hohen Geldstrafe verurteilt. Nachdem die Presse wochenlang ausführlich über seine Mitwisserschaft an dem Entführungsfall berichtet hatte, war sein Ruf ruiniert. Er verkaufte sein Unternehmen an einen sizilianischen Geschäftsfreund und zog sich aus der Öffentlichkeit zurück. Seine Tochter *Britta Wolf* heiratete wieder und lebt heute mit ihrem Mann in seiner Heimat in der Nähe von Palermo. Sie hat inzwischen ihr Alkoholproblem im Griff.

Danksagung

Mein ganz besonderer Dank gilt meiner Autoren-Freundin *Irmgard Schürgers*, die mir während der Entstehungszeit meines Buches viele wertvolle Hinweise und Ratschläge gab und mich mit kreativen Anregungen unterstützte, wenn ich ins Stocken geriet.

Ich bedanke mich bei meiner Lektorin *Christine Vaternahm*, die dem Buch den letzten Schliff gab und mir half, meinen Stil zu verbessern nach dem Motto ‚Weniger ist mehr'.

Ein herzliches Dankeschön geht an *Jule Schwachhöfer*, die dafür gesorgt hat, dass der Fehlerteufel keine Chance hatte, und mir nebenbei noch manchen wertvollen Tipp mit auf den Weg gab.

Ganz besonders danke ich auch meinem Sohn, unserem Art Director *Thomas Gessner*, der es wieder geschafft hat, meinem Buch durch die Gestaltung des Covers den richtigen Rahmen zu geben, und seinen ‚Fotomodellen' *Oliver und Yannick Rapp,* deren ‚Kehrseiten' die Vorderseite meines Buches schmücken.

Dreieich, im Januar 2017
Chris Böhm

Von der gleichen Autorin bei Uni**Scripta**

Ein FRANKFURT-Krimi

Kommissar Beckers erster Fall

ISBN 978-3-942728-02-7

Warum musste Sabine Schneider sterben? Kommissar Becker glaubt an ein Beziehungsdrama, doch wo ist das Motiv? Alle Spuren enden im Nichts, denn er übersieht ein entscheidendes Detail…

Außerdem erschienen bei Uni**Scripta** ⟹

UniScripta

Kriminalromane (nach Erscheinungsdatum):

- **KALTHERZ** (Irmgard Schürgers, 2010)
  ISBN 978-3-942728-00-3
- **UNTERBELICHTET** (Peter Luyendyk, 2010)
  ISBN 978-3-942728-01-0
- **DER LETZTE BESUCHER** (Chris Böhm, 2011)
  ISBN 978-3-942728-02-7
- **IM KREIS DER ZWÖLF APOSTEL** (Wolfgang Ullrich)
  ISBN 978-3-942728-03-4
- **SOS – TOD AN BORD** (Karin Rödder, 2011)
  ISBN 978-3-942728-04-1
- **ALTLAST** (Gerhard Schrick, 2011)
  ISBN 978-3-942728-05-8
- **VERGESSENE KINDHEIT** (Monika Hoßfeld, 2011)
  ISBN 978-3-942728-06-5
- **TOD IN DER WETTERAU** (Jule Schwachhöfer, 2011)
  ISBN 978-3-942728-07-2
- **TODESKANZEL** (Astrid Hennies, 2013)
  ISBN 978-3-942728-10-2
- **OKTOBERNEBEL** (Erika Reichhardt, 2014)
  ISBN 978-3-942728-13-3
- **WER AUF RACHE AUS IST** (Jule Schwachhöfer, 2016)
  ISBN 978-3-942728-20-1
- **DER HARLEKIN (**Chris Böhm, 2017)
  ISBN 978-3-942728-22-5
- **DENN SIE WISSEN WAS SIE TUN** (Schürgers, 2017)
  ISBN 978-3-942728-21-8

Historischer Roman

- **DAS ENDE DES FEGEFEUERS** (W. Ullrich, 2015)
  ISBN 978-3-942728-18-8

UniScripta

www.uniscripta.de

Kurzgeschichten

- **ZWISCHEN DEN WELTEN** (Peter Luyendyk, 2012)
  ISBN 978-3-942728-11-9
- **BIS AUF HEITERES** (W. Ullrich/G. Schrick, 2012)
  ISBN 978-3-942728-12-6
- **MANN-O-MANN, FRAU-O-FRAU**
  (Irmgard Schürgers/Peter Luyendyk, 2013
  ISBN 978-3-942728-14-0
- **ODE AN DIE FREUDE** (Peter Luyendyk, 2015)
  ISBN 978-3-942728-19-5
- **MAIN HAUPTBAHNHOF** (UniScripta Autoren, 2014)
  ISBN 978-3-942728-16-4

Theater

- **SPIEL(e)ABEND** (Astrid Hennies, 2011)
  ISBN 978-3-942728-09-6

Lyrik

- **ÜBER EINEM ALBATROS** … (Gerhard Schrick, 2014)
  ISBN 978-3-942728-17-1

Kinderbuch (8-12 Jahre)

- **WENN DER ELEFANT BLINZELT…** (M. Hoßfeld)
  ISBN 978-3-942728-15-7

UniScripta

www.uniscripta.de